Jenny Völker

Die Weltenfalten
Mit Erde verbunden

Die Weltenfalten-Saga:

Jenny Völker

DIE WELTEN
FALTEN

Mit Erde
verbunden

ISBN: 978-3754-345450

Herstellung und Verlag: BoD – Books on Demand, Norderstedt

Lektorat: Christoph Stephan

Korrektorat: Christiane Zaremba

Umschlaggestaltung: Juliane Buser – Grafikdesign (www.jb-grafikdesign.de) unter Verwendung von Bildern von Shutterstock, Adobe und Depositphotos

Bibliographische Information der Deutschen Nationalbibliothek: Die Deutsche Nationalbibliothek verzeichnet diese Publikation in der Deutschen Nationalbibliografie; detaillierte bibliografische Daten sind im Internet unter dnb.dnb.de abrufbar.

»Oft tut auch der Unrecht, der nichts tut.«

(Marcus Aurelius)

Prolog

Sie war in dem Haus an den Klippen, in das sie sich regelmäßig zurückzog. Immer nur für ein paar Tage, damit niemand ihre Spur finden konnte. Nicht einmal die anderen, zu denen sie gehören sollte.

Es war nicht leicht gewesen, zu ihnen zurückzukehren, doch sie hatte es getan. Für sich selbst? Oder für sie? Für ihn? Sie wusste es nicht. Ihr Herz hatte so heftig geschlagen, dass sie beinahe einen Rückzieher gemacht hätte. Aber sie hatte sich zusammengerissen und sich hinter ihrer Maske aus Gleichmut versteckt.

Wie zu erwarten, hatten die meisten zögerlich, wenn nicht sogar ablehnend auf ihre Rückkehr reagiert. Falls es unter ihresgleichen ebenfalls so etwas wie Verstoßene gab, war sie definitiv eine. Auch wenn streng genommen sie selbst es gewesen war, die den Weg der Einsamkeit gewählt hatte. Konnte man sich selbst verstoßen?

Die Wellen tosten und schlugen gegen die hohen Felsen, auf denen sich ihre Hütte befand. Sie saß auf der Veranda, hatte sich einen Holzscheit in einen Lehnstuhl verwandelt und starrte auf das grenzenlose Meer.

Die Sonne war schon lange verschwunden, dennoch zog sich gut sichtbar ein blasser heller Schein am Horizont entlang, der die absolute Finsternis für ein paar weitere Minuten fernhalten würde.

Niemand wusste von dem Ort, und das war gut so. Nicht einmal ihre Schwestern würden sie hier aufspüren. Hoffte sie zumindest. Schließlich hatten sie sie auch in Norwegen gefunden. Allerdings hatte sie sich dort in einer öffentlichen Weltenfalte aufgehalten, während diese ihre eigene war. Außer ihr lebte niemand hier und so sollte es bleiben.

Ihre Brust zog sich zusammen, als sie daran dachte, wie sie ihm begegnet war. Er hatte keine Ahnung, wer sie war, durfte es nicht erfahren. Obwohl sie ihm beigestanden hatte, wie es ihre Schwestern von ihr verlangt hatten, waren einige Dinge geschehen, die so nicht geplant gewesen waren.

Hätte sie früher zurückkehren müssen? Oder hätte sie sich vielmehr gar nicht erst einmischen sollen? Wenn man sich daran gewöhnt hatte, das Geschick der Welt anderen zu überlassen, nur als tatenloser Zuschauer am Rande zu stehen, war es ein merkwürdiges Gefühl, wieder das Spielfeld zu betreten. Hätte sie lieber im Verborgenen bleiben sollen? Ohnehin war es unwahrscheinlich, dass ihre Schwestern erreichten, was sie wollten. Sie war nicht mehr vonnöten.

Ihre Krähe Leo schrie auf und ließ sich auf ihrer Schulter nieder. Das zarte Gefühl seiner Krallen auf ihr und sein federleichtes Gewicht spendeten ihr Trost. Er war das einzige Lebewesen, das Zugang zu ihr hatte, in dessen Gegenwart sie sich wohlfühlte.

Er schrie auf und strich mit seinem schwarzen Köpfchen an ihrer Wange entlang. Sie hatte geweint, ohne es zu bemerken. Ein Bild entstand in ihren Gedanken, er wollte etwas mit ihr teilen, doch sie schüttelte den Kopf. Sie brauchte Ruhe, musste sich sammeln und eine Entscheidung treffen. Sollte sie weiterhin im Schatten bleiben oder eine aktive Mitspielerin werden?

Während der letzte Rest Helligkeit am Horizont verschwand und sich eine undurchdringliche Dunkelheit über die Küste legte, fasste sie ihren Entschluss. Sie stand auf und straffte die Schultern, während der Schrei ihrer Krähe wie ein Vorbote durch die Finsternis hallte.

Kapitel 1

Mayla blinzelte mehrmals, doch ihre Lider waren bleiern. Schwärze umfing sie, ihr Kopf schmerzte höllisch und ihr Körper brannte. Alles an ihr fühlte sich ausgezehrt an, wund, zerstört. Ein Paar grüner Augen blitzte auf, eine Stimme murmelte etwas, und noch eine andere. Oder war es dieselbe? Mayla versuchte sich aus ihrer Benommenheit emporzukämpfen, erneut die Lider zu öffnen, aber es gelang ihr nicht. Sie driftete ab.

Ein Schrei ließ sie hochschrecken. Wieder blinzelte sie. Diesmal ging es leichter und behutsam öffnete sie die Augen. Orangefarbenes Licht strahlte und blendete sie. Sie senkte die Lider, bis sie sich an die Helligkeit gewöhnt hatte. Sie lag auf dem blanken Erdboden, ein Rauschen drang an ihr Ohr. Rührte es von ihrer Benommenheit? Sie fühlte sich schwach, trotzdem stützte sie sich auf die Hände und richtete sich auf. Langsam, Stück für Stück.

Sie war in einem Wald. Wie zum Teufel war sie hergekommen? Und wer hatte geschrien? War es Teil eines

Traums gewesen? Schwindel erfasste sie, trotzdem drehte sie achtsam den Kopf. Was war passiert? Sie zog die Beine an, um sich aufrichten zu können, als ihr Blick auf etwas Großes fiel, das reglos am Boden lag. Moment, das war kein etwas. Das war Georg.

In Sekundenschnelle kehrte die Erinnerung zurück. Sie waren zu dem Château gesprungen, hatten sich dort umgesehen und waren jemandem in den Wald gefolgt. Während Bilderfetzen langsam in ihr Gedächtnis zurückkehrten, stützte sie sich auf die Hände.

»Georg?«

Er reagierte nicht.

Sie kämpfte sich auf die Beine, schwankte und blieb mit aller Kraft aufrecht. Ohne ihrer verstaubten Bluse und dem verdreckten Rock ihre Aufmerksamkeit zu schenken torkelte sie zu ihm. Vor ihm sackte sie auf den Boden. Ihre nackten Knie schrammten über einen Stock, was sie kaum spürte.

»Georg?« Behutsam rüttelte sie ihn, worauf er stöhnte.

»Mayla? Was ist passiert? Was … Wie siehst du denn aus?« Er richtete sich überstürzt auf, doch dann erfasste ihn Schwindel. Er fuhr sich mit der Hand an den Kopf und sackte zurück auf den Boden. Sein Gesicht war kalkweiß.

»Langsam, Georg.«

Er rieb sich mit den Händen über die Augen, dann richtete er sich erneut auf, zögerlich. »Was ist geschehen?« Während er die Frage stellte, klärte sich sein Blick. Er erinnerte sich. Dann sah er ihr fest in die Augen, umfasste ihre Hand und presste die Lippen aufeinander. Als er zu sprechen anfing, war seine Stimme tiefer als gewöhnlich. »Mayla, ich habe gesehen, wer es war. Wer mich niedergeschlagen hat …«

Stirnrunzelnd sah sie ihn an. Der Schatten, dem sie gefolgt waren, Georg hatte ihn gesehen? Sie wollte ansetzen, ihn danach fragen, als es urplötzlich auch ihr wieder einfiel.

Das letzte Stück ihrer Erinnerung.

Tom.

Verschwommen drängten sich die Bilder zurück in ihr Bewusstsein und Tränen traten ihr in die Augen. Sie musste tapfer sein und stark, doch sie konnte es nicht. Schluchzend sackte sie tiefer, Georg umfasste sie und sie lehnte sich mit der Stirn an seine Schulter.

Er war es gewesen. Er hatte sie niedergeschlagen – und davor Georg. Tom. Sie hatte ihn eindeutig erkannt. Es gab keinen Zweifel, verdammt. Ihr Körper bebte, während sie schluchzte.

»Wieso hat er das getan?«

Anstatt zu antworten, strich Georg ihr über den Rücken und wartete, bis ihre Tränenflut abebbte. Ihr Kopf schmerzte, er dröhnte höllisch. Es war nichts im Vergleich zu dem, was in Mayla brannte. Verzweiflung, Enttäuschung, Verrat. Sie fühlte sich zerbrochen. Als hätte der Schlag, den Tom ihr verabreicht hatte, keineswegs nur ihren Körper verletzt, sondern vielmehr ihre Seele.

Georg zitterte unter ihr. Schweißperlen glänzten auf seiner Stirn. Ihm ging es schlechter als ihr. Sie musste ihn –

Es knackste im Unterholz. Mayla unterdrückte ihr Schluchzen und Georg zückte den Zauberstab. Das Gebüsch vor ihnen wackelte und Karli kam hervorgesprungen. Er hechtete auf Mayla zu und sprang in ihre Arme. Kläglich maunzend sah er sie an, leckte ihr die Fingerspitzen und kuschelte sich mit seiner Stirn in ihre Hand. Ein Gefühl von tiefer Liebe erreichte sie. Dankbar drückte sie ihn an sich.

Der Schrei einer Eule durchdrang den Morgenhimmel, dessen Orange zwischen den dunklen Baumkronen erstrahlte. Creola kreiste über ihnen. Anmutig sank sie herab und landete auf Georgs Schulter. Die Schleiereule schuhute leise und strich mit dem Kopf an seiner Wange, die mit feuchter Erde beschmiert war, entlang. Ihre dunklen Augen in dem herzförmig umrandeten Gesicht ruhten auf ihm.

Ein Lächeln erschien auf seinen blutleeren Lippen und dankbar tätschelte er ihren Kopf, den sie schräg legte und ihn ansah. Als Georg nickte, klimperte sie einmal mit den Augen, dann breitete sie die Schwingen aus und flog in den leuchtenden Morgenhimmel davon.

Georg erhob sich und hielt Mayla die Hand hin. »Wir sollten verschwinden. Wer weiß, wer sich in dem Wald aufhält. Wer uns beobachtet und belauscht.«

Wer wohl, wollte Mayla schreien, doch Karlis Anwesenheit beruhigte sie. Zärtlich kuschelte er mit ihr und schenkte ihr das Gefühl, dass alles gut werden würde.

»Okay, aber ich gehe nicht auf Burg Donnersberg.«

»Dann lass uns zu mir springen. Dort können wir uns frisch machen, mit Violett reden und planen. Sie wird außer sich sein vor Sorge.«

Mayla nickte und reichte Georg die Hand, der Mühe hatte, das Gleichgewicht zu halten. Fühlte er sich überhaupt imstande, einen Zauber zu sprechen? Bevor er es versuchen und sich damit die letzten Kräfte nehmen konnte, hakte sich Mayla bei ihm unter und dachte: »Perduce nos in domum Violettae!«

Mayla riss es von den Füßen und sie drückte Karli fest an sich. Sie hatte ihn noch nie beim Springen mitgenommen. Hoffentlich passierte ihm nichts. Aber wenn der kleine Kerl bei ihr blieb, musste es funktionieren. Das Licht der Morgensonne und der Wald vermischten sich zu einem Farbenbrei aus Orange und Grün, und im nächsten Moment landeten sie auf einem Dielenboden. Karli kuschelte schnurrend in ihrem Arm.

»Wo seid ihr gewesen?«, erklang Violetts schriller Schrei, bevor sich Mayla zurechtfinden konnte. Violett sprang von der breiten Couchlandschaft. Dabei rutschte die Bettdecke zu Boden. Offensichtlich hatte sie die Nacht nicht in ihrem Bett verbracht.

Wortlos blieb Mayla in dem bunt dekorierten Wohnzimmer ihrer Freunde stehen, ließ ihren Blick über die abstrakten Malereien und die unzähligen Zwergenfiguren schweifen, über die Vasen mit Kunstblumen und gerahmten Fotos an den Wänden, während sie Karli an sich drückte. Die Idylle dieses Heims drohte sie zu erschlagen.

»Wie seht ihr eigentlich aus?« Violett fiel Georg um den Hals und drückte ihn an sich, der unter ihrem Elan schwankte.

»Vorsicht, Vio!«

Erschrocken sah sie ihn an und drängte ihn, sich auf das Sofa zu setzen. Dann stürmte sie zu Mayla. Sie öffnete den Mund, doch bevor sie etwas sagte, schloss sie ihn wieder. Langsam legte sie den Kopf schräg, fischte Mayla ein trockenes Blatt aus dem Haar und strich ihr Staub von der Schulter.

»Setz dich erst einmal hin und dann erzählt.« Ohne hinzuschauen, wies sie mit ihrem Zauberstab in Richtung Küche, worauf sanftes Geklapper ertönte. Sie drückte Mayla sanft, aber bestimmt neben Georg auf die Couch und wenige Augenblicke später schwebten Kaffeetassen und eine Kanne zu ihnen, dazu ein Korb Rosinenbrötchen, und landeten auf dem Couchtisch. Violett griff sogleich beherzt zu, den Blick auf sie beide gerichtet.

»Wir wurden beide niedergeschlagen«, begann Georg zu berichten, worauf Violett lautstark die Luft einsog und die Hand vor den Mund schlug.

»Wie bitte? Niedergeschlagen? Oder meint ihr angegriffen mit einem Zauber?«

Georg schüttelte den Kopf. Er tat es auffällig langsam. »Nein, niedergeschlagen, mit einem Knüppel.«

»Was? Wer greift denn zu solch barbarischen Sitten? Ihr wart doch in einer Weltenfalte, oder? Habt ihr gesehen, wer es war?«

Mayla fühlte sich noch nicht in der Lage, über den gestrigen Abend zu reden. Zum Glück übernahm Georg den Part. Sie winkte mit der Hand, worauf die Kanne den Kaffee in die Tassen einschenkte. Benommen nahm sie sich ihre Tasse, blies den Kaffee auf eine angenehme Trinktemperatur und nippte daran. Die Wärme und das Aroma belebten sofort ihre Glieder, wenn auch nicht ihr Herz, das nur gerade so oft schlug, wie es notwendig war, um zu überleben.

»Ich bin dem Schatten in den Wald gefolgt bis zu einem Wasserfall, wo ich für einen kurzen Moment seine Spur verlor. Da Wasser in der Nähe war, konnte ich mithilfe eines Zaubers schnell wieder die Verfolgung aufnehmen. Bevor ich dem Suchzauber hinterherrannte, sah ich etwas Kleines auf dem Boden liegen. Als ich mich danach bückte, hat mir jemand von hinten eins übergebraten. Während ich fiel, drehte ich den Kopf und erhaschte einen Blick auf Tom, bevor ich bewusstlos wurde.«

Georg hatte etwas auf dem Boden liegen gesehen?

Moment, war nicht etwas in seiner Hand gewesen, als sie bei ihm angekommen war? Ein Säckchen mit einem harten Gegenstand darin? Aber ja, sie hatte es an sich genommen. In Gedanken ertastete sie die Kanten, die sich unter dem Stoff abgezeichnet hatten.

Jemand hatte ihr das Säckchen entwendet.

Tom ...?

»Tom ist das gewesen?« Violett wandte sich ihr zu, die grauen Augen ungläubig aufgerissen. »Ist das wahr?«

Mayla nickte bloß, teilte ihre wiedergekehrte Erinnerung nicht mit den beiden, sondern nippte erneut an der Tasse, während Karli auf ihrem Schoß schnurrte, als wären sie bei einem gewöhnlichen Kaffeekränzchen. Er wollte sie beruhigen, das spürte sie, und sie war dankbar dafür. Zärtlich strich sie über sein Fell. Hatte sich in dem Säckchen einer der magischen Steine befunden?

»Was hat das zu bedeuten?«, unterbrach Violett ihre Gedanken.

Georg fuhr sich durch den kupferroten Bart. Auch diese Geste war schleppender als gewöhnlich. »Das müssen wir herausfinden, aber vorher brauche ich eine Dusche, dann ist mein Kopf wieder klarer. Oder willst du zuerst, Mayla?«

Sie schüttelte den Kopf.

Violetts Stimme überschlug sich. »Eine Dusche? Du musst viel eher ins Krankenhaus. Guck dich doch mal an!«

Mayla hörte kaum, wie die beiden diskutierten. Unvermittelt herrschte in ihrem Inneren Stille. Keine Gedankenflut, kein Chaos. Dort war absolut nichts, als hätten die letzten Erinnerungen an den Stein, die ihr gefehlt hatten, das Bild komplettiert und als wäre nun alles klar und deutlich und bedürfe keiner weiteren Überlegungen. Sie strich erneut über

Karlis Köpfchen und bemerkte kaum, wie Georg das Zimmer verließ. Als sie den Kopf drehte, bemerkte sie Violetts Blick auf sich ruhen, der vor Mitleid triefte.

Tief atmete Mayla durch, die Stimme nur ein Flüstern. »Wieso hat er das getan?«

Violett griff nach einem zweiten Hefebrötchen und pulte eine Rosine aus dem Teig. »Ich kenne Tom länger als du, wenn auch nicht so gut. Er hatte immer seine Gründe.«

Mayla seufzte schwer.

»Ich weiß. Die hat er. Aber seine Verlobte niederzuschlagen, und davor einen Freund ...?«

Violett schob sich die Rosine in den Mund und löste bereits die nächste. »Es fällt dir wahrscheinlich schwer, mir ergeht es ebenso, keine Frage, aber ... na ja, er ...« Sie zuckte mit den Schultern.

»Ja?«

Unvermittelt sprang sie auf und wedelte mit ihren schlanken Armen durch die Luft, wobei ein paar Krümel durch den Raum flogen. »Er wird seine Gründe haben – auch wenn das niemals rechtfertigt, dass er dir eins übergebraten hat.«

Mayla nickte lediglich. Sie wusste, dass Tom seine Gründe hatte. Er musste einfach. Dennoch wog der Verrat schwer, schwerer als der tätliche Angriff. Sie atmete tief durch, unfähig, ihrer Freundin zu antworten.

»Und danach ist er einfach abgehauen?!«

Mayla wollte erneut nicken, doch ein Bild drängte sich ihr auf. Hatte sie es sich nur eingebildet, oder hatte sie eine Stimme gehört und ein Paar grüner Augen gesehen? War er zurückgekommen und hatte sie versorgt? Ihr Herz wollte Ja schreien. Ja, ja, ja, er war zurückgekommen, bereute seine

Tat, hatte es nicht tun wollen, war irgendwie dazu gezwungen worden. Aber kein Gefühl regte sich in ihr.

Sie hob den Kopf. »Ich weiß es nicht, ich war bewusstlos.« Violett gestikulierte wild vor ihr herum. Ihre Freundin durfte sich nicht so aufregen, immerhin war sie schwanger. Mayla schluckte, dann versuchte sie ihrer Stimme den gewohnten Klang zu verleihen. »Komm, setz dich und iss nicht nur die Rosinen.«

Violett rollte mit den Augen. »Das sagt Georg auch immer, aber von dir hätte ich so etwas niemals erwartet.« Sie wedelte einmal mit dem Zauberstab, worauf eine flache Schachtel zu ihnen geflogen kam und schwungvoll vor Mayla auf dem Beistelltisch landete. »Ich kann mich doch auf deine Verschwiegenheit verlassen, oder?«

Mayla grinste schwach. »Meine Lippen sind versiegelt.« Mechanisch streifte sie den Deckel beiseite und langte nach einer Praline. Sie betrachtete eine Weile die Schokolade, mit den Gedanken zurück bei Tom, bis sie sie in den Mund schob. Karlis Schnurren und der Geschmack der geliebten Nascherei beruhigten ihren Puls und sie schloss die Augen. Ihr Kopf dröhnte noch immer, weshalb sie kurzerhand die Hand ausstreckte und an ihren Hinterkopf legte. »Sana!« Der Schmerz ebbte ab, bis lediglich ein leichtes Pochen zurückblieb. Ein Pochen, das sie unerbittlich daran erinnerte, was Tom getan hatte.

Kapitel 2

Nachdem Mayla ihre aufgeschrammten Knie durch einen magischen Spruch geheilt, geduscht und die Kleidung sauber gezaubert hatte, lief sie die Treppen hinunter ins Erdgeschoss in Richtung Wohnzimmer, wo Georg und Violett auf der Couch saßen. Karli war mittlerweile verschwunden.

Georg sah wirklich ramponiert aus, obwohl er sauber war und frische Kleidung trug. Die beiden hielten einander an den Händen, redeten leise miteinander und sahen sich an, wie es verliebte Paare taten. Dabei redete Violett beharrlich auf Georg ein, Mayla schnappte Wörter wie Krankenhaus, Arzt und untersuchen lassen auf.

Unschlüssig blieb sie im Türrahmen stehen. Das Bild war so idyllisch, so heimelig und … intim. Sie störte, wollte es nicht. Sie war in diesem Heim völlig fehl am Platz, sollte vielmehr nach draußen und das beenden, womit sie begonnen hatte. Die Jäger aufhalten, damit sie endlich ihre Tochter zurückbekam. Ihr Mutterherz schrie nach ihr. So lange waren sie noch nie voneinander getrennt gewesen. Sie wusste, dass es nur vernünftig war, nichts von Emma und ihrer Oma zu hören. Dennoch wünschte sie sich, die beiden würden einfach mal einen Nuntia-Zauber schicken, damit sie in das herzige Gesicht ihrer Tochter blicken und ihre süße Stimme hören könnte.

»Mayla, da bist du ja.« Violett lächelte ihr entgegen.

»Ich will euch gar nicht stören. Danke für den Kaffee und die Dusche.«

»Du störst nicht.« Georg erhob sich, doch erneut durchfuhr ihn ein Schwindel. Violett stützte ihn und schob ihn zurück auf die Couch. Ohne Widerstand ließ er es geschehen. Sobald er sich wieder im Griff hatte, wandte er sich erneut an Mayla. »Ich denke, wir sollten nach Paris zu Julie Martin. Mit ihr hat Tom heimlich geredet. Vielleicht kann sie uns einen Hinweis geben.«

»Du gehst nirgends hin, Georg! Du kannst ja kaum auf einer Linie laufen. Nein, nein, ich bringe dich erst mal ins Krankenhaus.«

»Aber ich –«

Violett sah ihn streng an, worauf er verstummte.

Mayla wollte grinsen, doch ihre Mundwinkel ließen es nicht zu. »Violett hat recht, Georg. Du musst dich auf jeden Fall durchchecken lassen. Ich habe dich mit dem Sana-Spruch nicht heilen können. Wer weiß, ob nicht einer dieser alten Zauber auf dir liegt und dir schadet.«

Georg brummte, schließlich nickte er ergeben. Violetts Mimik entspannte sich, obgleich ihr besorgter Blick noch immer auf Georg ruhte. »Am besten, wir gehen direkt nach Frankfurt ins Stadtkrankenhaus Marienstein. Dort praktiziert Dr. Merch. Er ist mit meinem Vater befreundet und ein weltweit angesehener Arzt.« Liebevoll strich sie ihm über die Schulter, dann wandte sie sich Mayla zu. »Und du lässt dich ebenfalls durchchecken. Dein Schlag muss ziemlich heftig gewesen sein, wenn du die ganze Nacht bewusstlos warst.«

Mayla winkte ab. »Das ist nicht nötig, ich –«

Georg sah sie streng an. »Wenn es für mich nötig ist, ist es das für dich auch!«

»Mein Schlag war nicht so fest, ich habe mich längst selbst geheilt. Seht ihr?« Demonstrativ spazierte sie über eine Querlinie des Dielenbodens, ohne das Gleichgewicht zu verlieren. »Ich habe keinen Schwindel und keine Kopfschmerzen.« Okay, ein bisschen, aber das brauchte sie nicht zu verraten.

Violett seufzte auf. »Trotzdem wäre es empfehlenswert. Ich meine, es ist auf jeden Fall besser, als tatenlos herumzusitzen, oder?«

Beiläufig strich sich Mayla eine Haarsträhne hinters Ohr. »Ich werde nicht tatenlos herumsitzen. Ich springe nach Paris, zu Julie Martin.«

»Was?« Georg fuhr auf, doch Violett drückte ihn sofort zurück auf die Couch. Es war bezeichnend dafür, wie schwach er war, dass sie das mühelos schaffte.

Mayla zuckte mit den Schultern. »Ich denke, sie wird mir ohnehin Dinge verraten, die sie vor dir nicht zugeben würde, Georg. Immerhin bist du ein Polizist und damit offiziell hinter Tom und den Jägern her. Ich bin mir ziemlich sicher, dass sie auf seiner Seite steht, egal, was er in den letzten Tagen getan hat. Alleine erreiche ich wahrscheinlich mehr.«

Georg schüttelte den Kopf. »Nein, Mayla, das ist zu gefährlich. Du kannst nicht ohne Unterstützung los, insbesondere nach dem, was uns gestern passiert ist. Ich meine, Tom hat uns nicht nur niedergeknüppelt, er hat uns darüber hinaus ohne Hilfe liegen gelassen. Man braucht nicht viel Fantasie, um sich vorzustellen, was uns alles hätte passieren können.«

Nein, komplett ohne Hilfe hatte er sie nicht liegen gelassen. Irgendjemand war gekommen und hatte nach ihr gesehen, vielleicht auch nach Georg. Wieso sie derjenige allerdings nicht geweckt und in Sicherheit gebracht hatte, darauf gab es nur eine Antwort. Und es passte zu den grünen Augen, die sie gesehen hatte. Tom war eben doch in der Nacht zurückgekehrt. Wahrscheinlich, weil er es bereut hatte … Wut wollte sich in ihr emporkämpfen, mit Wut war all das so viel leichter zu ertragen, aber sie ließ sich auf das Gefühl nicht ein.

Entschieden winkte Mayla ab. »Ich schaffe das schon.«

Georg seufzte ergeben. Es klang kraftlos und das war sie nicht von ihm gewohnt. »Ich halte es für zu gefährlich, wenn du alleine unterwegs bist, allerdings werde ich dich heute nicht aufhalten können – außer meine bildhübsche Zukünftige übernimmt das für mich.«

Überraschenderweise schüttelte Violett den Kopf. Nachdenklich sah sie zu Mayla. »Es ist gefährlich, aber sie ist schließlich eine von Flammenstein. Und sie hatte die beste Lehrerin in Schildzauber, die man sich nur wünschen kann.«

Mayla lächelte. Es tat gut, dass Violett an sie glaubte. Und es würde gut tun, einfach mal für sich zu sein. Die Gedanken zu sortieren, ohne die Kommentare eines anderen ihre Entscheidungen zu treffen und vor allem Tom auf die Spur zu kommen. Sie würde ihn finden, davon war sie überzeugt. Allerdings wusste sie nicht, ob sie über das, was er ihr zu sagen hatte, begeistert sein würde.

»Ich werde vorsichtig sein.« Schon wollte sie sich abwenden, als Georg ihr etwas nachrief.

»Du weißt schon, wie das aussehen wird, oder?«

Mayla verharrte. Es würde so aussehen, dass sie mit Tom verbündet war und sich jetzt zu ihm aufmachte. Mayla schüttelte den Kopf. Was die Polizei oder die ehemaligen Verstoßenen dachten, es war ihr so was von gleichgültig. Jetzt ging es um viel mehr. Sobald die Jäger alle Bruchstücke der Steine zusammen hatten, würden sie erneut versuchen, Emma zu entführen, damit sie die magischen Steine für sie zusammenfügte. Und das musste Mayla auf jeden Fall verhindern.

»Ob ich ohne dich oder mit dir gehe, sie werden mich sowieso verdächtigen. Das haben sie gestern Abend schon getan.«

Violett biss sich auf die Unterlippe. »Nicht alle …«

Mayla lächelte sie an. »Ich weiß und dafür bin ich so dankbar.«

Mit Tränen in den Augen stürmte Violett auf sie zu und sie fielen einander in die Arme. Derart sentimental war sie normalerweise nicht.

»Du bist bei uns immer willkommen. Bitte zögere nie zu uns zu kommen, wenn du etwas benötigst. Du kannst jede Nacht in unserem Gästezimmer schlafen. Wir werden es niemandem verraten.«

»Das weiß ich sehr zu schätzen. Dankeschön.« Mayla küsste sie auf die Wange und umarmte sie. Als sie sich umwandte, stand Georg mit verschränkten Armen vor ihr. Obwohl es ihn Kraft kostete, blieb er stehen. Er war blass und in seinen grauen Augen blitzte Sorge auf.

»Mir gefällt das nicht, Mayla.«

Sie schmunzelte. »Ich weiß, aber keine Sorge. Völlig alleine bin ich nicht.« Auf einen Schlenker ihrer Hand flog die Pralinenschachtel zu ihr. »Die nehme ich mit. Wünscht mir Glück.« Und bevor sie es sich anders überlegen oder ihre Freunde Zweifel säen konnten, umfasste sie den Amulettschlüssel und dachte: »Perduce me ad locum Pont Neuf!«

Kapitel 3

Als Mayla mit ihren Absätzen auf den Steinen des Pont Neuf im Herzen von Paris landete, errichtete sie sofort einen Schutzschild um sich. »Tutare!« Zu gut hatte sie in Erinnerung, wie sie das letzte Mal überraschend angegriffen worden waren. Da sie auf sich gestellt war, würde sie auf Nummer sicher gehen. Immerhin war es nicht auszuschließen, dass ihr wieder ein paar Jäger über den Weg liefen.

Den bläulich schimmernden Schutzschild um sich aufgebaut, sah sie sich um. Außer ihr befand sich niemand in der winzigen Weltenfalte. Zahlreiche Passanten schlenderten über die Brücke, aber keiner von ihnen betrat den magisch abgeschotteten Bereich. Also war keine Hexe unter ihnen. Es war lustig mitanzusehen, wie sie auf der einen Seite verschwanden und direkt im nächsten Augenblick auf der anderen wieder auftauchten, als befände sich Mayla selbst in einer Blase. Doch Mayla blieb keine Zeit derlei Beobachtungen länger auszuführen. Mit Emma zusammen würde sie einmal herkommen. Zusammen mit ihr würde es Spaß machen, dazu eine Schachtel Pralinen …

Die Vorstellung bestärkte sie und frohen Mutes löste sie den Schutzschild auf. Sie achtete auf den Menschenstrom, bevor sie wie selbstverständlich aus der Falte trat und sich so rasch unter die Leute mischte, dass kein einziger überrascht aufsah.

Die Unterhaltungen der Passanten drangen gedämpft an ihre Ohren. Sie beachtete die Stimmen ebenso wenig wie den lauen Wind, der ihr um die Nase pfiff und dem heißen Augusttag eine angenehme Abkühlung versprach.

Zielstrebig marschierte sie gen Norden, erneut ein französisches Lied im Ohr. Doch die fröhliche Stimmung vom letzten Mal wollte sich nicht einstellen, vielmehr verstummte selbst die Melodie in ihren Gedanken, während sie an die Stelle schaute, an der sich der Stammsitz der Familie de Bourgogne befinden sollte. Bloß war dort nichts.

Sie beschleunigte ihre Schritte, ihre Absätze klapperten ein stetes Klack, Klack, Klack auf die Steine, aber sie nahm es ebenso wenig war wie den Franzosen, der etwas rief und ihr hinterherpfiff. Die Weltenfalte war nicht zu sehen. Welchen Grund konnte es geben? War sie … verschlossen?

Sie ließ die Brücke hinter sich und wechselte die Straßenseite. Aufmerksam sah sie sich um. Wo genau hatte die Weltenfalte begonnen? Es war nichts auszumachen, weder ein feines Glitzern noch ein Riss in der Häuserfassade. Ein klassizistisches Mehrfamilienhaus reihte sich Wand an Wand an das nächste, nirgends ein Hinweis darauf, dass sich irgendwo dazwischen ein Hügel voller Lavendel und ein Château verbargen.

Wieso war die Weltenfalte verschwunden?

Seltsam, dass nicht einmal das zarte Funkeln der Magie zu sehen war. Hatte jemand etwas zu verbergen? War Julie Martin verreist oder wollte sie keinen Besuch? Versteckte sie womöglich Tom und …

Mayla zögerte keine Sekunde. Sie runzelte die Stirn und überlegte. Damals in Südengland hatte sie gemeinsam mit Artus von Donnersberg und den anderen die verschlossene Weltenfalte der Familie von Eisenfels geöffnet. Auch wenn sie dieses Mal ohne Unterstützung war, vielleicht gelang es ihr trotzdem.

Sie stellte sich breitbeinig auf, neigte den Kopf nach links, nach rechts und wieder nach links, und hob die Hände. Detailreich stellte sie sich die Welt vor, die sich in der Weltenfalte verbarg, und dachte: »Te aperi, munde contracte!«

Nichts geschah.

Verdammt. Sollten ihre Kräfte tatsächlich nicht ausreichen? Aber sie war doch eine von Flammenstein und ihre Kräfte in den letzten Jahren unglaublich gewachsen. Vielleicht war sie einfach noch zu erschöpft. Kein Wunder, sie hatte die ganze Nacht bewusstlos im Wald gelegen und ordentlich gefrühstückt hatte sie auch nicht, außer die eine …

Mit einem Lächeln langte sie nach ihrer Handtasche, in der sich die Schachtel von Violett verbarg. Sie angelte nach der größten Praline und aß sie genüsslich. Die Süße mischte sich in ihre Sinne, wohlig schloss sie die Augen, bevor sie sie wieder öffnete. Entschlossen hob sie die Hände und dachte erneut: »Te aperi, munde contracte!«

Ein zartes Funkeln erschien. Langsam, sehr langsam schoben sich die klassizistischen Bauten beiseite und zum Vorschein kam der lilafarbene Hügel samt des Landsitzes der Familie de Bourgogne.

Sogleich stieg ihr der Duft des Lavendels in die Nase. Zufrieden nickte Mayla. Sie hatte es immer gewusst – die Wirkkraft von Schokolade war grenzenlos!

Zuversichtlicher als zuvor betrat sie den Weg, der sich den Hügel hinaufwand. Blöd, dass sie nicht direkt in die Falte und vor die Tür springen konnte. Ihr blieb nichts anderes übrig, als sich den Berg hinaufzukämpfen.

Ohne eine einzige Pause bewältigte sie den Weg. Die Ungewissheit, was mit Tom los war, und die Sehnsucht nach Emma befeuerten nicht nur ihre Kraft, sondern auch ihre Ungeduld. Außer Puste kam sie oben an und keuchte, bis sich ihr rasender Puls beruhigt hatte. Ein letztes Mal atmete sie bewusst tief durch, fuhr sich an die Kette mit dem Herzanhänger, die sie seit Jahren trug, und sammelte sich. Dann klopfte sie entschieden gegen die Tür.

Tock, tock, tock.

Sie trat von einem Fuß auf den anderen, schlang die Handtasche von der rechten Schulter über die linke und blickte zu den Fenstern, hinter denen sich niemand regte. Das letzte Mal hatte Julie Martin sie nicht so lange warten lassen. Wenigstens der junge Mann, der ihr im Haushalt aushalf, konnte Mayla doch die Tür öffnen, falls Julie verhindert oder gar nicht anwesend war. Erneut klopfte sie, energischer, fordernder, aber niemand öffnete.

Was sollte sie jetzt tun? Ohne Ergebnisse zurückspringen? Niemals! Außergewöhnliche Begebenheiten erforderten außergewöhnliche Maßnahmen – das stand fest.

Kurzerhand hob sie die Hände und dachte: »Dirumpe!«, worauf die Tür in Stücke barst. Lautstark donnerten die Holzstücke zu Boden. Mayla stieg über sie hinweg und betrat den Innenhof. Ohne sich umzudrehen, hob sie die

Hand, wies nach hinten auf die zerschmetterte Tür und dachte: »Refice!«, worauf sich die Bruchteile zusammensetzten und die Tür in den Angeln landete, als wäre nichts geschehen.

»Hallo? Jemand zuhause?« – falls nicht der Knall sowieso jeden aufgeschreckt hatte … Keiner antwortete.

Mit einem Mal wurde ihr mulmig zumute. Sollte sie wirklich weiterlaufen, obwohl anscheinend niemand anwesend war? Eigentlich war sie ja nicht der Typ für Straftaten, aber wozu hatte sie sonst die Tür zertrümmert? Okay, sie war eingebrochen, jetzt konnte sie genauso gut in das Haus gehen und sich dort umsehen, oder? Den Gesetzesbruch hatte sie ohnehin bereits begangen. Seltsam fühlte es sich trotzdem an. Kurzerhand fischte sie erneut nach einer Praline und schob sie zwischen die Lippen. Es war ein Vanilletrüffel und ihre Augen leuchteten auf. Jetzt fühlte sie sich auf jeden Fall besser. Mal sehen, wie diese Julie Martin lebte – und ob Mayla das fand, was Julie Tom möglicherweise gestern im Geheimen gezeigt hatte.

Auf leisen Sohlen überquerte sie den Innenhof, dessen Säulen von Weinranken geschmückt waren. Blaue Trauben hingen daran, die bald geerntet werden konnten und die dem Anwesen eine malerische Atmosphäre verliehen. Ob Julie kelterte? Nun, das tat definitiv gerade nichts zur Sache.

Mayla sah sich um. Wo sollte sie hin? Dort vorne war die Tür, durch die Julie gestern mit Tom verschwunden war. Zielstrebig lief sie darauf zu. Einen Zauber auf den Lippen hob sie die Hände, doch dann hielt sie inne. Vielleicht war offen. Sie griff nach der Klinke und drückte sie nach unten. Die Tür schwang auf, als hätte sie nur auf Mayla gewartet. Im Inneren war es dunkel, worauf sie eine Flamme auf ihre

Fingerspitze blies. Es war definitiv sehr praktisch eine Feuerhexe zu sein. Wind, Wasser oder Erdkräfte hätten ihr jetzt reichlich wenig genützt.

Sie schlich in das Château und durch den Eingangsraum, der gemütlich eingerichtet war. Es gab Sitzbänke vor den Fenstern, die allesamt mit schweren Vorhängen zugezogen waren, Korbsessel mit Kissen und ein paar Halbsäulen, auf denen Büsten standen – das einzige, das einen herrschaftlichen Eindruck erweckte.

Die großen Bilder an den Wänden zeigten Landstriche, die Mayla nicht kannte. Ob das weitere Weltenfalten waren? Nun, wenn all die Geschehnisse eins gebracht hatten, dann, dass ihre Reiselust neu entfacht worden war. Gemeinsam mit Emma und Tom würde sie …

Gemeinsam mit Emma und Tom? Sie wollte an Tom und seine guten Absichten glauben, aber die Tat von gestern Abend …

Mit hängenden Schultern folgte sie dem Gang, der nach links abzweigte, und landete in einer geräumigen Küche. Neben einer Feuerstelle entdeckte sie Regale mit Geschirr, eine kleine Essecke bestehend aus einer rustikalen Eckbank und passendem Tisch, und auf der Fensterbank standen Basilikum, Rosmarin, Koriander und Thymian in Tontöpfen. Wurden die Kräuter mit einem Zauber bewässert oder würde Julie bald zurückkehren? Wie auch immer, in der Küche war niemand und es befand sich nichts Auffälliges im Inventar.

Mayla lief zurück, durchquerte andere Gänge und landete in unzähligen Zimmern, allesamt gemütlich und in keiner Weise protzig eingerichtet. Es gab zahlreiche Bilder an den Wänden. Die Blumendarstellungen und Naturlandschaften verströmten eine eben solche Behaglichkeit wie die vielen

Kissen, die von Hand bestickt waren – zumindest sahen sie in Maylas Augen handbestickt aus.

Auf ihrem Weg durch die Stockwerke entdeckte sie mehrere Schlafzimmer, Bäder, Esszimmer und einen Salon, der am persönlichsten wirkte. In ihm befanden sich ein Flügel, ein schmales Regal voller Bücher und eine Staffelei, auf der ein Ölbild stand, das nicht fertig gemalt war. Es war ein Blumenarrangement in einem Korb, dessen Henkel skizziert, jedoch noch nicht mit Farbe versehen war. Sehr hübsch. Ob es von Julie stammte? Hatte sie selbst sämtliche Bilder im Haus gemalt?

Mayla stöberte durch die Habseligkeiten, aber ein letzter Funken Anstand verbot es ihr, zu genau die Unterlagen und Schränke zu durchforsten. Sie fühlte es, Julie verbarg nichts vor ihr – außer vielleicht das Wissen, das sie mit Tom, jedoch nicht mit ihr geteilt hatte. Und dieses Wissen würde sie wohl kaum in den Schränken und Schubladen finden.

Enttäuscht gelangte sie zurück in den Eingangsbereich. Nicht einmal im Keller hatte sie etwas Auffälliges gefunden – geschweige denn, dass sie auf irgendwelche Spuren gestoßen war, die Tom hätte hinterlassen können. Er war nicht da, ebenso wenig wie die Hausherrin. Seltsam, dass Julie von heute auf morgen verreist war, obwohl sie ihnen gestern erzählt hatte, wie zurückgezogen sie lebte. Das konnte doch kein Zufall sein.

Maylas Augen brannten, womöglich von dem schlechten Licht, und das Pochen am Hinterkopf nahm auch wieder zu. Besser, sie machte eine Pause. Nur wo? Violett und Georg waren im Krankenhaus. Selbst wenn sie bereits wieder daheim waren, brauchte Georg Ruhe. Auf Burg Donnersberg würde sie bestimmt nicht gehen, das stand fest. Schon wollte sie sich einfach in dem Château in eines der gemütlichen Schlafzimmer zurückziehen, als ihr eine Idee kam. Nicht nur irgendeine Idee, nein, es war die perfekte Idee, wie sie eine kleine Pause verbringen und zugleich einen geliebten Menschen treffen konnte. Mit einem Lächeln umfasste sie den Amulettschlüssel und sprang davon.

Kapitel 4

Sie landete auf Kopfsteinpflaster, von Lavendelduft und französischem Flair keine Spur, dafür roch es nach Apfelwein und der guten alten Stadtluft. Gierig sog Mayla den vertrauten Duft ein. Wie lange war sie nicht mehr in Frankfurt gewesen? Noch immer fühlte sich diese Großstadt am meisten wie Zuhause an, obwohl sie seit Jahren nicht hier gewesen und streng genommen in einem Vorort aufgewachsen war. Dafür war sie in Frankfurt aufs Gymnasium gegangen, hatte hier studiert und mehrere Jahre in Bornheim gelebt. Wenn es einen Ort gab, den sie als ihre Heimat bezeichnen konnte, so war das Frankfurt.

Mit einem Lächeln auf den Lippen schlenderte sie über die Hauptwache. Ihre Schritte fühlten sich leichter an, als sie die Weltenfalte verließ und über die Straße stöckelte. Sie passierte die St. Katharinenkirche und schlenderte durch die Katharinenpforte, bis sie das kleine Lädchen erreichte.

Die Traumfänger in dem großen Schaufenster baumelten hin und her, als Mayla auch schon die Hand entdeckte, die sie gerade neu arrangierte. Die Hand, die sie früher so oft in ihrer gehalten, die in ihre Pralinenschachtel gelangt und die freudig geklatscht hatte, wenn Mayla etwas erzählt hatte. Ein breites Lächeln legte sich auf ihr Gesicht, als sie das Esoteriklädchen betrat.

Ein Windspiel begleitete ihre Ankunft und schon hörte sie die bekannte Stimme »Ich komme sofort« rufen. Der Duft nach Räucherstäbchen stieg ihr in die Nase und zauberte ein weiteres Lächeln auf ihr Gesicht. Zum ersten Mal seit den Vorkommnissen fühlte sie sich wohl.

Glücklich drehte sie sich um und schaute zu der Frau, die auf einer Trittleiter stand und die Windspiele und Traumfänger aufhängte.

»Kein Problem, ich habe Zeit.«

Heike riss die Augen auf, drehte sich abrupt um und ihr Fuß verfehlte die Trittleiter. »Mayla?« Sie ruderte wild mit den Armen und kippte zur Seite.

Mayla scannte in Sekundenschnelle den Laden ab, in dem sich außer ihnen niemand befand, und dachte »Vola!«, worauf ihre Freundin sanft auf die Füße glitt. Heike bemerkte es gar nicht, sondern eilte sofort auf sie zu, die Arme ausgebreitet.

»Mayla? Du bist es wirklich! Wie schön. Wie wundervoll. Ich hab dich so vermisst.«

Schon lagen sich die beiden in den Armen. Die Vertrautheit der jahrelangen Freundin legte sich wie ein warmes Gefühl um Mayla und dankbar drückte sie sich an sie. »Ich hab dich auch vermisst, Heike.«

Heike nahm die Brille von der Nase und wischte sie an einem Tuch sauber. »Was tust du hier? Ich dachte, du willst erst nächste Woche kommen, wenn Emma sich eingewöhnt hat. Ich kann es nicht fassen, dass ich weder die kleine Maus noch Tom bislang persönlich kennengelernt habe. Endlich seid ihr zurück. Erzähl! Wie ergeht es euch in eurem neuen Heim? Schade, dass ich es nicht sehen kann.«

Mayla lachte halbherzig auf. Sie wollte es überspielen, ihre Wut, ihre Sorge, ihre Enttäuschung. Und ihre Angst. Doch als sie mit den Schultern zuckte und zu reden begann, klang ihre Stimme nicht so flapsig wie erhofft. »Es hätte kaum mehr schiefgehen können.«

Heike zog die Brauen zusammen, stemmte die Hände in die Seiten und betrachtete sie eingehend. »Was ist passiert?«

Unvermittelt brach sich ihr Kummer Bahn und sie schluchzte auf. Heike legte den Arm um sie. »Komm, Mayla, wir setzen uns erst mal und dann erzählst du in Ruhe.« Sie führte Mayla zu einer Sitzecke und bugsierte sie auf einem Diwan ähnlichen Polstermöbel, das mit rosafarbenen und orangen Kissen bestückt war. Rasch eilte sie zur Ladentür, schloss ab und hängte das »Komme gleich wieder«-Schild auf. Dann huschte sie nach hinten und kehrte mit einer Kanne Tee und zwei Tassen zurück, die sie auf das kleine Beistelltischchen stellte. Nachdem sie die dampfende Flüssigkeit eingossen hatte, langte sie in eine Schublade und holte eine Schachtel Pralinen hervor, die sie Mayla unter die Nase hielt. »Was ist geschehen?«

»Hast du mich erwartet, weil die Kanne Tee und die Schokolade schon bereitstehen?« Mayla versuchte sich an einem schiefen Lächeln, das ihr nicht so recht gelingen wollte.

Heike gluckste. »Sagen wir es so. Mir war heute morgen danach, eine ganze Kanne Tee zu kochen, anstatt nur einer halben, als hätte mein Unterbewusstsein dich kommen hören.« Das klang selbst für Heike besonders spirituell und Mayla lächelte nun wirklich.

Ihre Freundin zwinkerte ihr verschmitzt zu.

»Und die Pralinen liegen hier ohnehin immer bereit. Ich habe in der Agentur eine Menge von dir gelernt – vor allem, dass man an allen möglichen Orten seine Verstecke haben sollte, damit man niemals mit leeren Händen dasteht, wenn man sie braucht.«

Mit einem Schmunzeln dachte Mayla an die gemeinsamen Jahre in der Werbeagentur. Es war eine schöne Zeit gewesen. Vor allem, weil sie ihre Freundin jeden Tag hatte sehen können. Nun waren fünf Jahre vergangen, seit sie das letzte Mal von Angesicht zu Angesicht miteinander geredet hatten. Die Zeit war schnell vergangen. Zunächst hatten sie sich Briefe geschrieben, später hatte Mayla ab und zu die Weltenfalte auf Lesbos verlassen, um ihre Freundin über ein Münztelefon anzurufen. Doch dieser Austausch konnte bei weitem keine persönlichen Treffen ersetzen. Wenigstens hatten sie sich so auf dem Laufenden halten können und Mayla wusste, dass Heike vor zwei Jahren in der Werbeagentur gekündigt und sich bei Nora in den Esoterikladen eingekauft hatte. Seither führten sie ihn gemeinsam und Heike war glücklich.

»Also, was ist passiert, Mayla?«

Mayla nahm sich eine Praline und roch daran. Zimt und herbe Sahne. Lecker. Wie sollte sie ihrer Freundin erklären, was sich Ungeheuerliches zugetragen hatte?

»Es gab einen Entführungsversuch, weshalb Emma mit meiner Oma in einem Versteck lebt, und Tom hat mich letzte Nacht niedergeschlagen und ist seither nicht zu finden.«

»Was?«

Heikes Mund klappte auf. Fassungslos sah sie sie an. Zwischen Pralinen und Tee erzählte Mayla die lange Version, sogar von dem Säckchen mit dem vermeintlichen magischen Stein, das Tom ihr aus der Hand gerissen hatte. Schließlich wusste sie, wenn sie jemandem vollumfänglich vertrauen konnte, so war das ihre Freundin Heike. Außerdem lebte sie außerhalb der Weltenfalten.

Heike wusste viel über die Welt der Hexen, Nora hatte ihr einiges beigebracht, dennoch sah sie überrascht auf, als Mayla von den magischen Steinen erzählte.

Sie vertraute Heike sogar an, dass Emma die alte Magie in sich trug und was das für ihre kleine Maus für Folgen haben konnte. Es tat gut, sich alles von der Seele zu reden, und Heike war eine gute Zuhörerin. Zudem war ihr Optimismus unschlagbar.

»Du musst das positiv sehen, Mayla. Wenn Emma damit geboren wurde, hat das seinen Grund. Sie ist zu Großem bestimmt.« Heike knusperte begeistert eine Krokantpraline und überlegte, voller Eifer an der Problemlösung beteiligt. »Was ist nur mit Tom los? Das gibt es ja nicht, dass der dich einfach niedergeschlagen und dir anschließend dieses Säckchen weggenommen hat. Aus welchem Grund hat er das getan? Glaubst du wirklich, da war einer dieser Steine drinnen?«

Mayla zuckte mit den Schultern. Sie wusste nicht, ob sie empört sein sollte, weil Heike sich nicht stundenlang darüber aufregte, dass er ihr Gewalt angetan hatte, oder erleichtert, weil ihre Freundin dasselbe dachte wie sie. Tom war noch immer auf ihrer Seite.

Heike grübelte unterdessen weiter. »Er hat doch zu dir gesagt, egal, was passiert, er täte es für eure Tochter. Glaubst du, er will verhindern, dass die Jäger die Steine bekommen, und hat sie deshalb gestohlen?«

Mayla hob abrupt die Arme und konnte sich im letzten Moment bremsen, bevor sie sämtliche Engelsfiguren auf dem Regal gegenüber explodieren ließ. »Davon gehe ich aus. Aber er hätte mich einweihen können. Zusammen sind wir stärker. Und es erklärt nicht, weshalb er mich bewusstlos geschlagen hat. Wenn in dem Säckchen wirklich einer der Steine gewesen ist, war er bei mir sicher – ebenso wie der Stein des Feuerzirkels.«

Heike nippte an ihrem Kräutertee. »Wenn ich mich richtig erinnere, war er nie sonderlich mitteilsam, oder?«

Mayla grummelte und langte nach einer weiteren Praline. Der Geruch versprach eine Cognacfüllung und das war genau das richtige.

»Du musst unbedingt herausfinden, wieso Tom so gehandelt hat. Ich wette, er war es, der heute Nacht zurückgekommen ist und sich vergewissert hat, dass es dir gutgeht. Er wollte dir nicht weh tun, sondern wurde dazu gezwungen, meinst du nicht auch?«

Mayla grummelte erneut. »Das hoffe ich für ihn, sonst Gnade ihm Gott.«

Heike setzte sich auf die Kante des Stuhls und lehnte sich vor. Sie sah zufrieden aus, als löse sie ein Rätsel wie Miss Marple und als wäre all das für Mayla nicht die bittere Realität. »Also, du machst jetzt Folgendes. Du suchst nach Hinweisen, was Tom in letzter Zeit getrieben hat. Wo war er? Was hat er herausgefunden? Welche Texte hat er studiert? Wen hat er getroffen?«

Mayla zog die Brauen zusammen. »Ich wüsste zu gerne, wer die Frau gewesen ist, mit der er sich in unserem

Schlafzimmer unterhalten hat. Ob sie eine Jägerin ist, die gegen den Typ gekämpft hat, der Emma entführen wollte – wie hieß er noch gleich? Richard von Pommern – oder ob es ein Machtgerangel auf dem Stammsitz der Familie von Eisenfels gewesen ist?«

»Ein ganz schön heftiges Machtgerangel, wenn sie diesen von Pommern getötet hat, meinst du nicht? Auch wenn er es definitiv verdient hatte. Meine Güte, die arme Emma. Nein, ich glaube, diese Frau hat etwas mit Toms Verschwinden zu tun. Sie ist seine Verbündete.«

Der Satz stieß bitter in Mayla auf. Die Fremde war seine Verbündete, dabei sollte viel mehr Mayla seine Verbündete sein!

»Nach ihr musst du ebenfalls suchen.«

Hilflos hob Mayla die Hände.

»Wie soll mir das gelingen? Seit Tagen sind wir auf der Suche nach einer Spur zu ihr und den Jägern. Nichts haben wir gefunden außer den Erdkrümeln, die uns zum Mont-Saint-Michel geführt haben.«

Heike lachte fröhlich – was völlig deplatziert rüberkam, ebenso wie die Freude, die sie über ihrer Unterhaltung empfand. Doch Mayla konnte ihr nicht böse sein. Ein wenig merkte sie sogar, wie Heikes lebensfrohe Art auf sie abfärbte.

»Auf dem Friedhof des Mont-Saint-Michel hast du dieses Medaillon gefunden? Wo ist es jetzt?«

Mayla überlegte. »Ich denke auf Burg Donnersberg. Violett und Angelika haben es genauer untersucht.«

»Das würde ich mir an deiner Stelle auf jeden Fall holen.« Heike nippte erneut an ihrem Tee. »Genau, das Medaillon, das holst du dir und anschließend springst du nach Süd-england, in diesen Landsitz von Toms Familie. Dort durchforstest du noch mal den Raum, in dem diese Unbekannte mit dem Jäger gekämpft hat, und du durchsuchst vor allem diese geheime Bibliothek. Ich wette, Tom hat dir dort eine Nachricht hinterlassen.«

»Was?« Mayla lachte unglücklich auf. »Wieso sollte er gerade dort eine Nachricht hinterlassen?«

Heike zwinkerte ihr zu. »Weil er dich in die geheime Bibliothek mitgenommen hat, einen Ort, an den nur sehr, sehr wenige Menschen gelangen können. Wo sonst wäre eine Nachricht an dich sicher?«

Mayla stieß lautstark den Atem aus. Unlogisch klang es nicht. Vielleicht hatte Heike gar nicht so unrecht. Mit schräg gelegtem Kopf sah sie ihre Freundin an. »Okay, danke. Das war ja ein richtiges Ermittlungsgespräch.«

Heike gluckste. »Ja, gell? Fantastisch. So machen die das immer in den Krimis, die ich lese.«

Mayla lachte auf. »Seit wann liest du Krimis? Du verschlingst doch immer nur esoterische Bücher.«

Heike winkte ab. »Seit ich hier arbeite und Nora mir so viel beibringt, brauch ich in meiner Freizeit etwas anderes. Durch Zufall bin ich auf einen Edgar Wallace Film gestoßen und seitdem hat mich das Krimifieber gepackt. Letzte Woche habe ich sogar an einem Krimi-Dinner teilgenommen – da musst du unbedingt mal mit. Das hat unglaublich viel Spaß gemacht. Jedenfalls habe ich durchaus Fachwissen, mit dem ich dir weiterhelfen kann.« Als Mayla erneut auflachte, hob Heike abwehrend die Hände. »Ich weiß, ich weiß, das sind alles nur ausgedachte Fälle, aber trotzdem habe ich viel über die Vorgehensweise der Ermittler gelernt. Deshalb bin ich davon überzeugt, dass Tom dir irgendwo eine Nachricht hinterlassen hat.«

Mayla roch an der Praline, die sie in Händen hielt. Wahrscheinlich hatte Heike recht. Sie war ebenso überzeugt, dass Tom ihr nichts Böses wollte und sich ganz sicher nicht auf die Seite der Jäger geschlagen hatte – auch wenn ihr verletzter Stolz noch immer ein wenig meckerte, wie schnell sich ihre Freundinnen auf seine Seite schlugen.

»Also gut, dann werde ich mich auf den Weg machen.«

»Fantastisch.« Heike klatschte in die Hände. Ihre Augen leuchteten, als würde sie selbst auf Entdeckungsmission gehen. »Hach, wie gerne würde ich mitkommen, aber leider kann ich keine Weltenfalten betreten. Falls dir irgendein Zauber unterkommt, wie man normalen Menschen Hexenfähigkeiten verleihen oder sie in die Weltenfalten reinschicken kann, dann sagst du es mir, gell? Ich verlasse mich auf dich, Mayla! Kommst du später wieder her? Ich kann dir bei den anderen Sachen ebenso helfen.«

Mayla lächelte. Wie hatte sie Heike vermisst.

»Danke, das ist lieb von dir. Bis wann bist du heute im Laden?«

Sie winkte ab. »Sobald du mich brauchst. Nora schafft das auch mal ohne mich. Also? Wann treffen wir uns?«

»Ich kann nichts versprechen. Wer weiß, auf welche Spuren ich stoße, aber ich komme wieder, sobald es mir möglich ist.« Verschmitzt zwinkerte sie Heike zu, die freudig nickte.

»Pass auf dich auf, Mayla. Und spätestens wenn all das vorbei ist, dann kommst du mich doch mal mit deiner Kleinen besuchen … und mit Tom. Oder? Ich möchte die beiden endlich kennenlernen. Und ich verspreche dir, ich werde mit Tom ein ernstes Wörtchen reden. Ungeschoren kommt der mir nämlich nicht davon, wo er meine beste Freundin verletzt hat!«

Mayla lächelte und ihr Herz weitete sich. Heike war eine tolle Freundin und obwohl sie sich fünf Jahre nicht gesehen hatten, knüpften sie einfach wieder dort an, wo sie aufgehört hatten. Das war echte Freundschaft.

Sie versprach Heike wiederzukommen und verabschiedete sich. In ihrem Rücken bimmelte das Windspiel, als sie den Laden verließ, und ein wenig klang es wie ein Startschuss dafür, dass die Suche nach Tom, der Fremden und der Wahrheit soeben begonnen hatte.

Kapitel 5

Mayla hatte sich entschieden, nicht zuerst nach dem Medaillon zu suchen. Sie wollte eine Konfrontation auf Burg Donnersberg hinausschieben – wenn sie sie nicht sogar dadurch verhindern konnte, dass sie Violett nach dem Medaillon fragte. Vielleicht konnte ihre Freundin es beschaffen.

Tom hatte ihr den Spruch nicht verraten, mit dem man in die geheime Bibliothek seiner Familie springen konnte. Da aber der hauptsächliche Schutz des Raums darauf beruhte, dass niemand den Ort betreten konnte, der nicht von einem Mitglied der Familie hingeführt worden war, schöpfte sie Hoffnung, sich den Spruch zusammenschustern zu können. Sie überlegte einen Moment, stellte sich den düsteren vollgestellten Raum bildlich vor und dachte: »Perduce me in bibliothecam occultam familiae Eisenfels!«

Die Gebäude der Hauptwache wirbelten um sie herum, das Sonnenlicht verschwand ebenso wie der blaue Himmel und machte einer Düsternis breit, die Mayla noch nie so willkommen gewesen war. Schnell blies sie eine Flamme auf die Fingerspitze. Hatte der Spruch funktioniert?

Der flackernde Schein drängte die Dunkelheit zurück und zum Vorschein kam der Tisch, an dem sie mit Tom gestanden und auf dem sie unzählige Schriftrollen ausgebreitet hatten. Im Hintergrund, kaum zu erkennen, befanden sich die vielen schmucklosen Regale.

Sie hatte es geschafft. Wenn das kein gutes Zeichen war! In Gedanken tat sie einen kleinen Hüpfer, bevor sie einen dreiarmigen Kerzenständer anblies und sich in dem verlassenen Raum umschaute. Die Einrichtung sah genauso aus wie beim letzten Mal, unzählige Schriftrollen und alte Bücher stapelten sich in den schmucklosen Regalen und nichts erweckte den Anschein, als hätte sich jemand in den letzten Wochen für längere Zeit an diesem Ort aufgehalten. War Tom wirklich hier gewesen, wie Heike es vermutete? Hatte er ihr eine Botschaft hinterlassen?

Konnte eigentlich jemand anderes außer Tom und ihr diese Bibliothek betreten? Als sie das letzte Mal hier gewesen waren, hatte sie jemand belauscht. Mindestens eine Person außer ihnen beiden wusste also von dem versteckten Raum und wie man hergelangte. Folglich war der Ort nicht absolut sicher, um eine geheime Nachricht zu hinterlassen. Hatte Tom es trotzdem getan?

Sie lief bis ans Ende des Raums und spähte hinter die letzte Regalreihe, um sich zu vergewissern, dass niemand sie überraschte und dass sie sich wirklich alleine in der Bibliothek befand. Ihr begegnete niemand, dennoch lag ein mulmiges Gefühl auf ihrer Brust.

Mit leisen Schritten lief sie zu dem Regal, aus dem sie das letzte Mal mit Tom so viele Schriftrollen hervorgeholt hatte, und suchte vorsichtig unter den eingerollten Texten und in den Büchern nach einem Zettel. Sie wollte an Heikes Theorie glauben, wollte an dem Glauben festhalten, dass er einen Plan verfolgte und sie nun einweihen würde, doch sie fand nichts. Keinen Schmierzettel, keinen versiegelten Briefumschlag und auch sonst nichts, was nicht bereits das letzte Mal da gewesen war.

Sie hielt ebenfalls Ausschau nach Gegenständen, die nicht zum Inventar gehörten. Möglicherweise hatte Tom ihr einen Nuntia-Zauber hinterlassen, aber es war nichts zu finden.

Wo konnte sie sonst suchen? Sollte sie sich durch sämtliche Regale pflügen? Das würde er niemals von ihr erwarten. Nein, er kannte sie zu gut. Wenn er wirklich damit rechnete, dass sie herkam, und ihr eine Nachricht hinterlassen hatte, dann würde er einen Ort oder Gegenstand wählen, der etwas bedeutete und der nur ihr auffallen würde.

War das letzte Mal etwas geschehen oder hatten sie über etwas gesprochen, das er nutzen konnte? Mayla legte die Stirn in Falten, hob den Kerzenständer höher, sodass sein Licht bis weit in die Ecken reichte, und überlegte. Langsam ging sie durch die Gänge. Ihr Blick glitt über die metallischen Regale, huschte über die Schriftrollen und den Bilderrahmen und – Moment! Den Bilderrahmen?!

Als sie das letzte Mal hier gewesen und belauscht worden waren, hatte der Lauscher nichts zurückgelassen als einen Bilderrahmen, dessen Glas zerbrochen gewesen war. Tom hatte gesagt, dass er sich nicht erinnern könne, je einen in dieser Bibliothek gesehen zu haben. War das sein Hinweis? Der, nach dem sie suchte?

Hastig stolperte sie zu dem Regal, in dem der Rahmen stand, und nahm ihn an sich. Wachsam blickte sie zu den

Seiten. Nicht, dass sie wieder überrascht wurde. Doch es war niemand zu sehen oder zu hören. Augenblick. Das letzte Mal hatte sich derjenige auch ausgesprochen unauffällig verhalten. Sie schloss die Augen und erspürte die Magie in dem Raum. Außer ihrer eigenen konnte sie keine weitere Energiequelle wahrnehmen. Es war niemand da.

Sie stellte den Kerzenständer auf den Boden. Ihr fehlte die Zeit – und die Geduld! –, um zurück zum Tisch zu gehen und dort den Bilderrahmen zu untersuchen. Stattdessen löste sie im Gang die stützende Pappe und schaute hinter das Bild. Dort war nichts. War es mit einem Zauber verborgen? Mayla strich sich eine lose Strähne hinter die Ohren.

»Aperi!«, dachte sie, um die Geheimschrift sichtbar zu hexen, aber nichts veränderte sich. Seltsam. Moment, war der ganze Rahmen womöglich ein Nuntia-Zauber? Sie führte ihn an die Lippen, konzentrierte sich auf eine Botschaft und raunte: »Te aperi!«, doch selbst darauf passierte nichts.

Aber der Rahmen musste einen Hinweis bergen! Tom hatte ihn das letzte Mal nicht heil gezaubert und wieder ins Regal gestellt, nein. Er hatte ihn mitgenommen, … oder? Verdammt, so genau hatte sie nicht darauf geachtet.

Enttäuscht baute sie die Teile wieder zusammen und drehte den Rahmen, sodass sie das Bild betrachten konnte. Es zeigte eine ihr unbekannte Landschaft. Eine einfache Hütte inmitten eines Waldes. Wer machte Fotos von so etwas und stellte sich das auch noch hin? Das war total unspektakulär. Augenblick, vielleicht war das Bild selbst der Hinweis.

Nachdenklich ließ sich Mayla auf den Boden gleiten und angelte nach einer Praline. O je, ihre Vorräte neigten sich dem Ende zu. Hoffentlich reichten sie, bis alles aufgeklärt war. Nichtsdestotrotz verwehrte sie sich den Seelentröster nicht.

Langsam und in vollem Bewusstsein steckte sie sich die Praline in den Mund, ließ die Schokolade langsam auf der Zunge schmelzen und genoss sie in vollen Zügen, bevor sie erneut das Foto betrachtete.

Eine Hütte im Wald. Hatte Tom je davon erzählt? Nein, soweit sie wusste, besaß er nur die Hütte in den Pyrenäen. Wollte er sie womöglich dort hinführen? Der Rahmen war ein wenig schmutzig. Mit dem Finger fuhr sie über die Stelle, wo Holz und Glas einander berührten. An ihrer Fingerspitze blieb etwas haften. Das war allerdings kein Staub.

Stirnrunzelnd beschnupperte sie den Finger und riss die Augen auf. Das roch nach … Erde. Das war der Hinweis, nach dem sie gesucht hatte! Tom bezog sich mit seinem Tipp nicht nur auf den zerbrochenen Bilderrahmen, sondern auch auf den neuen Zauber, den sie gelernt hatte, als Georg und Tom die Erdkrümel in ihrem Zuhause entdeckt hatten. Die Erde führte sie zu dem Haus. Oder zumindest dorthin, wo Mayla Tom zufolge hingehen sollte.

Ein Hoch auf Heike, sie hatte es gewusst.

Schnell sprang Mayla auf die Füße und überlegte. Wie ging noch der Zauberspruch, den Georg verwendet hatte, um den Dreck in ihrem Haus zum Mont-Saint-Michel zurückzuverfolgen? Als es ihr einfiel, klatschte sie vergnügt in die Hände. Sie konzentrierte sich auf die Erde und raunte: »Ostende, unde venias!«

Die feinen Erdkrümel lösten sich von ihrem Finger und stiegen in die Luft. Auf Augenhöhe blieben sie stehen und drehten sich, schneller und schneller, bis sie langsam zu Boden sanken. In der Luft selbst war ein Bild entstanden und Mayla stockte der Atem, als sie es erkannte.

Es war der Eiffelturm.

Der Eiffelturm? Tom rief sie zum Eiffelturm? Wieso hatte er das nicht in den vergangenen zwei Jahren im Zuge eines romantischen Ausflugs machen können, zum Teufel!

Tief atmete sie durch und massierte sich die Schläfen. Sie musste nachdenken. Natürlich würde sie nach Paris springen, das stand außer Frage. Aber was befand sich dort? Sie ballte die Hände zu Fäusten. Das würde sie nur auf eine Weise herausfinden.

Entschieden erhob sie sich und wischte sich den Staub vom Rock. Ob es eine Weltenfalte beim Eiffelturm gab?

Wahrscheinlich, wenn sie bedachte, dass sich die Hexen bisher bei jedem Touristenmagneten, den Mayla betreten hatte, einen Raum gesichert hatten. Kurzerhand umfasste sie den Amulettschlüssel und überlegte sich eine Übersetzung, bevor sie sich das Wahrzeichen von Paris vorstellte. Zum Glück hatte ihr Tom einen Trick beigebracht, wie sie nicht jedes einzelne Wort, das sie auf Latein nicht kannte, für den Perduce-Zauber übersetzen musste.

»Perduce me ad locum Eiffelturm!«

Auf einen Wink ihrer Hand erloschen die Kerzen und die Dunkelheit umfing sie, um im nächsten Moment einem strahlend blauen Himmel zu weichen. Die Sonne blendete, weshalb Mayla die Hand vor Augen hielt.

Tatsächlich, sie hatte es geschafft. Vor ihr stand das Wahrzeichen von Paris. Sie stand nahe der Treppe, die bis nach oben führte. Mit einem Lächeln legte sie den Kopf weit in den Nacken und folgte dem Metallgerüst bis zur Spitze, die sich gen Himmel reckte. Wahnsinn.

Es war ewig her, dass sie hier gewesen war. Zuletzt mit ihrer Schulklasse auf Abschlussfahrt. Hätte ihr damals jemand gesagt, dass sich beim Zugang zum Eiffelturm eine

Weltenfalte befindet, die nur Hexen betreten können, hätte sie laut losgelacht. Wer wusste schon, ob sie nicht damals eine der Touristinnen gewesen war, die damals wie heute vor den Augen der Hexen auf der einen Seite der Falte verschwanden und mit dem nächsten Wimpernschlag auf der anderen Seite wieder auftauchten.

Wachsam sah sie sich um. Die Weltenfalte war größer als die auf dem Pont Neuf, maß jedoch kaum zehn Meter in Länge und Breite. Einige Hexen befanden sich darin, Reisegruppen, die fröhlich schwatzend die magische Schwelle überquerten und sich unter die Touristen mischten, um die Treppe hinaufzulaufen.

Offenbar gab es keinen separaten Eingang für Hexen, aber wenigstens musste sie sich nicht in die ewig lange Schlange einreihen, die vor dem Kassenhäuschen wartete.

Sie folgte der Treppe mit den Augen und blickte auf die höheren Ebenen. Wartete Tom dort oben auf sie? Oder verbarg er sich in den Touristengruppen, die an der Kasse standen und Tickets zahlten? Nein, dort wäre er mit seiner Körpergröße sofort aufgefallen.

Erneut schirmte sie die Augen mit der Hand ab und überblickte die Gegend. Doch weder in der Parkanlage und bei den umliegenden Bäumen noch auf der Straße gegenüber sah sie ihn. Ihr Blick streifte ein altmodisches Karussell, um das Kinder herumhüpften. Selbst dort konnte sie ihn nicht ausfindig machen.

Nun, schließlich hatte der Hinweis auch auf den Eiffelturm hingewiesen und nicht auf die Umgebung oder Paris selbst. Kurzerhand huschte sie aus der Weltenfalte und mischte sich unter eine Gruppe Italiener, die laut schwätzend den Anstieg angingen. Innerhalb kürzester Zeit fiel Mayla zurück. Sie wurde von unzähligen Reisegruppen überholt, bis sie endlich die erste Ebene erreichte.

Puh. Was hatte sich Tom nur dabei gedacht, sie herzuschicken? Das wurde ja immer schlimmer. War das ein Hinweis, sie solle mehr für ihre Fitness tun? Der konnte was erleben. Keuchend stützte sie sich auf die Balustrade und stemmte eine Hand in die Hüfte. Seitenstechen plagte sie. Verdammt, sie hätte sich etwas zu trinken mitnehmen sollen.

Während sie wieder zu Atem kam, ließ sie ihren Blick über Paris schweifen. Die Stadt war wunderschön. Am liebsten würde sie sich dort vorne in das kleine Café am Park setzen, einen Café au Lait trinken und dazu ein Petit Fours naschen. Oder zwei oder drei. Vielleicht konnte sie das tun, sobald sie den Eiffelturm abgesucht hatte. Immerhin half nichts derart effektiv beim Nachdenken wie eine hübsch dekorierte Portion Zucker und dazu eine Tasse Kaffee. Maylas Laune hob sich sofort.

Ihr Puls hatte sich beruhigt und langsam lief sie die Plattform entlang. Nachdenklich betrachtete sie die Treppe, die zur zweiten Ebene hinaufführte, bis sie entschieden den Kopf schüttelte. Tom würde niemals von ihr verlangen, noch höher zu laufen, und er würde bestimmt nicht erwarten, dass sie dort nach einem Hinweis suchte. Folglich musste sich der nächste Brotkrumen irgendwo auf dieser Etage befinden.

Sie ging die Balustrade und die darüber liegenden Gitter ab, lief zu jedem einzelnen Teleskop, das für die Besucher befestigt war, und suchte bei den Stehtischen und in jeder Ecke. Aber sie fand nichts. Es gab nichts. Weder eine Spur zu Tom noch ihn selbst. Es war eine Sackgasse, verdammt!

Sie würde ja einen Spruch versuchen, nur leider wäre das viel zu auffällig. Die Glitzerspur, die der Suchzauber hinterließ, würde jedem auffallen. So ein Mist. Und jetzt? Kurz schielte sie zu dem Aufgang, der zur nächst höheren Ebene führte. Nein, er hatte wie in der Bibliothek ein Versteck gewählt, das logisch war, nur für sie beide zu finden. Ein Insider. Aber was?

Aufseufzend wandte sie den Kopf – und ihr Blick fiel auf das Café, das sich auf ihrer Etage befand. Natürlich, Tom wusste, sie würde sofort einen Kaffee trinken wollen. Er hatte den Hinweis dort versteckt. Es musste einfach so sein. Wunderbar, nun konnte sie zwei Fliegen mit einer Klappe schlagen. Vergnügt betrat sie das stilvoll eingerichtete Etablissement und ließ sich an einem der letzten freien Tische nieder. Hoffentlich war es nicht wichtig, dass sie den richtigen Platz belegte. Bei dem Andrang würde es ewig dauern, jeden Tisch abzusuchen.

Beschwingt von der Aussicht auf ein zweites und wesentlich reichhaltigeres Frühstück mit einem atemberaubenden Ausblick langte sie nach der Karte und ihre Augen leuchteten. Petit Fours. Spätestens jetzt stand es fest. Sämtliche Engel im Himmel standen auf ihrer Seite. Oder magische Wesen, überirdische Energien, esoterische Strukturen. Ach, wer auch immer. Es war einerlei. Mayla schlug ein Bein über das andere und winkte nach dem Kellner.

»Un café au lait, s'il vous plaît, et trois petit fours. Merci beaucoup.«

Ein Schmunzeln huschte über die Lippen des Kellners, während er sich die Bestellung notierte und sich verneigte. »Avec plaisir, Madame.«

Es dauerte nicht lange und Mayla bekam ihre Bestellung. Fantastisch. Sie genoss jeden einzelnen Bissen. Klar, die Lage war ernst, die Zeit drängte, aber diese Pause schenkte ihr

Kraft. Vergnügt hinterließ sie kaum einen Krümel auf ihrem Teller und trank den letzten Schluck ihres Kaffees. Jetzt fühlte sie sich gewappnet zu überlegen, was sie als nächstes tun sollte. Als sie dem Kellner winkte, um zu bezahlen, trat der mit einem Schmunzeln an sie heran.

»'at es Ihnen geschmeckt?«

Nanu, wieso sprach er deutsch mit ihr? Wahrscheinlich kamen so viele Touristen, dass er sich einige Brocken angeeignet hatte. »Ja, vielen Dank. Es war sehr lecker. Ich würde gerne bezahlen.«

»Das 'at ihr Mann bereits für sie getan und er 'at mir diesen Brief für sie gegeben. Bitte sehr, Madame.« Er verneigte sich und hielt ihr ein kleines Silbertablett entgegen, auf dem ein versiegelter Umschlag ruhte. Das Siegel war eine Mischung aus einer Flamme und zwei Hämmern. Es war von Tom. Das gab es doch nicht.

Aus runden Augen starrte Mayla den Kellner an.

»Wann hat er es Ihnen gegeben? Wo ist er? Steht er in der Küche?«

Der Kellner schüttelte den Kopf. »No, madame. Isch soll Ihnen ausrischten, dass Sie den Brief lesen sollen. Es steht alles darin.«

»Was?« Fassungslos sah sie von dem Kellner zu dem Brief und zur Schwingtür, die in die Küche führte. Wehe, Tom versteckte sich dort und beobachtete sie.

Der Kellner nahm den Briefumschlag und reichte ihn ihr. »Bitte, nehmen Sie das Couvert, isch muss weiterarbeiten. Au revoir, madame.« Erneut verbeugte er sich dezent und widmete sich einem älteren Herrn, der nach ihm winkte.

Ungläubig betrachtete Mayla den Umschlag, der auf dem sauberen weißen Tischtuch lag, als wäre er die Unschuld selbst. Mit fahrigen Fingern griff sie danach, keine Sekunde länger konnte sie warten, und brach das Siegel. Ein kleiner Briefbogen befand sich darin, den sie auseinanderfaltete. Tränen schossen ihr in die Augen, als sie die vertraute Handschrift erkannte.

Liebe Mayla,

es tut mir leid, was geschehen ist. Du weißt, dass ich immer auf Deiner Seite stehe und alles für Emma und Dich tue. Vertrau mir und zieh Dich zurück. Ich regle alles. Versteck Dich auf Burg Donnersberg und warte. In wenigen Tagen ist alles erledigt, und Du und Emma seid in Sicherheit. Ich liebe Dich.

Dein Tom

Mayla starrte auf die Worte. Wie bitte? Sie sollte sich verstecken? Das war die geheime Botschaft, wegen der er sie die vielen Stufen hinaufgequält hatte? Kein Hinweis, wie sie ihm helfen konnte? Wo er sich befand? Hatte er etwa Zeit schinden und sie beschäftigen, regelrecht ablenken wollen, indem er sie wie ein Kind auf Schnitzeljagd schickte? Das sollte wohl ein schlechter Scherz sein!

Wieder und wieder las Mayla die Zeilen, überflog sie in der Hoffnung, etwas überlesen zu haben, doch dort stand nichts als diese banalen Dinge.

Verdammt, Tom …

Sie winkte nach dem Kellner, der mit einem übervollen Tablett schmutzigen Geschirrs zu ihr kam. »Bitte, können Sie mir sagen, wohin der Mann verschwunden ist, nachdem er Ihnen den Umschlag gegeben hat?«

»Non, pardon.« Er verneigte sich und eilte in die Küche.

So ein Mist. Aus dem Kellner würde sie nichts weiter herausbekommen. Und jetzt?

Was dachte Tom eigentlich von ihr? Dass sie auf so einen Quatsch hören würde? Sie hatte sich noch nie geduldig in einen Lehnstuhl gesetzt und auf ihn gewartet. Wobei, das stimmte so nicht ... In den letzten zwei Jahren hatte sie das getan. Aber Himmel, jetzt lagen die Dinge anders. Sie ließ sich bestimmt nicht abspeisen. Außerdem, was sollte das heißen, sie und Emma wären in Sicherheit? Was war mit ihm? Wieso hatte er nicht geschrieben, dass sie alle drei in Sicherheit sein würden? Da stimmte etwas nicht.

Energisch erhob sie sich, stopfte den Zettel samt Umschlag in die Handtasche und machte sich an den Abstieg. Sie hatte keinen Blick übrig für die phänomenale Aussicht, sondern hielt die Augen starr auf die Stufen gerichtet, um so schnell wie möglich zurück in die Falte zu gelangen. Sie würde Tom finden. Sie würde hinter all diese Machenschaften kommen. Und dazu würde sie der Spur folgen, der sie in den letzten Tagen gemeinsam nachgegangen waren. An irgendeinem der Orte warteten Antworten auf sie, davon war Mayla überzeugt.

Kapitel 6

Ihr erstes Ziel war ihr Zuhause. Seit sie es mit Tom und Georg durchsucht hatte, war sie nicht dort gewesen. Da niemand ohne ihre Erlaubnis das Grundstück betreten konnte – außer offenbar die Jäger, zum Teufel –, glaubte sie sich sicher vor der Polizei und den Leuten von Burg Donnersberg.

Sie errichtete einen Schutzschild, sobald sie im Hausflur landete, und sah sich gründlich um – nicht, dass die Jäger bereits auf sie warteten. Glücklicherweise sah und hörte sie nichts. Sie ließ den Schildzauber verpuffen und durchstreifte das Wohnzimmer sowie die Küche. Alles war unverändert, seit die Jäger ihr Heim verwüstet hatten. Kurz juckte es sie in den Fingern, alles mit einem einfachen Zauber aufzuräumen und den Schein von Behaglichkeit wiederherzustellen, doch sie unterließ es. Stattdessen lief sie die Treppe hinauf.

In ihrem Schlafzimmer hatte Tom mit der Fremden gesprochen. Hatten die beiden sich dort getroffen oder hatte er sie überrascht? Kannten sie sich von früher? Hatte Tom die

Frau bereits erkannt, als sie den Kampf zwischen ihr und Emmas Entführer auf dem Stammsitz in Südengland verfolgt hatten? Verdammt, diese ewigen Fragen brachten sie nicht weiter. Sie drehte sich im Kreis und das viel zu lange schon.

Entschlossen betrat sie das Schlafzimmer. Das breite Ehebett war gemacht, die Decke ordentlich zurückgeschlagen und auf dem Nachttisch lagen die Romane, in denen Mayla zuletzt gelesen hatte. Welche Bücher befanden sich auf Toms Schränkchen? Rasch lief sie auf seine Seite des Bettes und setzte sich. Auf dem Nachttisch befanden sich eine kleine Lampe und ein Foto von Emma, Tom und ihr. Es zeigte sie am Strand, Emma hatte eine große Sandburg gebaut und strahlte zwischen ihren Eltern in die Kamera. Ihre Oma hatte das Foto gemacht. Mayla seufzte auf, nahm das Bild an sich und drückte es an ihre Brust.

O bitte, lass all das ein gutes Ende nehmen!

Sie steckte das Bild in die Handtasche und öffnete die Schublade von Toms Nachttisch. Es fühlte sich nicht gut an, in seinen Privatsachen zu wühlen, aber das hatte er nun mal davon.

Mit spitzen Fingern fuhr sie durch die wenigen Habseligkeiten. Eine Armbanduhr, ein paar Münzen, Taschentücher. Mehr befand sich nicht darin. Mayla schob die Schublade zu und öffnete das Fach darunter. Auf den ersten Blick sah es leer aus, doch als sie sich vorbeugte, entdeckte sie ganz hinten an der Rückwand ein kleines Kästchen. Langsam zog sie es hervor. Was sich wohl darin befand? Wäre es von größter Wichtigkeit, hätte Tom es mitgenommen – oder die Jäger, als sie ihr Haus durchwühlt hatten. Aber wenn es nicht zumindest eine gewisse Bedeutung für ihn haben würde, hätte er es nicht versteckt.

Als sie behutsam den Deckel öffnete, schlug ihr Herz schneller und schneller. Ob vor Aufregung oder weil sie sich schämte, seine Sachen zu durchsuchen, wusste sie nicht. Es tat auch gerade nichts zur Sache, Himmel noch eins.

Der Deckel klappte nach hinten und zum Vorschein kam roter Samt. Stirnrunzelnd schlug Mayla die Stofflagen beiseite. Darunter befanden sich eine weißgoldene Kette und passende Ohrringe mit Intarsien aus Turmalin. Der schwarze Stein schimmerte bläulich. Weshalb bewahrte Tom dieses Kästchen mitsamt der Schmuckstücke auf?

Vorsichtig streichelte sie über die Oberfläche der Ohrringe. Der Schmuck sah nicht neu aus, nicht so, als hätte er ihn vor kurzem gekauft, um ihn ihr zu schenken. Nein, vielmehr wirkte er, als wäre er viele hundert Jahre alt. Ehrfürchtig strich sie über die Kette, fuhr die Erhebungen der Form nach, in der die Schmuckstücke steckten, damit sie nicht wahllos in dem Kästchen umherrutschten, und erfühlte eine weitere Ausbuchtung. Moment, fehlte hier etwas?

Und während sie über die Stelle in der Schatulle fuhr, fiel ihr Blick auf den Ring, der an ihrem Finger steckte und mit dem Tom um ihre Hand angehalten hatte. In der Bewegung hielt sie inne, schaute von dem Ring zu der Kette zu den Ohrringen und wieder zurück. Der Ring gehörte dazu, es war ein Ensemble.

Maylas Herz schlug schneller. Weshalb hatte er ihr nur den Ring gegeben und nicht die anderen Stücke? Wollte er sie ihr bei der Hochzeit schenken? Oder hatte er es bewusst zurückgehalten? Von wem stammten sie? Aus einem Antiquitätenladen oder vielleicht … von seinen Vorfahren?

Als er ihr den Ring geschenkt hatte, war ihr nicht einen Moment in den Sinn gekommen, dass es sich um ein

Familienerbstück handeln könnte. Hatte die alte Bertha ebenfalls diesen Ring getragen? Und den Schmuck? Mayla erschauderte. Ein befremdlicher Gedanke.

Die Kette und die Ohrringe in dem Kästchen wiesen eine leichte gelbliche Verfärbung auf, wie es Weißgold nach Jahren zu tun pflegte. Ihr Ring sah ein wenig neuer aus, polierter, aber wahrscheinlich hatte er ihn lediglich aufbereitet, damit er zu ihrem anderen glänzenden Schmuck passte und sich als Verlobungsring eignete.

Mayla ließ das Kästchen in ihren Schoß sinken und blickte ins Leere. Sie wusste um Toms Erbe, wusste, wer sein Vater und seine Großmutter gewesen waren und was sie und manche andere Vorfahren angerichtet hatten. Die Familie hatte einen schlechten Ruf.

Immer wieder hatte Mayla darauf bestanden, dass nicht alle Mitglieder der Familie von Eisenfels böse waren. Dennoch wog der Ring an ihrem Finger plötzlich schwer. Schwer wie hunderte von Jahren dunkler Geschichte, brutaler Machtspiele und rücksichtsloser Intrigen.

Sie betrachtete ihn, spielte an ihm herum, ließ ihn an ihrem Finger hoch und wieder hinuntergleiten. Wenn sie gewusst hätte, dass es sich dabei um ein Erbstück handelte, hätte sie sich genauso über das Schmuckstück und den Antrag gefreut! Das redete sie sich zumindest ein. In Wahrheit sah es anders aus. Die Wahrheit war, dass es sie belastete. Alles andere wäre gelogen.

Wieso hatte Tom ihr nicht gesagt, woher der Schmuck stammte? Wenn er es ihr erklärt hätte, ihr gesagt hätte, dass es ihm wichtig war, die Erbstücke zu bewahren, bestimmt hätte sie nichts dagegen gehabt. Aber es durch Zufall herauszufinden … Mayla schüttelte den Kopf.

Sie atmete tief durch, steckte das Kästchen in ihre Handtasche und erhob sich. Sie würde es nicht zurück in das Versteck schieben. Wahrscheinlich nutzte ihr der Schmuck bei ihrer Suche kaum, trotzdem konnte sie ihn nicht einfach zurücklassen. Er bedeutete etwas, und sie wollte Tom nach dieser Bedeutung fragen.

Ein wenig enttäuscht trottete sie um das Bett. Einen Hinweis gebracht hatte ihr der Ausflug nicht, doch Moment. Ihr Gesicht klarte sich ein wenig auf. Wenigstens ihre Pralinenvorräte konnte sie aufstocken. Sie lief zu ihrer Seite des Bettes, langte in das Nachtschränkchen und holte die Notfall-Nachtreserve aus dem untersten Fach. Die Handtasche quoll zwar langsam über, aber das war egal. Die Schachtel musste hinein – zumal die von Violett beinahe leer war.

Ein letztes Mal ließ sie den Blick durch das Zimmer gleiten, bevor sie es mit einem bitteren Geschmack auf der Zunge verließ. Als sie das Kinderzimmer passierte, drückte ihr Herz bleiern. Ihre Schritte wurden schwerer, während sie auf das schmale Bettchen zuging. Sie ließ ihren Blick über die rosa und grüne Bettdecke gleiten und über das Mobile, das von der Decke baumelte und verschiedene Blumen zeigte. Langsam ließ sie sich auf dem Kinderbett nieder, strich über das Kissen, als läge dort ihre Tochter. Doch Emma war nicht da. Würde sie je wieder in diesem Bettchen schlafen? Ihre dunklen Augen aufreißen, ihre Mama lächelnd ansehen und fragen, was sie heute Tolles erlebten?

Die Erinnerung an Emma und das Bewusstsein, welches Blut in den Adern ihrer Tochter floss, halfen ihr. Ihre Tochter war auch eine von Eisenfels, und sie war ein wundervolles Mädchen. Von nun an wollte sie an Emma denken, wenn sie den Ring betrachtete, und daran, dass ihre Tochter ebenso ein Teil der Linie war, von der diese Schmuckstücke abstammten. Ein letztes Mal strich sie über das Kissen, nahm es in die Hand, presste es an ihr Gesicht und sog den geliebten Kinderduft ein, der kaum noch daran haftete, bevor sie es zurücklegte und den Raum verließ.

Ihre Schritte klackten über die Treppe, als sie nach unten lief. Jeder Schritt bezeugte die Sekunden, die wertvolle Zeit, die verstrich, während sie sich in diesem Haus aufhielt, ohne nennenswerte Hinweise zu finden. In dem Haus, das Tom für sie ausgesucht hatte und in dem sie geplant hatten, ein sicheres und gutes Leben zu führen. Behütet und glücklich. Mayla betrachtete den Ring an ihrem Finger und ballte die Hände zu Fäusten. Sie würde den Teufel tun und die Jäger gewinnen lassen. Sie wollte ihr Glück zurückhaben, ihr Leben, ihre Familie, egal ob in diesem Haus oder einem anderen, das schwor sie sich.

∞

Maylas nächste Station lag in Südengland. Sie plante in aller Ruhe den Stammsitz der von Eisenfels abzusuchen, insbesondere das Zimmer, in dem die Fremde und dieser verfluchte Entführer, Richard von Pommern, miteinander gekämpft hatten. Wenigstens dort würde sie eine brauchbare Spur finden, das schwor sie auf ihre – nein, auf ihre Pralinenvorräte lieber nicht. Aber sie würde den Teufel tun und aufgeben. Tom sollte noch sehen, was für eine Frau er gedachte zu ehelichen.

Sie umfasste den Amulettschlüssel und stellte sich das imposante Anwesen vor, in dem Tom aufgewachsen war. »Perduce me in villam familiae Eisenfels!« Einen Atemzug später fand sie sich in der Eingangshalle wieder und blickte sich wachsam um. Es war still, nicht auffällig still, eher … verlassen. Wieder erspürte Mayla das Anwesen, soweit sie es vermochte, doch außer ihrer Magie konnte sie keine andere pulsierende Energie ausmachen, die von einem Lebewesen stammte. Dennoch behielt sie den Kopf gesenkt, als sie sich auf den Weg machte.

In dem Büro von Toms Vater wollte sie nicht suchen. Dort würde Tom nichts verstecken, niemals, dessen war sie gewiss. Ohnehin war kaum damit zu rechnen, dass Tom irgendwo eine Spur hinterlassen hatte. Zu viele Jahre hatte er als Schatten gelebt, seine Vergangenheit und Herkunft verborgen und ein derart zurückgezogenes Leben geführt, dass niemand auf die Idee gekommen war, bei dem geheimnisvollen Einsiedler könne es sich um den Sohn von Vincent von Eisenfels handeln. Nein, von Tom würde sie nichts finden, solange er das nicht wollte, aber vielleicht von der geheimnisvollen Frau.

Optimistisch, denn alles andere wäre angesichts ihrer verzweifelten Lage Unsinn gewesen, lief sie die Treppe hinauf in den ersten Stock und durchquerte den dunklen Flur. Obwohl es draußen hell war – es war regnerisch, ein typischer später Vormittag in England – lagen die Bilder an den Wänden im Schatten. Nur das Ölporträt einer Person stach ihr ins Auge. Darauf abgebildet war eine großgewachsene schlanke Frau, das Kinn erhoben, die langen schwarzen Haare aalglatt frisiert. Sie sah atemberaubend schön aus, nicht sympathisch, aber ihr Gesicht war symmetrisch, die Augen groß und die Augenbrauen besaßen einen eleganten Schwung. Sie hätte für ein Hochglanzmagazin posieren können und wäre damit berühmt geworden.

Ihr Hochmut strahlte aus dem Bild heraus und wollte Mayla dazu verleiten den Kopf einzuziehen. Doch sie tat es nicht, stattdessen ging sie auf das Porträt zu.

Kein Name stand auf oder unter dem Gemälde, dennoch waren Mayla die dunkelbraunen Augen, dunkel wie die Nacht, und das energische Kinn derart vertraut, dass diese Frau nur eine Person sein konnte. Valentina Victoria von Eisenfels, alias die alte Bertha in jüngerem Alter, schätzungsweise um die vierzig.

Wie musste sich diese herrische Frau verstellt haben, um so viele Jahre unentdeckt ein Hotel leiten zu können, direkt unter den Augen der Polizisten, die keine dreihundert Meter entfernt in ihrer Wache saßen?

Und wie hatte sie seelenruhig bleiben können, während Mayla als unbedarfte Neuhexe vor ihr gesessen und sie ausgefragt hatte? Mit einem kleinen Wink ihrer Hand hätte sie Mayla damals töten können. Hatte sie wirklich nicht gewusst, wer Mayla war?

Auf dem Gemälde umfasste Bertha einen Stock. Nein, das war kein Stock, sondern etwas wie ein Zepter, und an ihrem Finger prangte ein Siegelring. Mayla kniff die Augen zusammen. Es war nicht der mit den Bergen, den Mayla im Hotel bewundert hatte. Auf diesem Siegelring waren zwei Hammer dargestellt, die Insignien der Familie von Eisenfels und ihres Metallzirkels.

Mayla überkam ein Schaudern. Sie löste sich von dem Bild und schritt den Gang entlang, passierte weitere Gemälde, darunter das von Vincent, doch auf keinem einzigen Porträt erspähte sie Tom. Generell entdeckte sie kein einziges Familiengemälde und keine Kinder. Wahrscheinlich war Tom nirgends abgebildet, weil er, lange bevor er erwachsen geworden war, den Stammsitz verlassen und auf sein Erbe verzichtet hatte.

Sie lief an einem energischen Kinn nach dem anderen vorbei und an dunklen Augen und schwarzen Haaren. Sie ertappte sich dabei, wie sie die dargestellten Personen mit Emma verglich, doch selbst wenn gewisse äußerliche Merkmale übereinstimmten, so fehlte ihrer Tochter das Überhebliche und Herrische, was jeder Porträtierte ausstrahlte.

Sie wandte den Blick ab von den Vorfahren ihres Kindes und fixierte die Tür, die angelehnt war und die zu dem Zimmer führte, in dem der Kampf zwischen der Fremden und dem Jäger stattgefunden hatte.

Zur Sicherheit überprüfte sie erneut, ob sich zwischenzeitlich jemand auf das Anwesen begeben hatte, doch außer ihrer Energie, der der hohen Bäume auf dem weitläufigen Grundstück und der Magie, die in der Weltenfalte an sich pulsierte, war nichts auszumachen.

Die Hand auf der Klinke schob sie die Tür auf. Der Raum war verwüstet wie bei ihrem letzten Besuch, dennoch strahlte er eine gewisse Gemütlichkeit aus. Es gab Regale, in denen nicht nur Bücher, sondern auch kleine Figuren von Elfen, Feen und Rittern standen. Ein Globus befand sich an der Seite, auf dem die Länder und Meere in bunten Farben eingezeichnet waren – offenbar darunter ein paar Weltenfalten, denn die Umrisse von Europa und Asien sahen definitiv anders aus, als Mayla sie kannte. Die Polstermöbel in dem Raum waren nicht aus schwarzem oder weißem Leder, sondern aus Stoff und mit flauschigen Kissen versehen.

Ungläubig sah sich Mayla um. Durch das Chaos, das die umgefallenen Regale, Stühle und der Tisch verbreiteten, hatte sie das letzte Mal völlig übersehen, dass dieser Raum keineswegs zu dem restlichen Anwesen passte. Er war anders. So viel persönlicher und … wärmer.

Ein Kinderzimmer war es nicht – sonst hätte sie sofort auf Tom getippt. Aber weder gab es ein Schaukelpferd noch Kuscheltiere oder andere Spielsachen, selbst die kleinen Figuren sahen eher wie Dekoration aus.

Die Auswahl der Einrichtung ließ mehr auf eine Frau schließen als auf einen Jungen, geschweige denn auf einen Mann. Wer hatte dieses Zimmer hergerichtet? Hatte eine von Eisenfels, die aus der Reihe gefallen war, diesen Raum als ihre Oase beansprucht? Aber dann hätte Vincent den Raum spätestens, als er mit Tom alleine auf dem Anwesen gewohnt hatte, seinem Stilempfinden gemäß gestaltet.

Oder jemand hatte in den letzten Jahren hier gelebt. Hatte sich in dem Zimmer einen Rückzugsort gestaltet, den Raum einfach für sich beansprucht, da das Anwesen von den Jägern nicht mehr genutzt wurde. Der Landsitz war zwar zu Beginn häufig von der Polizei durchsucht worden, aber schon lange hatten die Beamten alles konfisziert, was ihnen wichtig erschien, und die Absperrzauber von dem Grundstück entfernt.

Wer also hatte sich dieses Refugium gestaltet? Vielleicht die Fremde?

Langsam betrat Mayla den Raum, sorgsam darauf bedacht, nichts zu berühren oder zu verändern. Sie wollte nicht unbeabsichtigt einen Hinweis unbrauchbar machen, indem sie ihn platt trat oder aus Versehen unter das Sofa kickte.

Das Gefühl in dem Raum war anders als auf dem restlichen Anwesen, nicht so kalt und dunkel, eher ein wenig willkommen und herzerwärmend. Hatte die Fremde in dem

Zimmer gelebt? Wobei sie einen derart kühlen und abweisenden Eindruck gemacht hatte – sie konnte unmöglich die Innenarchitektin dieses Zimmers sein. Nein, Mayla schüttelte den Kopf, das war kaum vorstellbar.

Dort vorne hatten die beiden miteinander gekämpft. Der Jäger war gestürzt, tödlich getroffen, und die Unbekannte hatte ihm ein Säckchen entrissen. War darin ein magischer Stein gewesen? Gehörte sie folglich doch zu ihren Widersachern?

Irgendetwas musste es doch in diesem Raum zu finden geben!

Während Mayla in die Hocke ging und den Boden untersuchte, spürte sie urplötzlich eine magische Präsenz. Sofort hob sie die Hände und wollte einen Angriffszauber wirken, als es vor ihr zu glitzern begann und eine Frau erschien, mit der sie überhaupt nicht gerechnet hatte.

Es war Anna Nowak.

Kapitel 7

Anna? Was tust du hier?« Ungläubig musterte Mayla die polnische Erdhexe, die sie auf Burg Donnersberg kennengelernt hatte und mit der sie nie so richtig warm geworden war.

Zu Anfang hatte Anna eine unerklärliche Abneigung gegenüber Mayla empfunden. Auch wenn sie sich im Zuge von Melindas Befreiung angenähert und im Kampf gegen Vincent und Bertha zusammengearbeitet hatten, waren sie nie zu Freundinnen geworden. Das lag nicht unbedingt an Mayla, doch das Gefühl, dass Anna ihr nur Geringschätzung entgegenbrachte, war nie vergangen, weshalb sie sich nicht bemüht hatte, das Verhältnis zu verbessern.

Anna zog eine ihrer perfekt gezupften Brauen in die Höhe und stellte sich selbstbewusst vor Mayla, als wäre sie die Herrin des Hauses und Mayla die Unbefugte. Sie war größer als sie und sportlicher – was wohl nicht sonderlich schwer war. Außerdem hatte sie Übung in den verschiedensten komplizierten Zaubern und sich Wissen angeeignet, über das nur wenige verfügten. Mit Sicherheit war sie Mayla ebenbürtig, obwohl Anna keiner Gründerfamilie angehörte.

»Ich bin hier, um dir zu helfen.«

Mayla riss die Augen auf. Sie war nicht hier, um sie wegen Toms … Verrat anzugreifen? Die Frage musste Mayla ihr allerdings nicht stellen. Wenn einer auf Burg Donnersberg Tom jedes Mal ungefragt die Treue schwor, so war es Anna Nowak. Und das selbst zu der Zeit, als sich herausgestellt hatte, dass Tom Vincents Sohn war und die anderen ihn für einen Spitzel gehalten hatten.

»Das ist … nett von dir, ich …« Mayla zögerte. Sie wusste nicht, ob sie Anna vertrauen konnte, ob die Hexe im Ernstfall wirklich neben ihr stand. Aber da sie Tom gegenüber eine nahezu unerschütterliche Loyalität an den Tag legte, würde sie Mayla wohl kaum ins Verderben führen, oder? Bei jedem anderen von Burg Donnersberg hätte sie abgelehnt, Annas Wissen und ihre Erfahrung mit den außergewöhnlichsten Zaubern allerdings konnten bei der Suche nach Tom behilflich sein.

»Woher wusstest du, dass ich mich hier aufhalte?«

Anna winkte ab. »Ich wollte die Orte absuchen, von denen du, Tom und Georg erzählt habt. Den Kampf und den toten Jäger fand ich auffällig, weshalb ich zuerst auf das Anwesen gekommen bin. Weißt du mittlerweile, wo sich Tom aufhält?«

Mayla sah sie nachdenklich an. Annas Wissensstand musste der sein, dass Tom versprochen hatte am Abend auf Burg Donnersberg vorbeizukommen und dennoch nicht aufgetaucht war. Außerdem hatte sie mitbekommen, wie die anderen Tom verdächtigt hatten, einige der magischen Steine gestohlen zu haben. Wusste sie schon, was Tom danach …

getan hatte? Wahrscheinlich nicht. Wie würde sie darauf reagieren?

»Tom ist … nicht bei mir. Er …«

Anna zuckte bloß mit den Schultern, die sich muskulös unter ihrem Shirt abzeichneten. »Das wundert mich nicht. Tom war schon immer ein Einzelkämpfer.« Skeptisch zog sie eine Braue hoch. »Und du hast seither keine Spur von ihm gefunden?«

Sollte sie Anna einweihen? Tief atmete Mayla durch, dann hatte sie sich entschieden. Wenn sie niemandem ihr Vertrauen schenkte, würde sie zu einem ebensolchen Einzelkämpfer werden wie Tom, und das wollte sie nicht. Gemeinsam war man stärker, davon war Mayla überzeugt. Und um Anna an ihrer Seite zu wissen, wollte sie ihr die ungeschönte Wahrheit, was am Abend vorgefallen war, anvertrauen.

»Er hat mich und Georg in Frankreich niedergeschlagen. Wahrscheinlich hat Georg vorher einen der magischen Steine gefunden, den Tom uns abgenommen hat. Wir lagen die Nacht über bewusstlos im Wald, Georg musste sogar ins Krankenhaus, deshalb bin ich ohne ihn weiter.«

Anna nickte bloß und beließ ihre forschenden Augen auf Mayla gerichtet. Sie wusste, dass da noch mehr war, und kurzerhand entschied sich Mayla dafür, ihr die komplette Geschichte anzuvertrauen, so wahr ihr irgendjemand helfen würde! »Vorhin habe ich eine Botschaft von ihm bekommen. Er meinte, er würde alles regeln und ich solle ihm vertrauen. Er tue es für Emma und mich.«

Anna lachte auf, es klang laut und aufdringlich, aber nicht unangenehm. Mayla hatte selten jemanden erlebt, der derart selbstbewusst war. »Typisch.« Sie wandte sich den umgekippten Regalen zu und überflog die Buchtitel und filigranen

Figuren. »In dem Raum habt ihr die Unbekannte und den Jäger kämpfen sehen, oder? Ist dir irgendetwas an ihr aufgefallen?«

Mayla ging in die Hocke und fuhr in ihrer Suche fort, indem sie über den Boden strich. Vielleicht hatte die Fremde ein paar Erdkrümel hinterlassen. »Sie hatte einen langen dunklen Umhang an, dazu eine Kapuze. Nur weil ihr langes schwarzes Haar herausgeschaut und sich ihre Silhouette unter dem Umhang abgezeichnet hat, weiß ich, dass es eine Frau war. Ihr Gesicht blieb völlig im Schatten, obwohl sie uns nicht von Anfang an bemerkt hat. Reden habe ich sie auch nicht hören.«

»Hatte sie einen Zauberstab in den Händen?«

Mayla hielt in ihrer Bewegung inne. Sie versuchte sich das Duell detailgetreu ins Gedächtnis zu rufen. »Ich weiß es nicht, ich habe sie nur von hinten kämpfen sehen. Erst als der Jäger tot am Boden lag, hat sie sich uns zugewandt.«

»Eure Erzählungen lassen darauf schließen, dass sie eine mächtige Hexe ist. Und eine mächtige Hexe weiß ihre Spuren zu verwischen.« Anna bückte sich nach etwas, das Mayla auf die Distanz nicht erkennen konnte. Als sie Daumen und Zeigefinger hob, staunte Mayla, was ihre neue Verbündete gefunden hatte. Ein langes schwarzes Haar.

Mayla trat zu ihr. »Und … wie hilft uns das weiter? Gibt es einen Spruch wie mit den Erdkrümeln, mit dessen Hilfe uns das Haar zu seiner Trägerin führt?« Ein wenig rechnete sie damit, dass sich Anna über sie lustig machen würde, weil sie nicht so viele Sprüche kannte wie sie – und wahrscheinlich immer noch nur halb so viele wie die meisten anderen Hexen in ihrem Alter. Obwohl sie viel gelernt hatte und wunderbar zurechtkam, waren es solche Situationen, die offenbaren, wie viel sie verpasst hatte, weil ihre magischen Fähigkeiten erst Anfang dreißig erwacht waren.

Anna schüttelte den Kopf, keinerlei Spott lag in ihrem Gesicht oder in ihrer Stimme. »Den gibt es leider nicht, aber trotzdem ist das Haar ein wertvoller Hinweis. Wir können damit das Alter und die Herkunft erfahren, dazu den Gesundheitszustand und wo sich die Person am meisten aufhält.«

Wie bitte? Wie bei den Krimiserien am Donnerstag?

»Schickt ihr es in ein forensisches Labor oder gibt es einen Spruch?«

Anna erhob sich, zückte eine kleine Papiertüte aus ihrer Jeans und steckte das Haar hinein. »Nichts davon. Wir benötigen einen Kessel und Wasser und dann kochen wir einen Sud.«

»Wir brauen einen Zaubertrank?« Ungläubig schüttelte Mayla den Kopf. Es gab für sie so viel Neues zu entdecken.

»Es ist kein wirklicher Trank. Ich werde es dir zeigen.« Sie umfasste bereits ihren Amulettschlüssel, als Mayla auf das verbliebene Durcheinander zeigte.

»Meinst du nicht, wir finden vielleicht noch den ein oder anderen Hinweis?«

Anna schüttelte den Kopf. »Sie hat ihre Spuren gründlich verwischt. Dass wir ein Haar von ihr gefunden haben, ist pures Glück.«

Nachdenklich strich sich Mayla eine lose Strähne hinters Ohr. »Oder Kalkül. Vielleicht ist es eine Falle. Womöglich hat sie sich das Haar schnell herausgerissen oder von ihrem Umhang geschüttelt, oder es ist gar nicht von ihr, sondern von jemand anderem, um uns auf eine falsche Fährte zu locken.«

Anna zog das Haar aus der Tüte und hielt Mayla das eine Ende unter die Augen.

»Nein, schau. Die Spuren zeigen es eindeutig. Der Jäger muss einen brennenden Angriffszauber auf sie geschleudert haben, dem sie ausweichen konnte, aber dieses Haar wurde durchtrennt und fiel zu Boden. Sie hat es definitiv nicht geplant.«

Mayla betrachtete die Spitze des Haares. Eine Wurzel oder Hautschüppchen waren nicht zu erkennen. Das, was Anna beschrieben hatte, sah Mayla allerdings auch nicht. Dennoch wollte sie der erfahrenen Hexe glauben. »In Ordnung, dann lass uns den Trank brauen.«

»Gut. Komm jetzt, wir dürfen keine Zeit verlieren.« Sie nahm ihre Hand und Mayla spürte die starke Energie, die von ihr ausging. Sie war eine ausgesprochen mächtige Hexe. Vielleicht würde Anna eines Tages Phylis' Platz als Oberhexe des Erdzirkels einnehmen, war doch die Gründerfamilie de Rochat gänzlich ausgelöscht und die Oberhexen wurden anhand ihrer Kräfte bestimmt. So oder so war es ein beruhigendes Gefühl, Anna an ihrer Seite zu wissen.

»Lass uns in den Wald springen, dort sind wir ungestört.«

Mayla nickte und im nächsten Moment wirbelte der verwüstete Saal um sie herum, die Unordnung erschien ihr dadurch noch heftiger, bis ein sanftes Grün den Platz einnahm, gespickt mit Brauntönen und dem Rascheln einer Maus, die durch das Laub davonhuschte.

Maylas Absätze landeten auf trockenen Blättern. Jeder ihrer Schritte knisterte. »Wo sind wir?«

»In Deutschland. Wenn du in diese Richtung läufst, kommst du nach Polen.« Sie zeigte gen Osten. »Hier ist kaum jemand, die Wälder sind ruhig und verlassen. In den letzten

Jahren bin ich kaum einer Hexe begegnet. Wir können getrost ein Feuer machen.«

Mayla sah sich um und als sie neben Fichten und Buchen, Moos und ein paar Butterpilzen nichts entdeckte, außer einem größeren Steinhaufen, entspannte sie sich. Anna ließ bereits mit ausgestrecktem Zauberstab die Zweige für das Feuer herfliegen, die sich wesentlich ordentlicher aufschichteten, als Mayla es hinbekommen hätte.

Mayla langte nach einer Eichel, stellte sich einen Eisenkessel vor und flüsterte: »Converte!« Für ihre Tochter hatte sie diesen Zauber so oft hexen müssen, dass sie problemlos Gegenstände umwandeln konnte, selbst in andere Materialien.

»Gibt es in der Nähe einen Fluss?«

Anna nickte. »Hinter den Steinen ist eine Quelle. Sie ist nur klein, aber ausreichend.«

Mayla horchte, doch sie konnte kein Plätschern hören. Sie stapfte mit dem Kessel hinter der Erdhexe her. Durch das trockene Laub vom Vorjahr wurde jeder ihrer Schritte von einem Rascheln begleitet und es dauerte, bis sie ein leises Plätschern ausmachten. Sie erreichten einen Hügel und damit die Quelle. Es war ein feiner, schwacher Strahl, der aus der Erde sickerte und in einen kleinen Bachlauf mündete.

Anna nahm Mayla den Kessel ab und hielt ihn unter das Rinnsal. Einen Wasserhexer bei sich zu haben, wäre offensichtlich von großem Vorteil gewesen.

»Dumm, dass Georg nicht zugegen ist. Er hätte den Strahl verstärken können.« Sorge legte sich über Mayla, als sie an ihren besten Freund dachte. »Hoffentlich geht es ihm gut. Tom hat ihn ganz schön heftig erwischt. Nicht einmal mein Sana-Spruch hat ihm helfen können.«

»Ach«, Anna winkte ab, »du machst dir zu viele Gedanken. Tom hätte ihn niemals ernsthaft verletzt und Georg ist hart im Nehmen.«

Immerhin war der Schlag so fest gewesen, dass Georg ins Krankenhaus hatte gehen müssen. Aber Mayla wollte keine Diskussion anfangen, ohnehin war der Kessel ausreichend gefüllt, und sie liefen zurück.

Anna ließ das Gefäß auf die aufgestapelten Zweige fliegen und legte die Hände auf den Boden, worauf eine Vibration durch die Erde wanderte, so leicht, dass sie kaum wahrzunehmen war.

Neugierig beobachtete Mayla sie.

»Was hast du getan?«

»Ich habe den Boden verstärkt, damit das Feuer auf den Zweigen bleibt und wir keinen Waldbrand verursachen.«

Aufmerksam beobachtete Mayla Anna bei ihrem Tun. Sie hatte noch nie einer Erdhexe bei ihren Tricks zugesehen. Zwar hatte sie eine Weile in Phylis' Haus gelebt, doch die Erdhexe hatte sich selten bei ihnen aufgehalten und Mayla war durch Toms Gesundheitszustand und ihre Schwangerschaft viel zu abgelenkt gewesen, als dass ihr etwas aufgefallen wäre.

Mayla bückte sich und blies auf die Zweige, worauf Flammen an dem trockenen Holz züngelten. Um einen magischen Trank zu brauen, durfte man nicht einfach das Wasser warm hexen. Das Zusammenspiel der Elemente war wichtig, um die Wirkungskräfte zu entfalten.

»Wirst du irgendwelche Kräuter hineinwerfen oder wie funktioniert das mit dem Haar?«

Wie aufs Stichwort zog Anna die Tüte aus der hinteren Jeanstasche und fischte das Fundstück heraus. »Wir flüstern einen Zauber und werfen das Haar hinein. Die Antworten werden wir auf der Wasseroberfläche ablesen.«

Unglaublich, welche Tricks Anna auf Lager hatte. Mayla konnte ein beeindruckendes Pfeifen nicht unterdrücken. »Wow, ich habe definitiv einiges verpasst.«

Anna zuckte bloß mit den Achseln. »Den Spruch kennen die Wenigsten, nicht einmal alle Polizisten und Detektive.«

»Woher kennst du ihn dann?«

»Ich habe viel gelesen. Das war nicht immer so. Meine Kindheit war behütet und ich war naiv, bis alles aus dem Ruder gelaufen ist. Seither lebe ich nach dem Prinzip Wissen ist Macht.«

Mayla überkam unweigerlich ein Frösteln. Was hatte Anna erleben müssen, das sie zu dieser starken Frau hatte werden lassen? Ungeachtet dessen beglückwünschte Mayla die Fügung, dass die Erdhexe an ihrer Seite war. Ohne darüber nachzudenken, ergriff sie Annas Hand und lächelte sie an.

»Danke, dass du gekommen bist.«

In Annas dunkle Augen trat ein warmer Glanz, den Mayla bisher noch nicht an ihr gesehen hatte. Sie drückte kurz Maylas Hand, aber nur für einen Moment, dann entwand sie sich ihr und hielt das Haar über den mittlerweile brodelnden Kessel. »Pass auf. Du wartest, bis das Wasser seinen Siedepunkt erreicht hat, dann konzentrierst du dich auf das Haar, sagst: ›Quis es?‹ und gibst das Haar dazu.« Anna löste Daumen und Zeigefinger voneinander, worauf das lange schwarze Haar ins Wasser glitt.

Neugierig beugte sich Mayla näher. Es dauerte und dauerte, schon wollte sie fragen, ob etwas schiefgegangen war, als sich endlich die sprudelnden Blasen legten und von jetzt auf gleich das Wasser zu kochen aufhörte. Es war ruhig wie ein Bergsee, in dem niemand schwamm. Von dem Haar war nichts mehr zu sehen.

Allmählich nahm es eine grünbläuliche Färbung an und dazu zeichneten sich wolkenartige Strukturen ab, die sich mischten, bis sich … Mayla riss die Augen auf … bis sich eine römische Zahl auf dem Wasser abzeichnete.

LIX. Neunundfünfzig.

Mayla wollte fragend zu Anna schauen, als die wolkenartige Zahl in Bewegung geriet, weshalb sie den Blick fest auf den Kessel heftete. Die Struktur ballte sich zu einem Kreis, bevor sie sich veränderte, ein wenig wie die Umrisse eines Landes oder ähnlichem. War das England? Die Form veränderte sich so schnell, dass Mayla nicht sicher war. Als nächstes verwandelte sie sich in eine weitere Formation, die jedoch so verworren wirkte, dass Mayla gar nichts damit anfangen konnte. Einen Wimpernschlag später, als hätte jemand mit dem Finger geschnipst und den Zauber aufgelöst, erlosch das Feuer, die Farben verschwanden und zurück blieb nichts als das ruhige Wasser, in dem sich die Bäume und der Himmel spiegelten.

Noch immer perplex richtete sich Mayla auf. »Wow, das war … beeindruckend. Habe ich das richtig gesehen? War da eine Neunundfünfzig?«

»Richtig, das war das Alter. Was hast du darüber hinaus erkannt?«

»England?«

Anna nickte.

»Sehr gut. Die grünbläuliche Färbung hat uns den Gesundheitszustand verraten. Sie lebt sehr gesund, verbringt viel Zeit draußen und isst zwar wenig, aber ausgewogen.

Allerdings ist ihre Seele sehr unglücklich. So eine traurige Seele habe ich noch nie gesehen.«

Mitleid schwang aus Annas Stimme mit, das auf Mayla übergehen wollte. Wer war diese Frau? Was hatte sie erlebt? Und wie viel Übung brauchte man, bis man so viel aus einem Kessel lesen konnte, wie Anna es gelungen war? Beeindruckt sah Mayla zu ihr. »Hast du sonst etwas aus dem Kessel ablesen können? Ihren Aufenthaltsort? Hast du nicht gesagt, den könnten wir ebenfalls herausfinden?«

Anna wiegte den Kopf hin und her. »Normalerweise schon, diese Frau jedoch ist eine Nomadin. Was ich sagen kann, ist, dass sie zurückgezogen lebt. Sie ist nicht jemand, der von Tagung zu Tagung springt, um sich mit den verschiedensten Hexen der Welt auszutauschen, wie es manche tun. Nein, diese Frau lebt im Verborgenen, sie ist untergetaucht, nimmt am gesellschaftlichen Leben nicht länger teil. Das würde auch mit der dunkelblauen Seele zusammenpassen. Irgendetwas muss geschehen sein.«

»Wahnsinn, woran hast du das erkannt?«

»Es ist schwer zu erklären. Nach England hat sich die Struktur für kein Land entscheiden können, viele nur angerissen, um sich sofort wieder zu verändern. Das zeigt, dass diese Frau weiterzieht, bevor sich Leute an sie erinnern und mit ihr Kontakt pflegen.«

Nachdenklich nickte Mayla. »Spannend. Woher hast du das Wissen für diesen Zauber?«

Anna zuckte mit den Achseln. »Sagen wir, ich habe mal jemandem geholfen und dafür Zugang zu einer außergewöhnlichen Bibliothek erhalten. Dort bin ich auf den Zauber gestoßen und habe mir die verschiedenen Deutungsmöglichkeiten notiert. Je öfter man ihn anwendet, desto mehr Übung bekommt man und die Interpretation fällt einem leichter. Aber genug von dem Zauber. Wir haben endlich ein paar Informationen zu der Unbekannten. Ende fünfzig und aus England. Interessant. Ich frage mich, ob Tom sie kennt.«

Eine Erinnerung schoss Mayla in den Kopf, die sie mit Anna bislang nicht geteilt hatte. »Er kennt sie, ich habe die beiden zusammen gesehen.«

Sogleich zog Anna die feinen Brauen zusammen. »Was? Das hast du gar nicht erzählt! Wo hast du sie beobachtet?«

Mayla überging den Vorwurf. »In unserem Haus am Rhein. Nach dem Überfall der Jäger bin ich mit Tom und Georg dorthin zurück, um nach Spuren zu suchen. Tom ist im oberen Stockwerk gewesen und als ich hochgelaufen bin, habe ich ihn mit der Frau in unserem Schlafzimmer sich unterhalten hören. Sie haben mich nicht bemerkt.« Mayla legte Anna eine Hand auf den Unterarm. »Du behältst das doch für dich, oder? Ich will Tom keine zusätzlichen Schwierigkeiten bereiten.«

Anna lachte laut auf. »Keine Sorge, das schafft der schon alleine.« Sie blickte in die Ferne. »Er kennt sie, ich hab's gewusst. Worüber haben sie miteinander geredet?«

Mayla kramt in ihrem Gedächtnis, bis es ihr wieder einfiel. »Die Frau hat ihn gefragt, ob irgendjemand etwas ahnt, und er hat geantwortet, dass sie ihm vertrauen. Wahrscheinlich hat er uns damit gemeint. Anschließend haben sie sich verabschiedet und sie ist fortgesprungen.«

»Sie weiß also wirklich mehr und kann uns vielleicht sagen, was Tom im Schilde führt. Ich befürchte nur, sie ist ebenso gut im Spuren verwischen wie er, weshalb es nahezu unmöglich sein wird, sie zu finden, wenn sie es nicht will. Aber vielleicht haben wir noch nicht alles ausprobiert.«

»Hast du eine Idee?«

Anna verzog den Mund zu einer Schnute, steckte die Hände in die Hosentaschen und blickte in die Ferne. »Vielleicht. Ich möchte etwas nachlesen. Komm.« Sie hielt ihr die Hand entgegen.

Skeptisch hielt Mayla inne. »Wo willst du etwas nachlesen?«

»Auf Burg Donnersberg. Angelikas Bibliothek ist sehr ergiebig.«

Mayla zögerte. »Nein, ich gehe nicht dorthin. Das letzte Mal haben sie mich ziehen lassen, diesmal würden sie mich womöglich aufhalten. Ich möchte nicht riskieren, mich gegen sie wehren zu müssen – und ich will weder Andrew noch John auf meine Fährte locken.«

Stutzig verzog Anna die Brauen, bis sie einlenkte. »Ich befürchte, du hast recht. Die beiden sind sehr ungehalten und behaupten, Tom und du hättet von Anfang an den Plan gehabt, die Steine zu stehlen. Aber dass ich an deiner Seite bin, wissen sie nicht.«

Schon wollte sich Mayla über die gemeinen Vorwürfe von John und Andrew aufregen, als ihr etwas einfiel. Heike hatte sie auf eine weitere Idee gebracht. »Meinst du, du könntest versuchen, das Medaillon mitzubringen, das wir auf dem Friedhof des Mont-Saint-Michel gefunden haben? Das Medaillon mit dem Abbild von Charlotte de Bourgogne?«

Anna stemmte die Hände in die Hüften. Es war erstaunlich, wie schnell wieder Misstrauen in ihren Augen lag. »Wofür brauchst du es?«

Mayla zuckte mit den Schultern und sah ihr unverwandt in die Augen. Die Erdhexe sollte nicht denken, sie versuche irgendwelche Tricks. »Ich weiß nicht, ob ich es brauche, aber immerhin hat Marianna danach gesucht. Mir ist es lieber, wir haben es und können es als Druckmittel einsetzen – oder selbst verwenden. Immerhin bin ich es, die es gefunden hat, und nicht Angelika oder John. Meinst du nicht auch, es könnte uns von Nutzen sein?«

Anna nickte. »Ich werde sehen, ob es möglich ist, es mitzubringen, ohne mich verdächtig zu machen. Wo treffen wir uns, wenn ich fertig bin? Hier?«

Mayla lachte auf. Sie würde niemals tatenlos in einem Wald herumsitzen und Däumchen drehen. Nein, das kam nicht infrage. »Schick mir einen Nuntia-Zauber, sobald du fertig bist. Wir treffen uns dann in dem Zimmer auf dem Anwesen der von Eisenfels. Ich werde ebenfalls versuchen etwas herauszufinden.«

»In Ordnung. Viel Glück.« Schon umfasste Anna den Amulettschlüssel und verschwand grußlos. Mayla blieb in der Stille zurück und sah sich ratlos im Wald um. Was konnte sie in der Zwischenzeit tun?

Kapitel 8

Mayla deutete auf einen abgebrochenen Zweig, der inmitten von Laub auf dem Waldboden lag. »Converte!« Er verwandelte sich in einen gemütlichen Korbsessel, auf den sie sich sogleich sinken ließ. Sie schnappte sich die Pralinen und lehnte sich zurück, den Blick in den Wald gerichtet, und doch sah sie weder die Bäume noch das Licht der Mittagssonne, das durch die Baumkronen fiel und die Umgebung in ein warmes Licht tauchte.

Die Fremde stammte also aus England und war neunundfünfzig Jahre alt. Als Kinder konnten Tom und sie folglich nicht zusammen gespielt haben. Wahrscheinlicher war es, dass Tom sie erst vor kurzem kennengelernt hatte.

Er konnte Dinge vor Mayla verbergen, keine Frage – ganz im Gegensatz zu ihr, las man in ihrem Gesicht doch meist wie in einem offenen Buch. Tom wusste seine Emotionen und Gedanken zu verdecken, trotzdem hatte sie in den vergangenen Jahren an seiner Seite gelernt, winzige Gesten zu erkennen. Wenn er nicht weiter über ein Thema reden oder sie ablenken wollte, fragte er sie etwas, von dem er wusste, dass es sie beschäftigte. Wenn er behauptete, etwas vorzuhaben, um sie nicht begleiten zu müssen, kratzte er sich für eine Sekunde am Kinn und wenn er etwas vorhatte, von dem sie nichts wissen sollte, vermied er den Blickkontakt mit ihr. Es waren winzige Kleinigkeiten, aber es gab Anzeichen, wenn er nicht vollkommen ehrlich mit ihr war.

Als sie das Duell zwischen der Fremden und dem Jäger verfolgt hatten, war ihr keine dieser winzigen Gesten aufgefallen. Selbst im Nachhinein, als sie über die Unbekannte gesprochen hatten, war er dem Thema nicht ausgewichen. Bei dem Zweikampf hatte er die Frau folglich nicht gekannt. Hatten sie sich in ihrem Schlafzimmer kennengelernt? Meine Güte, wie klang das denn? Mayla schmunzelte müde und legte sich eine Praline auf die Zunge. Der herbe Geschmack der dunklen Schokolade erfüllte ihre Geschmacksknospen. Entspannt schloss sie die Augen.

Hatte Tom die Unbekannte in ihrem Schlafzimmer überrascht und sie waren ins Gespräch gekommen? Oder waren sie sich vorher schon begegnet? Nein, Tom war in der Zeit zwischen dem Duell und dem Gespräch, das sie belauscht hatte, die ganze Zeit bei ihr gewesen. Erst in ihrem Haus am Rhein, dann auf Burg Donnersberg. Folglich … hatte die Namenlose auf Tom gewartet?

Er war direkt hochgegangen, während Mayla und Georg den Garten sowie das Erdgeschoss durchsucht hatten. Reiner Zufall oder waren sie verabredet gewesen? Womöglich hatte er zwischenzeitlich einen Nuntia-Zauber von der Fremden erhalten, in dem sie sich vorgestellt und ihm den Treffpunkt genannt hatte. Wieso war sie nur auf ihn zugegangen, hatte

Mayla hingegen außen vor gelassen? Wenn die Unbekannte Tom kannte oder beobachtet hatte, musste sie doch wissen, dass Mayla treu zu ihm stand.

Etwas stimmte nicht. Etwas übersah sie. Nur was?

Sie griff nach einer weiteren Praline und hielt sie unter die Nase. Tief atmete sie den wohltuenden Duft von Vanille ein und schloss genießerisch die Augen.

Tom, was verbirgst du vor mir? Was habe ich übersehen?

Ein Maunzen ertönte und während sie die Augen öffnete, landete Karli bereits auf ihrem Schoß. Lächelnd streichelte sie ihm über das schwarze Köpfchen.

»Hallo mein Kleiner. Wie geht's dir? Hast du eine Botschaft von Anna für mich?«

Er maunzte und schmuste mit ihren Fingerknöcheln. Dann begann er zu schnurren, stampfte auf ihrem Schoß und kringelte sich ein.

Mayla lachte. »Du möchtest mir Gesellschaft leisten. Das ist lieb von dir, mein Schatz.« Dankbar vergrub sie die Finger in seinem weichen Fell. Wie tröstlich seine Anwesenheit war. Sie wandte den Blick wieder dem Wald zu. Nun saß sie doch im Wald und drehte Däumchen, während Anna unterwegs war. Aber einfach aufs Blaue hinein loszuspringen, brachte auch nicht viel. Sie überließ sich wieder ihren Grübeleien. Vielleicht half Karlis gleichtöniges Schnurren ihre Gedanken zu ordnen.

Sie schaute auf ihre Hand, mit der sie Karlis Kopf kraulte, und ihr Blick fiel auf den Ring, den Tom ihr zur Verlobung geschenkt hatte. Der schwarze Stein schimmerte bläulich. Sie drehte ihn hin und her. Hatte er eine Bedeutung für Tom?

»Du trägst den Ring immer noch«, sagte eine weibliche Stimme.

Mayla fuhr auf und das Herz blieb ihr beinahe stehen.

Vor ihr stand die Fremde.

Sie war groß gewachsen, mehr gab der weite Umhang nicht preis – bis auf ihre weibliche Silhouette und die langen schwarzen Haare, die ihr bis über die Brust fielen. Die Kapuze warf Schatten auf ihr Gesicht, weshalb Mayla keine Gesichtszüge erkennen konnte, obwohl sie keinen Meter voneinander entfernt waren. Sie hatte die Hände in ihrem Umhang verborgen und sah nicht so aus, als würde sie Mayla angreifen wollen.

Mayla sprang auf die Füße, worauf Karli von ihrem Schoß hüpfte. »Wer bist du?«

»Das tut nichts zur Sache. Wir brauchen dich.«

Angriffsbereit beobachtete Mayla sie, hin- und hergerissen, ob sie es für gut befinden sollte, dass die Fremde zu ihr gekommen war, oder nicht. »Wie bitte? Wen meinst du mit wir? Ist Tom bei dir?«

»Das erklären dir die anderen. Komm.« Bevor Mayla Einspruch erheben, geschweige denn eine eigene Entscheidung treffen konnte, packte die Fremde sie am Arm, worauf sich der Wald und ihr gemütlicher Korbstuhl schnell im Kreis drehten. Mayla verlor den Boden unter den Füßen und im nächsten Augenblick landete sie auf Stein.

Flüchtig sah sie auf. Sie befand sich in einer sakralen Anlage. Große steinerne Säulen erhoben sich und bildeten die Rahmen einzelner Tempel, manche größer, andere kleiner, die an antike Ruinenlandschaften erinnerten – nur dass die Tempel vollständig erhalten waren. In der Mitte stand ein winziges steinernes Häuschen, das von einer schweren Gittertür verschlossen wurde und vor der Blumenkränze und Lavendelsträuße abgelegt waren.

»Wo sind wir? Wieso hast du mich hergebracht?«

»Komm.«

Die war ja ähnlich wortkarg wie Tom. Schon lief die Fremde mit großen Schritten los auf einen der Tempel zu. Kurzerhand beschloss Mayla, ihr zu folgen. Wenn Tom mit ihr geredet und sich mit ihr verbündet hatte, war sie wahrscheinlich kein Feind. Zur Not konnte Mayla binnen Millisekunden ihren Amulettschlüssel packen und fortspringen.

Während sie hinter der Unbekannten hereilte, sah sie sich um. Die Sonne brannte warm, aber nicht heißer als in Deutschland. Folglich befanden sie sich wahrscheinlich nicht im Süden in irgendeiner antiken Tempellandschaft. Die Bauten waren mächtig und eindrucksvoll, dennoch wirkte die Gegend verlassen – als wäre die Stätte einst sehr wichtig gewesen und als hätte sie über die Jahre ihre Wirkungsberechtigung verloren. Nur die Blumen, die vor dem winzigen Tempelhäuschen abgelegt waren, bezeugten, dass jemand der Stätte und ihrer Bedeutung gedachte.

Ein Gefühl von alter Macht umgab die Anlage. Es war Magie, keine Frage, allerdings in einer Form, die Mayla bislang an keinem anderen Ort begegnet war.

Tausende Fragen warteten darauf, gestellt zu werden, aber sie verbiss sie sich, ahnte sie doch, dass die Fremde ihr nicht antworten würde. Wo brachte sie sie hin? Wer waren die anderen, von der sie gesprochen hatte und die Mayla alles erklären sollten? Tom war einer von ihnen, davon ging Mayla aus. Wieso sonst hätte die Unbekannte sie holen sollen? »Wann sehe ich Tom?«, konnte sie sich nun doch nicht beherrschen zu fragen.

Die Fremde antwortete nicht, dafür wies sie auf einen Rundtempel, der sich hinter einer der größeren Sakralbauten verbarg. Er war schlicht gebaut, bestand aus Säulen, die im Kreis aufgestellt waren und die ein steinernes Dach trugen. Auch dieser Bau erinnerte Mayla an die Rundtempel der alten Griechen und Römer.

Im Schatten des kleinen Tempels waren vier Personen, die ebensolche dunklen Umhänge und Kapuzen trugen wie die Fremde. Sie ließ Mayla den Vortritt und während Mayla auf die verhüllten Gestalten zulief, erkannte sie, dass Tom nicht unter ihnen war.

Unbehaglich blickte sie von der Unbekannten zu den anderen. Sie fühlte sich nicht bedroht oder in Gefahr, trotzdem war es ein komisches Gefühl, die Fremde in ihrem Rücken zu wissen. Sie hatte fest damit gerechnet, zu Tom gebracht zu werden, und nun? Aber sie wollte Antworten, musste ihm und damit ihrer Tochter helfen, und vielleicht würden diese verhüllten Personen sie dabei unterstützen.

Ihre Finger krallten sich um die Träger ihrer Handtasche, während sie zu dem Rundtempel lief. Das Klacken ihrer Absätze hallte durch die Anlage wie Trommeln, die etwas Wichtiges ankündigten. Sie nutzte die Zeit, um die Personen im Schatten des Tempels zu mustern, soweit es ihr möglich war. Auch unter ihren Umhängen zeichneten sich weibliche Silhouetten ab. Offensichtlich waren es Frauen. Fünf Frauen insgesamt, zusammen mit derjenigen, die Mayla hergeführt hatte.

Eine von ihnen trat auf sie zu und griff nach der Kapuze, um sie abzustreifen. Überrascht verlangsamte Mayla ihre Schritte. Sie hatte nicht erwartet, dass die anderen offener waren als die Fremde in ihrem Rücken. Doch wahrscheinlich war das ihre Wirkungsstätte und sie fühlten sich sicher, und das trotz Maylas Anwesenheit.

Als die Frau die Kapuze vom Kopf gezogen hatte und Mayla ihr Gesicht erkennen konnte, blieb sie abrupt stehen. Sie kannte diese Frau. Sie hatte sie gestern erst kennengelernt. Und sie war heute morgen in ihr Haus in Paris eingebrochen.

Es war Julie Martin.

Die schlohweißen Haare hatte sie hochgesteckt, nur die Brille ruhte nicht dazwischen, doch die rundliche Gesichtsform mit der breiten Nase und die blaugrünen Augen erkannte Mayla sofort.

»Julie?«

Lächelnd legte sie die Hände vor dem Körper ineinander. »Das ist nicht mein richtiger Name, aber dazu später. Willkommen, Mayla von Flammenstein. Ich freue mich, dass du zu uns gefunden hast.« Sie umfasste Maylas Hände und lächelte sie freundlich an.

»Was tun Sie hier? Wer sind Sie?«

Julie lächelte und deutete auf die verhüllten Frauen. »Das sind Ignatia, Agatha und Aura, Madeleine hat dich zu uns geführt und mein Name ist Teresa. Wir sind die letzten Nachfahren der Hohepriesterinnen. Wir haben dich hergebracht, weil du uns helfen musst, die magischen Steine zu vereinen.«

Ehrfürchtig sah Mayla von der einen zur nächsten, aber bis auf Julie, ach nein, Teresa, bis auf Teresa hatte niemand die Kapuze gelüftet. Sie wandte sich zur Seite, um die Fremde zu mustern, die sie hergebracht hatte – auch wenn sie die Kapuze bislang nicht abgezogen hatte. Madeleine. Sie war ebenfalls eine Nachfahrin der Hohepriesterinnen? Damit hätte Mayla niemals gerechnet. Und Tom arbeitete mit ihnen zusammen. Wenn er ihnen vertraute, konnte sie es auch, oder? »Ihr stammt von den Frauen ab, die damals den magischen Stein, als er komplett gewesen ist, beschützt haben?«

»Ich sehe, du hast ein wenig über uns recherchiert.« Teresa lächelte, dabei wurde ihre Nase ein wenig breiter. Sie wirkte so freundlich, dass Mayla ihr vertrauen wollte, ungeachtet der Tatsache, dass sie sich zunächst unter falschem Namen vorgestellt hatte. Wenn Teresa wirklich von den Hohepriesterinnen abstammte, musste sie wahrscheinlich Vorsicht walten lassen und ihre wahre Identität verschleiern, ebenso wie die anderen Frauen.

Neugierig sah Mayla von einer zur anderen. »Das stimmt, ich habe recherchiert, aber es ist kaum etwas zu finden. Ich wusste nicht einmal, dass es noch Hohepriesterinnen gibt.«

Missmutiges Gemurmel drang von den Frauen zu ihr, das erstarb, als Teresa ihnen einen warnenden Blick zuwarf. Was ging hier vor sich?

»Wieso soll ich euch helfen? Ich habe den Feuerstein verloren und verfüge nicht über die alte Magie, um die Bruchstücke zusammenzusetzen, solltet ihr in ihrem Besitz sein.« Hofften sie etwa auf Emma? Zur Sicherheit würde Mayla ihre Tochter nicht erwähnen, vielleicht – obwohl wenn es ihr mit einem Mal unwahrscheinlich vorkam – hatten sie bisher nicht erfahren, dass Emma mit der alten Magie geboren wurde.

»Wir arbeiten mit Tom zusammen. Er wollte uns helfen, die Bruchstücke zu sammeln. Ursprünglich hatten wir drei in unserem Besitz, bis auf den des Erdzirkels, den die Jäger gestohlen haben, und den des Metallzirkels. Vincent oder Bertha haben ihn gut versteckt und selbst Tom, als er noch klein war, nicht verraten, wo er verborgen liegt. Aber ohne ihn funktioniert es nicht.«

»Folglich ... haben die Jäger den ersten Stein gestohlen?«

Teresa nickte.

»Wir mussten verhindern, dass ihnen auch die anderen in die Hände fielen, weshalb wir Tom gebeten haben, sie uns zu beschaffen.«

»Verstehe. Wo ist Tom?« Sogleich huschten Maylas Augen über die Anlage. Sie konnte ihn nirgends sehen und auch sonst niemanden. Hinter den Tempeln erstreckte sich eine bergige Landschaft, die ihr unbekannt war. Versteckte er sich dort irgendwo? Wäre nicht das erste Mal, dass er eine einsame Hütte in einem Gebirge bewohnte ...

Teresa schüttelte den Kopf. »Er ist nicht bei uns. Diese Weltenfalte mitsamt der Anlage erlauben wir nur Frauen zu betreten. Und normalerweise nur diejenigen, die von den ersten Hohepriesterinnen abstammen. Doch die Lage ist ernst, weshalb wir für dich eine Ausnahme machen.«

Mayla schaute sich zögerlich um. »Wisst ihr, wo er ist?«

Teresa sah sie ernst an. Die Grübchen in ihren Wangen verschwanden. »Er ist bei den Jägern.«

»Aber nicht freiwillig! Ich bin mir sicher, dass er nicht zu ihnen gehört. Tom würde niemals –«

»Das wissen wir«, ging Teresa dazwischen. »Er ist zu ihnen gegangen, um herauszufinden, ob sie wissen, wo sich der Stein des Metallzirkels befindet. Außerdem sind sie im Besitz des magischen Steins des Erdzirkels, den wir auch benötigen.«

Marianna Lauber und ihre Leute hatten den ersten Stein gestohlen, mit dem alles ins Rollen gekommen war.

»Und wo sind jetzt die anderen Bruchstücke?«

»Wir haben die anderen drei in unserer Anlage behütet, doch nun sind sie weg. Tom musste sie mitnehmen, um den

Jägern zu beweisen, dass er mit ihnen zusammen den magischen Stein wiedervereinen will. Er hat ihnen angeboten, den Zauber auszuführen.«

»Was? Wieso sollte er das tun?«

Teresa faltete die Hände vor dem Schoß. »Weil er ihr Vertrauen erschleichen wollte, damit sie ihm verraten, wo sich der Stein des Metallzirkels befindet. Außerdem wollte er auf diese Weise den Stein des Erdzirkels in unseren Besitz bringen.«

»Und deshalb hat er mich und Georg …« Fragend sah sie von Teresa zu Madeleine, die in sicherer Entfernung zu den anderen Hohepriesterinnen stand. Weshalb hielt sie sich abseits?

Teresa nickte. »Ja, deshalb hat er dich niedergeschlagen. Er hatte keine Wahl. Sie haben ihn unter ihrer Kontrolle. Solange er bei ihnen ist und sich bereiterklärt, den Zauber auszusprechen, werden sie Emma in Frieden lassen.«

Maylas Herz sackte tiefer. Sie wussten also von Emma und ihren Fähigkeiten. Ihr Mund wurde trocken, während sie jede einzelne der Hohepriesterinnen musterte. »Emma ist viel zu klein. Sie ist nutzlos für euch und für –«

Teresa legte ihr eine Hand auf den Arm. »Emma ist weder klein noch nutzlos. Sie ist eine mächtige Hexe und in ihr steckt weitaus mehr, was du dir nicht einmal im Entferntesten vorstellen kannst. Aber darum geht es im Augenblick nicht. Wir haben beobachtet, dass du zu Tom gehalten hast, obwohl er alles getan hat, um dich von sich fernzuhalten. Deshalb haben wir entschieden, dir zu vertrauen, obwohl du einer der Gründerfamilien entstammst.«

Obwohl sie einer der Gründerfamilien entstammte? Ungläubig blickte sie von Madeleine zu Teresa.

»Normalerweise vertrauen mir die Menschen wegen meiner Abstammung. Was habt ihr gegen meine Familie?«

Erneut brummten die Frauen im Hintergrund. Diesmal forderte Teresa sie nicht mit einem warnenden Blick dazu auf still zu sein. Stattdessen sah sie Mayla an, der Ausdruck in ihren Augen nicht gar so freundlich wie zuvor.

»Ich weiß nicht, was du über die Zeit der Teilung der alten Magie weißt, aber die Gründerfamilien und die Hohepriesterinnen standen nicht auf derselben Seite. Deine Familie und die der anderen Zirkeloberhäupter sind schuld, dass wir unsere wichtige Aufgabe nicht erfüllen können und die Kraft der Magie nachgelassen hat. Das ist jedoch lange her und spätestens in Notzeiten sollte man Altes hinter sich lassen und stattdessen zusammenrücken.«

Sie hielt inne, als wolle sie Mayla einen Moment Zeit geben, das Gesagte zu verdauen, bevor sie fortfuhr.

»Wir sind uns doch alle einig, dass die Jäger nicht die Wiedervereinigung des magischen Steins vollziehen dürfen – und erst recht nicht im Besitz dieses mächtigen Gegenstandes sein sollten. Deshalb erhoffen wir uns deine Hilfe. Ich möchte allerdings klarstellen, dass es unser Ziel ist, die Bruchstücke zu vereinen. Wir wollen unsere Aufgabe wieder wahrnehmen und den Stein und mit ihm die Welt der Hexen beschützen. Wir werden dir also den Feuerstein nicht zurückgeben. Wirst du uns trotzdem helfen?«

Mayla wurde es flau im Magen. Sie kannte sich zu wenig aus. Wie wichtig waren die Steine für die Zirkel? Immerhin verloren die Mitglieder nicht ihre Kräfte, wenn das Zirkeloberhaupt nicht in seinem Besitz war, davon hatte sie sich in den letzten Tagen überzeugen können.

Trotzdem zögerte sie.

Lieber wäre es Mayla, ihre Oma würde eine solch wichtige Entscheidung treffen. Wobei, vielleicht hatten die Hohepriesterinnen sie gerade deshalb ausgewählt, weil sie unbefangener war als andere, denen die Geschichte aus Sicht der Gründerfamilien in der Schulzeit und darüber hinaus immer und immer wieder eingetrichtert worden war.

Sie blickte von Teresa zu Madeleine und zu Agatha, Aura und Ignatia. Würden diese Frauen das Gleichgewicht bringen, das die Welt der Hexen benötigte? Würde die Wiedervereinigung des Steines womöglich Frieden einkehren lassen? Konnte sie sich auf die Zusammenarbeit einlassen?

Wie würde ihre Oma reagieren und Phylis und Gabrielle und Andrew? Tom zumindest hatte sich offenbar dafür entschieden, die Hohepriesterinnen in ihrem Anliegen zu unterstützen. Wenn Mayla jemandem vertraute, so war es Tom, auch wenn es nützlich gewesen wäre, wenn er seine Beweggründe mit ihr geteilt hätte.

»Ich bin bereit, mit euch zusammenzuarbeiten. Wenn Tom an eurer Seite war, so will ich euch vertrauen – zumal ich eure Beweggründe nachvollziehen kann. Ihr wurdet eurer Aufgabe beraubt. Aber was geschieht mit der Welt der Hexen, wenn der Stein wieder zusammengefügt wird? Welche Auswirkungen hat das auf die Magie derjenigen, die einem der Zirkel angehören? Werden die Zirkel aufgelöst?«

Teresa faltete erneut die Hände vor dem Körper. Die freundlichen Grübchen waren auf ihre Wangen zurückgekehrt.

»Jeder behält die Magie, mit der er geboren wurde, und die Zirkel bleiben ebenfalls bestehen, sofern das die Oberhexen wollen. Wie es sich auf die Jäger und auf Tom auswirkt, wissen wir nicht. Es besteht allerdings die Möglichkeit, dass sie die alte Magie wirken können, ohne bei mächtigen Zaubern mit dem Tod rechnen zu müssen.«

Alarmiert horchte Mayla auf. »Birgt das nicht zu große Gefahr? Wären die Jäger nicht übermächtig?«

Teresa hob fragend die Schultern. »Das wird sich zeigen, aber wir werden das Risiko eingehen müssen. Insbesondere an deine Tochter solltest du denken. Sobald herauskommt, was sie kann, werden die Leute sie ausgrenzen. Wenn sich jedoch auch andere mit der alten Magie in unserer Welt aufhalten, vielleicht sogar Personen, vor denen deine Tochter andere beschützen kann, dann wird sie angenommen werden. Sie wird in den Augen der anderen Hexen ein Geschenk sein und keine Bedrohung.«

Mayla klappte der Mund auf. »Emma soll gegen die Jäger kämpfen? Niemals. Sie ist gerade mal vier Jahre alt.«

»Das wird sie nicht für immer bleiben. Wir haben sie beobachtet. Ihre Kräfte sind stark und es wäre falsch, ihr beizubringen, sie zu unterdrücken.«

Empört fuhr Mayla auf. »Ich habe ihr nicht beigebracht, sie zu unterdrücken, nur wenn andere da sind, soll sie sie verbergen.«

Teresa lächelte milde. »Wo liegt der Unterschied?«

Wie vor den Kopf gestoßen blickte Mayla die Frauen an. Noch immer konnte sie von keiner außer Teresa das Gesicht sehen, was befremdlich für sie war. Wieso beobachteten diese Frauen Emma? Und weshalb hörte sie aus Teresas Stimme Sorge und Gutmütigkeit, wenn sie von Emma sprach? Konnte es sein, dass diese Hohepriesterin Emma in ihr Herz geschlossen hatte? Aber weshalb?

Bevor sich Maylas Gedanken überschlugen, ergriff Teresa wieder das Wort. »Um Emma soll es nun allerdings nicht gehen. Wie sieht es aus? Wirst du uns helfen, die Steine zurückzuholen?«

Mayla zögerte und ließ ihren Blick erneut über die Tempelanlage und die Frauen gleiten.

»Das werde ich, aber ich möchte eure Gesichter sehen. Wenn ihr mein Vertrauen wollt, so habe ich auch das eure verdient.«

Die Frauen zögerten und murmelten etwas, worauf sich Teresa ihnen mit einem Lächeln zuwandte. »Ich kann ihren Wunsch verstehen. Nun liegt es an euch, Ignatia, Aura, Agatha und Madeleine. Seid ihr bereit, einer Nachfahrin der von Flammenstein zu vertrauen, so wie sie euch vertrauen soll?«

Gespannt beobachtete Mayla die Hohepriesterinnen, die sich unsicher zu sein schienen. Sie tuschelten miteinander, bis unvermittelt eine von ihnen vortrat und die Kapuze abnahm. Zum Vorschein kamen weiße lange Haare, dünne weiße Brauen und Augen wie die eines Falken, die gelbbraun aufleuchteten. Sie war alt, älter als ihre Oma und somit definitiv über neunzig Jahre, was jedoch ihrer kraftvollen Gestalt keinen Abbruch tat. »Mein Name ist Aura, ich bin für das Element Luft zuständig.«

Für das Element Luft? Mayla runzelte überrascht die Stirn. »Ich dachte, ihr vertretet die alte Magie, also die vereinte.«

Eine zweite Frau trat vor. »Das würden wir, wenn deine Vorfahren nicht durch die Teilung des Steins auch unsere Magie gebrochen hätten!« Rasch schlug sie die Kapuze zurück und offenbarte feuerrote Locken, blasse Haut und dunkelblaue Augen. Den Mund hatte sie missmutig verzogen. Sie war jünger, Mayla schätzte sie auf ungefähr sechzig. »Mein Name ist Ignatia und dank deiner Vorfahren ruht in mir nur noch die Magie des Feuers.«

Nur noch … Doch Mayla wollte nicht zu diskutieren anfangen. Sie hatte Verständnis für die Wut der Frauen, obgleich es ungerecht war, dass Mayla sie abbekam.

»Mein Name ist Agatha und meine Magie ist die des Wassers.« Mit den Worten trat die dritte Frau vor und lüpfte die Kapuze. Sie trug ihr weißblondes Haar zu einem strengen Zopf geflochten, ihre Mimik wirkte jedoch nicht so streng wie die Frisur. Sie war älter als Ignatia, aber nicht so alt wie Aura. Wachsam musterte sie Mayla, beobachtete jede ihrer Reaktionen, die staunend von einer zur anderen schaute. Vier Hohepriesterinnen, jede für ein anderes Element zuständig. Erwartungsvoll blickte sie zu Madeleine, die sich wie am Anfang abseits hielt. Sie zögerte. Wieso? Was war mit ihr los? Weshalb separierte sie sich?

Teresa nickte ihr aufmunternd zu, worauf auch sie die Kapuze nach hinten streifte, ohne dabei näher an Mayla oder die anderen Hohepriesterinnen heranzutreten. Sie tat es langsam. So langsam, als wehre sich ihr Geist noch immer dagegen, ihr Aussehen zu präsentieren. Während das Licht der Mittagssonne auf ihr Gesicht fiel, blinzelte Mayla irritiert, dann erstaunt, bis sie unfähig war zu atmen oder zu denken und die Augen weit aufriss.

Madeleine hatte schwarze lange Haare, das hatte Mayla vorher schon gewusst. Nein, was sie so sehr überraschte, war das Grün ihrer Augen. Sie kannte es, ebenso wie das markante Kinn. Sie hatte beides unzählige Male gesehen.

»Mein Name ist Madeleine und ich bin dem Element Metall zugeordnet.«

Maylas Stimme zitterte. »Und darüber hinaus bist du …?«

Madeleine atmete tief durch, schaute zu Boden und als sie den Blick wieder hob, hätte Mayla keine weitere Bestätigung benötigt. Es war eindeutig.

»Ich bin Toms Mutter.«

Kapitel 9

Zuerst herrschte Stille in Maylas Kopf, bis von jetzt auf gleich wie eine Bombe die Fragen explodierten. Madeleine war Toms Mutter? Sie hatte nicht gewusst, dass seine Mutter noch am Leben war. Allerdings hatte sie auch nie nach ihr gefragt – und Tom hatte nie von ihr erzählt. Mayla war davon ausgegangen, dass die Frau früh aus seinem Leben verschwunden war, allerdings hatte sie eher mit dem Tod gerechnet als mit dem Leben als Eremitin.

Wieso hatte Tom ihr nicht erzählt, dass er seine Mutter getroffen hatte, dass sie eine Hohepriesterin war und dass er mit ihr zusammenarbeitete? Wieso hatte er ihr nicht einmal das anvertraut?

»Er weiß es nicht.«

Irritiert kämpfte sich Mayla aus ihrem Gedankenkarussell empor. Ohne es zu bemerken, hatte sie Madeleine mit offenem Mund angestarrt – und offenbar ihre Fragen laut ausgesprochen. Oder waren ihre Gedanken derart deutlich an ihrem Gesicht abzulesen?

»Tom weiß nicht, dass …?«

Madeleine schüttelte den Kopf. Ihr Gesicht wirkte verhärmt und abweisend, ein bitterer Zug lag auf den schmalen Lippen.

»Aber ihr habt euch doch gesehen, gestern, in unserem Schlafzimmer. Ich habe euch beobachtet. Die Ähnlichkeit muss ihm aufgefallen sein!«

Für eine Sekunde zuckte Madeleine mit den dunklen Brauen, bevor sich ihr Blick wieder verschloss. »Es tut nichts zur Sache.«

Es tat nichts zur Sache? Wie herzlos konnte eine Mutter sein?

Mayla stemmte die Hände in die Seiten. »Glaubst du nicht, er hat ein Recht darauf, es zu erfahren?«

»Er hält mich für tot, so wie der Rest der Welt, und das ist gut so.«

Mayla öffnete den Mund, um zu diskutieren, aber Teresa hob mahnend die Hand. »Darüber könnt ihr euch später unterhalten. Jetzt müssen wir erst einmal herausfinden, wo sich Tom aufhält.«

Überrascht fuhr Mayla zu ihr herum. »Ihr wisst nicht, wo er ist? Ich dachte, ihr arbeitet zusammen! Heißt das, er ist irgendwo bei den Jägern? Mit allen Bruchteilen des magischen Steins?«

Teresa nahm sie an den Händen. »Komm, wir setzen uns und atmen ein paar Mal tief durch, bevor wir überlegen, was zu tun ist.«

Mayla ließ sich mitziehen. Teresa hatte recht. Dennoch war es unglaublich. Madeleine betrog durch ihr Verhalten nicht nur Tom um seine Mutter, sondern auch Emma um ihre Oma.

Während die Gedankenflut in ihrem Kopf nicht zu stoppen war, führte Teresa sie zu einer Sitzgruppe im Schatten des Rundtempels. Die anderen folgten ihnen und steuerten einen runden Tisch an, um den thronartige Stühle gruppiert waren. Es gab jedoch nur fünf Sitzgelegenheiten, kein Wunder, wenn außer den Hohepriesterinnen niemand das Gelände betreten durfte. Bevor Mayla selbst für einen Stuhl sorgen konnte, hob Teresa die Hand, worauf sich ein Kieselstein in einen weiteren Lehnstuhl verwandelte.

Ungläubig starrte sie auf die Hand der Hohepriesterin. »Ihr braucht zum Zaubern auch keinen Zauberstab?«

Teresa schüttelte den Kopf. »Unsere Magie ist ebenso mächtig wie die der Gründerfamilien.«

»Wenn nicht noch stärker«, fügte Ignatia hinzu. Sie setzte sich Mayla gegenüber und beobachtete sie derart misstrauisch, als würde Mayla jeden Moment einen Angriff planen. Unwohl ließ Mayla ihren Blick über die anderen Frauen schweifen, bis sie bei Madeleine angelangte. Toms Mutter hatte ihren Stuhl verrückt, sodass sie sich erneut abseits befand. Oder hatten die anderen Hohepriesterinnen ihre Stühle von ihrem fortgeschoben? Mayla wusste es nicht, aber es war unverkennbar, dass Madeleine und die anderen vier Frauen etwas trennte.

Blinzelnd wandte sie sich wieder an Teresa. »Das wusste ich nicht. Meine Kräfte sind erst vor wenigen Jahren erwacht, da meine Großmutter sie blockiert hatte. Vieles weiß ich nicht, also entschuldigt bitte meine Fragen. Ich will nicht taktlos sein.« Sie holte die Pralinen aus ihrer Handtasche und legte sie demonstrativ in die Mitte des Tisches. Wenn etwas Differenzen überbrücken konnte, so war es Schokolade!

Teresa lächelte und griff nach einem Vanilletrüffel.

»Danke, Mayla.« Sie legte ihn vor sich auf den Tisch – keine Ahnung, wie sie diese Selbstbeherrschung aufbringen konnte – und sah die anderen auffordernd an.

Agatha und Aura nahmen ebenfalls eine Praline, Ignatia und Madeleine nicht. Mayla übersah es absichtlich und entschied sich selbst für die mit der Rumfüllung. Das war genau das richtige auf all die Neuigkeiten. Die Süße der Schokolade gepaart mit dem süßwürzigen Geschmack des Rums legte sich über ihre angespannten Nerven und schenkte ihr einen Moment des Friedens. Genüsslich schloss sie die Augen, öffnete sie jedoch wieder, als ihr bewusst wurde, wo sie sich befand.

»Ihr wollt also den Stein vereinen und eure Aufgabe als Hüterinnen wahrnehmen. Eine Frage habe ich dazu. Da ihr mächtig seid wie wir Gründerhexen, würdet ihr mit dem Stein an eurer Seite nicht übermächtig werden?«

Auf Ignatias Stirn erschien eine Ader, die sichtlich pochte, doch Teresa warf ihr einen unmissverständlichen Blick zu.

»Deine Frage ist durchaus berechtigt, Mayla. Wie es immer ist, wenn Macht im Spiel ist, bedürfen wir Vertrauen. Wir hatten nie vor, die Welt unserem Willen zu beugen. Unsere Ahnen haben die wichtige Aufgabe bekleidet, die Welt der Magie zu behüten, und das wollen auch wir tun. Sobald der Stein geheilt ist, wird die Magie wieder stärker fließen. Wir werden ihn auf diesem Gelände aufbewahren, um ihn zu schützen. Niemand weiß, wo sich dieses Areal befindet – selbst dir werden wir es nicht verraten, und durch unseren Schutz kannst du nicht ohne unsere Erlaubnis herkommen, weshalb die Quelle der Magie sicher ist.«

Eine geheime Weltenfalte. Mayla nickte nachdenklich, bis ihr etwas einfiel. »Was ist mit den frischen Blumen, die vor dem kleinen Tempel abgelegt wurden? Stammen die von euch?«

Teresa schüttelte den Kopf, ein seltsam melancholischer Ausdruck auf dem rundlichen Gesicht. »Das kleine Gabenhaus, vor dem die Blumen liegen, befindet sich in der öffentlich zugänglichen Weltenfalte, die das bergige Areal rund um unsere Tempelanlage einschließt. Es ist eines von vielen Gabenhäusern, die an verschiedenen Orten errichtet wurden und die mit uns und unserer wichtigen Aufgabe verbunden werden. Bis heute gibt es Frauen, die sich daran erinnern und zum Zeichen ihrer Dankbarkeit Blumen davor ablegen. Manche vertrauen darauf, dass wir wie früher unsere schützende Hand über die Welt der Magie halten, ohne sicher zu sein, ob es noch Hohepriesterinnen gibt. Sie halten uns seit Jahrhunderten die Treue.«

Mayla überkam Gänsehaut. Bislang hatte sie keines dieser Gabenhäuser gesehen, womöglich war es ihr jedoch nur nicht aufgefallen, da sie nicht gewusst hatte, dass solche Bauten existierten. Von jetzt an würde sie die Augen offenhalten.

»Wir wären eine zusätzliche Macht zu den Oberhäuptern der Zirkel und wollen unabhängig von den Oberhexen helfen den Frieden zu wahren. Vor allem aber wird sich die Macht wieder im Gleichgewicht befinden.«

Und einige Jäger werden ihre Magie in vollem Umfang nutzen können. Mayla zweifelte noch immer, aber gab es überhaupt Entscheidungen, die keine Nachteile beinhalteten?

»Wohin wollte Tom mit den Bruchstücken gehen?«

Teresa lehnte sich in ihrem Stuhl zurück und verschränkte die Hände in ihrem Schoß. Blass zeichnete sich ihre Haut vor dem dunklen Umhang ab. »Nach Paris. Dort gibt es unzählige öffentliche Weltenfalten. In einer davon wollte er sich mit Marianna Lauber treffen. Er hat die drei magischen Steine von Feuer, Wasser und Luft mitgenommen, obgleich wir uns nicht einig waren, die Macht in seine Hände zu legen. Aber wir haben abgestimmt und uns in der Mehrheit dafür entschieden, ihm zu vertrauen.«

Die Blicke huschten zu Madeleine, die trotzig das Kinn erhob. »Ihr habt ihn beobachtet, nicht ich. Ich kenne ihn nicht.«

Es fühlte sich wie ein Schlag in die Magengrube an. Wie konnte Madeleine so distanziert ihrem Sohn gegenüber sein? Bestürzt sah Mayla sie an, bis Madeleines grüne Augen auf ihr lagen. Sie hatten dieselbe Farbe wie Toms. Mayla hielt dem Blick stand, auch wenn alles in ihr danach schrie, den Kopf zu senken. Doch sie tat es nicht, bis Ignatia laut mit der Faust auf den Tisch schlug und damit die Aufmerksamkeit auf sich lenkte.

»Wir können nicht ausschließen, dass er uns hintergangen hat. Er hat sich unser Vertrauen erschlichen, um an die Bruchstücke zu kommen. Gemeinsam mit den Jägern wird er die Steine vereinen. Es ging ihm einzig und allein darum, seine Magie nutzen zu können, vielleicht will er nebenbei dem Metallzirkel mehr Macht verleihen. Er hat sich überflüssig gefühlt, nutzlos, ich habe es in seinen Augen erkannt.«

»Das wissen wir nicht, Ignatia.« Teresas Stimme blieb trotz Ignatias Ausbruch gütig und ruhig. »Mir kam er äußerst vertrauenswürdig vor.«

Ignatia machte eine wegwerfende Handbewegung. »Ebenso wie er vorgegeben hat, mit den Jägern zusammenzuarbeiten, kann er vorgegeben haben, mit uns zusammenzuarbeiten. Er ist ein Chamäleon, schon immer gewesen.

Er verwandelt sich in den, der er sein muss, um zu erreichen, was er erreichen will. Das hat sich nicht verändert. Kein Wunder bei der zerrütteten Familiengeschichte ...«

Fassungslos sah Mayla sie an. Wie konnte sie so etwas von Tom behaupten? Bevor sie der Hohepriesterin etwas entgegnen konnte, fuhr Madeleine in ihrem Stuhl auf und sah Ignatia hasserfüllt an.

»Untersteh dich, so über ihn zu reden!«

Teresa hob beschwichtigend die Hände, während Mayla Madeleine ungläubig ansah. Nun hatte sie ihren Sohn doch verteidigt. Völlig illoyal war sie ihm gegenüber folglich nicht. Weshalb verhielt sie sich dennoch derart distanziert? Wieso wirkte sie desinteressiert und verärgert? Und warum hatte sie sich in all den Jahren nie gemeldet? Was war damals geschehen, das ihr Handeln erklärte?

»Die Zeit der Vorwürfe haben wir hinter uns gelassen, Schwestern.« Mahnend hob Teresa den Zeigefinger. Agatha und Aura hielten sich im Hintergrund. Ob sie Ignatias Ansicht teilten? Wer hatte bei der Abstimmung für Tom gestimmt und wer gegen ihn? »Wir sind froh, dass du wieder in unseren Kreis zurückgekehrt bist, Madeleine. Den Stein können wir nur gemeinsam beschützen, deshalb sollten wir zu unserer alten Eintracht zurückfinden.«

Ignatias Blick war wie zu Beginn Herausforderung pur, dennoch behielt sie ihre bissigen Kommentare für sich. Madeleine lehnte sich in ihrem Stuhl zurück, als ginge sie all das nichts an, während Aura und Agatha unwohl auf ihren Sitzplätzen hin- und herrutschten.

»Erzähl, Mayla, was ist letzte Nacht geschehen?«, sprach Aura sie nun an. Ihre Stimme war hell und rein. Gepaart mit den weißen Haaren und den gelbbraunen Augen wirkte sie wie aus einer anderen Welt. Aus eine mystisch-magischen Welt – was nicht völlig aus der Luft gegriffen war.

Moment, Mayla sollte von gestern Abend erzählen? Aber gehörte das nicht alles zu ihrem Plan? »Ihr wisst es nicht? Seit wann ist Tom verschwunden?«

Aura und Teresa wechselten einen kurzen Blick, bevor Aura die Unterarme auf den Tisch legte und sich vorlehnte. »Wir haben ihn das letzte Mal gesehen, nachdem ihr auf dem Château de Saint Bernard gewesen seid und die Bücher gefunden habt. Wir haben sie zusammen durchgearbeitet, bevor er sie zu euch gebracht hat.«

»Also ist er in der Zwischenzeit bei euch gewesen.« Nachdenklich schob sich Mayla eine zweite Praline in den Mund.

Teresa schüttelte den Kopf.

»Nicht nur. Vorher war er bei den Jägern. Sie forderten die Bruchstücke der restlichen Steine zu sehen, bevor sie ihm verraten, wo sich der des Metallzirkels befindet. Nachdem wir uns beratschlagt haben, gaben wir ihm die Steine mit und haben ihn seither nicht mehr gesehen.«

Mayla zog die dunklen Brauen hoch. »So lange ist er schon bei den Jägern?«

Madeleine schaltete sich ein, die Stimme klar und hart. »Wann ist er von dir fort?«

In Gedanken ging Mayla die vergangenen Stunden durch. Unglaublich, dass all das erst gestern passiert war. Wieder einmal überschlugen sich die Ereignisse.

»Er hat uns die Bücher gebracht und anschließend ist er gegangen. Er hat mir versprochen, abends zurückzukommen und alles zu erklären. Als er das nicht getan hat, sind Georg Stein, der Oberkriminalkommissar, und ich in das Château gesprungen. Wir haben jemanden flüchten sehen und Georg und ich sind hinterher, haben uns dann aber kurz vor dem Wald verloren. Als ich Georg wiederfand, lag er bewusstlos am Boden, in der Hand ein Säckchen, in dem sich vermutlich einer der magischen Steine befand. Bevor ich Georg und den Stein in Sicherheit bringen konnte, hat … Tom mich mit einem Stock oder einem anderen harten Gegenstand niedergeschlagen.«

Ignatia sprang auf. »Er hat was?«

Irritiert horchte Mayla auf. »War das nicht Teil eures Plans? Damit die Jäger ihm vertrauen und … ich mich nicht einmische?«

Die Hohepriesterinnen schüttelten einstimmig den Kopf, worauf Maylas Brust sich zusammenzog.

»Er hat dich niedergeschlagen?« Beunruhigt richtete sich Teresa in ihrem thronartigen Stuhl auf.

Ungläubig schüttelte Mayla den Kopf. »Aber … er ist trotzdem nicht mit den Jägern vereint. Er … hat es nicht … mit Absicht getan. Nicht, um mich zu verletzen. Seht ihr, er ist nachts wiedergekommen. Ich habe ihn gesehen. Er ist gekommen, um sich zu vergewissern, dass mir nichts passiert ist. Er hat einen Heilspruch angewendet, sonst hätte ich wie Georg ins Krankenhaus gemusst.«

»Das war nicht Tom.« Madeleine straffte den Rücken, die Gesichtszüge streng wie immer. »Das bin ich gewesen.«

»Du?«

Alle Blicke wanderten zu Madeleine.

»Ich habe dich gesucht, als Tom nicht zu uns kam. Ich war mir sicher, er würde mit dir Kontakt aufnehmen.«

Maylas Herz stolperte. Madeleine war es gewesen? Sie hatte sie geheilt? Nicht Tom? »Aber wieso … ist er nicht gekommen?« Tränen wollten in ihre Augen schießen, doch sie ließ es nicht zu. »Ich dachte, er …«

Aura strich sich durch ihr weißes langes Haar. »Meint ihr wirklich, er hat uns hintergangen, um an die Steine zu kommen?«

»Nein, nein!« Mayla schüttelte den Kopf. »Tom würde niemals mit Marianna Lauber zusammenarbeiten! Niemals!«

Ein feines Lächeln huschte über Madeleines Lippen, doch vielleicht hatte Mayla es sich nur eingebildet, denn sogleich lag wieder der verbitterte Ausdruck auf ihrem Mund. »Ihr wisst, ich kenne ihn kaum. Trotzdem bin ich davon überzeugt, dass er nicht mit den Handlangern seines Vaters zusammenarbeiten würde. Er hat ihn verabscheut.«

Ignatia zog spöttisch eine rote Braue in die Höhe. »Wie du schon zugibst, du kennst ihn nicht. Wir können es folglich nicht ausschließen. Außerdem kann er seine Zauberkräfte nicht nutzen, was ihm sauer aufstößt, das wissen wir alle. Oder irre ich mich diesbezüglich, Mayla?«

Teresa hob erneut die Hände.

»Langsam, Schwestern. Ohne Tom vorzuverurteilen, sollten wir herausfinden, wo er und die Steine sich aufhalten.«

Mayla hob fragend die Schultern und ignorierte bewusst Ignatias Anspielung. »Wie soll uns das gelingen? Er ist unauffindbar. Er ist wie ein Schatten. In dem Moment, wo du Licht anmachst, weil du ihn zu finden geglaubt hast, weicht er bereits zurück. Er hat mir eine Botschaft hinterlassen, er kümmere sich um alles und ich solle mir keine Sorgen machen. Ich bin mir sicher, dass wir ihn nicht finden werden, und ich bin mir ebenso sicher, dass er mich und Emma niemals hintergehen würde.«

»Dem schließe ich mich an.« Begütigend zwinkerte Teresa ihr zu. »Lasst uns seine Spur aufnehmen und unser Urteil erst sprechen, wenn wir die Fakten kennen. Denkt daran, Schwestern, zu viel steht auf dem Spiel. Wenn wir die Steine finden, finden wir auch Tom.«

Ignatia verschränkte die Arme vor der Brust, während Agatha und Aura einen kurzen Blick tauschten und nickten.

Fragend sah Mayla die Hohepriesterinnen der Reihe nach an. »Wie wollt ihr die Steine finden?«

Aura lächelte freundlich, dabei bildeten sich unzählige Fältchen um ihre gelbbraunen Augen, die zusammen mit den dauerhaften Fältchen einen regelrechten Strahlenkranz bildeten. »Die Steine werden nicht mehr von den Zirkeloberhäuptern geschützt, weshalb wir sie durch einen Zauber finden können.«

»Das könnt ihr? Wieso sucht ihr dann nicht mit einem solchen Zauber den Stein des Metallzirkels?«

Teresa seufzte auf. »Weil der Stein bislang nicht von dem Schutzzauber der Familie von Eisenfels gelöst wurde.«

»Wenn …« Unbehaglich blickte Mayla zu Madeleine. »Wenn du Toms Mutter bist, bist du dann nicht ebenfalls eine von Eisenfels? Dann könntest du den Stein doch finden, oder nicht?«

Madeleine schüttelte den Kopf, die Lippen fest zusammengepresst. Sie wirkte zorniger als zuvor, dabei war Maylas Frage berechtigt, oder etwa nicht? »Weder bin ich eine gebürtige von Eisenfels noch war ich dabei, als der Zauber gesprochen wurde. Ich kenne die Magie nicht und kann den Stein deshalb nicht aufspüren.«

»Aber die übrigen Steine wurden gestohlen und sind bei den Jägern, weshalb ihr die Bruchstücke finden könnt?«

»Richtig.« Teresa wies auf die Hohepriesterinnen. »Aura kann den Luftstein orten, Agatha den des Wasserzirkels und Ignatia den des Feuers. Ich bin in der Lage, den des Erdzirkels ausfindig zu machen.«

Demnach gab es zu jedem Zirkel eine Hohepriesterin, die mit dem Stein verbunden war. »Verstehe, nur wofür braucht ihr dann mich?«

Die Frauen senkten die Köpfe, als fühlten sie sich unwohl, bis Teresa das Wort ergriff. »Wir müssen aufpassen, dass … uns … nichts geschieht, verstehst du?«

Das war der Grund? Sie fürchteten um ihre Sicherheit, womöglich ihr Leben und schickten deshalb Mayla vor? Ungläubig starrte sie Teresa an, ohne zu wissen, was sie darauf erwidern sollte.

»Versteh das nicht falsch, wir sind um deine Sicherheit mindestens ebenso besorgt, nur eignet sich unsere Magie weniger gut zum Angreifen. Wir sind Hüterinnen und keine Kämpfer. Unsere besondere Gabe besteht darin zu schützen, nicht zu verletzen.«

Verständnislos schüttelte Mayla den Kopf. »Wie wollt ihr etwas beschützen, wenn ihr euch nicht verteidigen könnt?«

»Wir haben unsere Zauber und sie wirken auf dem Tempelgebiet derart stark, dass niemand sie zu brechen vermag. Auf anderen Territorien hingegen ist es unvorhersehbar, was wir mit unserer Magie bewerkstelligen. Es könnte sein, dass wir der Macht der Jäger nicht gewachsen sind.«

Madeleine erhob sich.

»Ich werde dich begleiten, Mayla.«

Teresa hob die Hand. »Nein, Madeleine, du weißt, ohne dich schaffen wir es nicht. Wir brauchen dich.«

Mit Zorn in den Augen blickte Madeleine auf Teresa herab. »Und Emma braucht Mayla. Ich werde sie begleiten.«

Maylas Herz schlug unweigerlich schneller, während sie Toms Mutter musterte. Hatte sie gerade richtig gehört? Ruhte in dieser Frau offenbar doch ein Funken Familienliebe?

Agatha legte beschwörend die Hände aneinander. »Dein Platz ist hier und nicht an vorderster Front. Was sollen wir tun, wenn du nicht zurückkommst? Wie sollen wir den Stein schützen?«

»Wenn ich nicht zurückkomme, so sind wir gescheitert, und dann gibt es auch keinen Stein, den ihr beschützen müsst. Und jetzt entschuldigt mich. Ich komme zurück, sobald wir aufbrechen.« Sie erhob sich, stülpte die Kapuze über den Kopf und lief davon. Sie tauchte so schnell in den Schatten der Tempel unter, dass sie binnen Sekunden verschwunden war. War sie fortgesprungen?

»Ich weiß nicht, ob das eine gute Idee ist, Teresa«, warf Ignatia ein und blickte misstrauisch in die Richtung, in die Madeleine gelaufen war.

Teresa atmete tief durch. »Das weiß ich auch nicht, aber Madeleine hat nicht unrecht. Und wenn eine von uns geeignet ist, Mayla zu begleiten, so ist das sie.«

Kapitel 10

Mayla verblieb im Schatten des Rundtempels. Teresa brachte ihr eine Karaffe Wasser mit Eiswürfeln und Zitronenscheiben und dazu ein Glas. Daneben stellte sie eine Schale roter Trauben.

»Wir ziehen uns in unsere heiligen Stätten zurück, um die Steine mit einem Zauber aufzuspüren. Wir kehren bald zurück. Du kannst dich ein wenig umsehen, aber die Tempel betreten darfst du nicht. Bitte halt dich an unsere Regeln.«

Mayla versprach es. Sie brannte zwar darauf, mehr über die Hohepriesterinnen und ihre Arbeit zu erfahren, aber sie würde ihre Gastfreundschaft nicht mit Füßen treten, indem sie unerlaubt umherstreunte. Sie lehnte sich in dem Stuhl zurück. Auf einen Wink ihrer Hand goss die Karaffe das Glas voll und Mayla trank genüsslich. Es war erfrischend. Dazu naschte sie ein paar Weintrauben und überließ sich ihren Gedanken.

Unglaublich, dass sie Toms Mutter begegnet war – und mit ihr gemeinsam losziehen würde, um Tom und die magischen Steine zu finden. Madeleine machte einen ausgesprochen energischen und distanzierten Eindruck. Was war damals vorgefallen? Hatte Vincent versucht sie zu töten? War sie vor ihm davongelaufen? Hatte er sie verstoßen? Weshalb war sie all die Jahre nicht zurückgekehrt, um für ihren Sohn zu sorgen?

Wieso hielten sie alle für tot? Warum hatte sie Tom sich selbst überlassen? Hatte sie ihn womöglich schützen wollen? Er hatte nicht viel von der Zeit erzählt, nachdem er von zuhause fortgelaufen war. Die einzige Frau, die man vor Mayla möglicherweise als seine Bezugs- oder Vertrauensperson bezeichnen konnte, war ihre Oma Melinda. Zu dem Zeitpunkt allerdings, als Tom und Melinda sich begegnet waren, hatte er längst das Erwachsenenalter erreicht.

Ob Mayla etwas aus Madeleine herausbekäme, wenn sie gemeinsam unterwegs waren? Wohin war sie verschwunden? Aus welchem Grund war sie nicht Teil der Gemeinschaft der Hohepriesterinnen? Die anderen hatten ebenso Abstand zu ihr gehalten wie sie zu ihnen. Irgendetwas musste vorgefallen sein. Maylas Neugierde war definitiv geweckt.

Die Zeit verstrich und ihre Nervosität nahm zu. Unruhig rutschte sie auf dem Stuhl hin und her und spähte zu den Tempeln, in deren Richtung die vier Hohepriesterinnen verschwunden waren. Was dauerte so lange? War der Zauber derart kompliziert oder die Steine doch nicht so leicht zu finden, wie erhofft?

Als Aura zurückkehrte, waren sowohl die Trauben als auch Maylas Pralinen fast leer. »Bin ich die erste?« Überrascht musterte die Hohepriesterin die leeren Stühle um den Tisch.

Mayla winkte ihr mit der Hand, sich zu ihr zu setzen. »Bist du. Wo bleiben die anderen? Ist der Zauber derart zeitaufwendig?«

Aura ließ sich neben ihr nieder. »Eigentlich nicht, aber die Jäger haben einen Schutz über die Bruchstücke gelegt.«

Hellhörig setzte sich Mayla in ihrem Stuhl auf. »Glaubst du, sie wissen, dass ihr hinter den Steinen her seid?«

Die Hohepriesterin schüttelte den Kopf und strich sich die langen Haare aus dem Gesicht. »Niemand weiß von uns. Wir sind ein Mysterium, das als ausgestorben gilt. Wir gehören ebenso wie die vereinte Magie der alten Zeit an.«

Das klang spannend und magisch und mystisch. Vielleicht war es gar nicht so schlecht, dass die anderen länger brauchten. Womöglich würde Aura ihr ein paar Fragen beantworten. Vertrauensvoll beugte sie sich vor. »Was ist damals geschehen, als die Magie geteilt wurde? Aus eurer Sicht, meine ich.«

Rasch wandte Aura das Gesicht ab. Mayla konnte trotzdem den schmerzhaften Ausdruck darauf erkennen. »Das ist eine lange Geschichte und für einen anderen Tag bestimmt.«

Da die Hohepriesterin zu dem Thema schwieg, drängte Mayla sie nicht. Es gab genügend andere Fragen, mit denen sie ihr Glück versuchen wollte. »Wie wurdet ihr auserwählt? Und in welchem Alter?«

Aura lächelte. »Du bist sehr neugierig.«

Das war keine Antwort. Verdammt, wieso nur trug Mayla nicht die Gene eines Detektivs in sich? So wurde das niemals etwas mit dem Verhör.

»Bei jeder von uns ist es anders. Wie du siehst, haben wir alle ein unterschiedliches Alter. Die Magie spürt, wenn für eine von uns die Zeit des Abschieds gekommen ist. Mit einem Zauber finden wir die neue Schwester.«

Interessant. Bevor Aura ihre Redseligkeit verlor, beugte sich Mayla verschwörerisch ein wenig weiter nach vorne. »Und wenn diese Frau keine Hohepriesterin werden will?«

Aura lachte, als hätte sie etwas äußerst Dummes gefragt. »Es ist eine große Ehre. Niemand würde die Gelegenheit ausschlagen.«

Faszinierend, aber ob es wirklich der Wahrheit entsprach? Mayla setzte zur nächsten Frage an, als sie hinter sich Stimmen hörte. Ignatia und Agatha kehrten zurück und sogleich verschloss Aura die Lippen. Weitere Informationen würde Mayla wohl nicht aus ihr herausbekommen. Schade. Aber bestimmt ergab sich noch einmal eine andere Gelegenheit.

»Hast du den Luftstein gefunden, Aura?«, wollte Ignatia wissen.

»Ja, allerdings war es nicht leicht. Er befindet sich in der Zitadelle von Besançon, seltsamerweise nicht in einer Weltenfalte.«

Mayla horchte auf. Schon wieder in Frankreich – und dieses Mal in der Welt der Menschen? Sie kannte die Zitadelle, hatte sie zwar nie besucht, wusste aber, dass es sich um ein Gebäude in der Menschenwelt handelte. Was hatten die Jäger vor?

Agatha ließ sich neben Aura nieder. »Der magische Stein des Wassers wird ebenfalls dort aufbewahrt.«

Erwartungsvoll blickten sie zu Ignatia, die bestätigend nickte. Offenbar befanden sich die drei Bruchstücke an ein und demselben Ort. »Jetzt ist nur die Frage, ob Tom die Steine dort versteckt hat, oder ob sich die Jäger mitsamt der

Steine in der Zitadelle aufhalten. Ich bin gespannt, wo sich der Erdstein befindet, das einzige Bruchstück, das Tom nicht in seinem Besitz hatte.«

Mayla umfasste den herzförmigen Anhänger ihrer Kette und ließ ihn hin- und hergleiten. »Moment, habe ich richtig verstanden, dass sich die Steine nicht in einer Weltenfalte befinden? Wie können sie dann mit Magie geschützt sein?«

»Die Bruchstücke ruhen in einem magisch geschützten Gegenstand, einem Kästchen oder einer Truhe.« Aura verwandelte einen der Kieselsteine in ein Glas und schenkte sich aus der Karaffe ein. »Trotzdem finde auch ich es erstaunlich, dass sie sich nicht in unserer Welt aufhalten, sondern in der der Menschen.«

Mayla ließ den Anhänger unter die Bluse gleiten. »Meine Freunde und ich haben uns überlegt, dass sich einige Jäger in den letzten Jahren wahrscheinlich in der Welt der Menschen versteckt haben. Darunter Marianna Lauber und ihre Mitstreiter. In den Weltenfalten hätten wir sie längst ausfindig machen müssen.«

Ignatia hob das Kinn. »Ich bin gespannt, ob Tom bei den Steinen ist.«

Die wildesten Vorstellungen ratterten durch Maylas Kopf. Tom in Ketten in einem alten Verlies, Ratten, die um ihn huschten, Marianna Lauber, die ihn gefangen hielt und quälte, damit er ihr verriet, wo sie Emma versteckt hatten. Bevor ihre Fantasien zu Alpträumen wurden, kehrte Teresa zu ihnen zurück. »Entschuldigt, mir kam etwas dazwischen. Ist euer Stein auch in Frankreich?«

Agatha nickte. »In der Zitadelle von Besançon.«

Ignatia schlug energisch mit der Faust auf den Tisch. »Folglich hat er uns verraten! Ich wusste es. Die Steine liegen alle beisammen.« In der Ferne knackte etwas und ein Baum fiel um. Trotz des wiederholten verbalen Angriffs auf Tom musste Mayla schmunzeln. Offenbar war sie nicht die einzige erwachsene Feuerhexe mit Temperament.

Teresa warf Ignatia einen mahnenden Blick zu, bevor sie sich neben Mayla niederließ.

»Wir wissen, wo deine Reise hinführt, Mayla. Nun gilt es, dich vorzubereiten.«

Obgleich Maylas Aufregung allmählich stieg, winkte sie ab. »Schutz- und Angriffszauber kann ich recht gut, keine Sorge.«

Amüsiert schüttelte Teresa den Kopf. »Das könnten wir dir ohnehin nicht beibringen. Unsere Magie folgt anderen Regeln.«

Fragend blickte Mayla in die Runde. »Was genau soll ich tun? Euch die Steine zurückbringen?«

Aura nickte. »Genau, darum geht es. Die Jäger dürfen nicht in ihrem Besitz sein. Zusätzlich müssen wir sicherstellen, dass du weißt, was zu tun ist, falls unsere Feinde bereits dabei sind, die Bruchstücke zu vereinen.«

Um Himmels willen, waren sie etwa zu spät? Mayla setzte sich auf. »Glaubt ihr, es ist bereits soweit?«

Ignatia schüttelte den Kopf, die Stimme weniger aggressiv als gewöhnlich. »Noch nicht, das hätten wir gespürt, aber da der Stein des Erdzirkels bei den anderen liegt, muss Tom ihnen unsere Steine übergeben haben.«

Der Reihe nach sah Mayla sie an, im Magen einen Klumpen aus Blei.

»Wieso denkt ihr so schlecht von ihm?«

Beschwichtigend hob Teresa die Hände. »Wir denken nicht schlecht von ihm, allerdings wurden wir und unsere

Vorfahren oft von den Gründerfamilien betrogen. Mehrmals seit der Teilung der Magie im Jahre 1402 war uns zugesagt worden, mit uns für die Vereinigung des magischen Steins zu kämpfen, was bis heute nicht geschehen ist. Deshalb kannst du unser Misstrauen gewiss nachvollziehen, oder?«

Mayla winkte ab. »Natürlich kann ich das, doch die Menschen von heute sind nicht dieselben von früher. Und nur weil die Steine beisammen sind, müssen sie nicht in der Hand der Jäger sein. Tom könnte Marianna und ihren Leuten den Erdstein abgenommen haben und auf der Suche nach dem Metallstein sein. Vielleicht hat er selbst die Steine auf der Zitadelle versteckt.«

Agatha verengte die Augen zu Schlitzen. »Warum hat er dann die Bruchstücke nicht zu uns zurückgebracht?«

Darauf wusste Mayla leider keine Antwort – wie auf so viele andere Dinge, die ihn betrafen. Tom, das Mysterium. Kein Wunder, wenn er von einer Hohepriesterin abstammte.

»Womöglich hat er es tun müssen.« Unbemerkt war Madeleine an den Tisch getreten, die Kapuze tief ins Gesicht gezogen. Wann war sie zurückgekehrt? »Vielleicht war es Teil der Bedingung, damit sie ihm vertrauen. Im Übrigen hatten wir uns darauf geeinigt, dass wir ihn nicht verurteilen, bevor wir nicht wissen, was geschehen ist, oder irre ich mich?«

Betretenes Schweigen folgte, das Madeleine nutzte, um Mayla mit einer herrischen Geste zu sich zu winken. »Komm, wir brechen auf.«

Überrascht hüpfte Maylas Herz – ob aus Vorfreude oder Angst konnte sie nicht sagen. »Ich dachte, Teresa zeigt mir vorher, was ich tun muss, falls die Jäger versuchen sollten, die Steine zu vereinen.«

»Ich weiß, was zu tun ist, und jetzt los, Mayla. Wir wollen die Angelegenheit schnell hinter uns bringen, damit du nicht länger als nötig in der Schussbahn stehst, die eigentlich meinen Schwestern vorbehalten sein sollte.« Das Wort Schwestern betonte sie abfällig, worauf die Hohepriesterinnen teils betretene, teils empörte Blicke tauschten.

Mayla erhob sich. Keine der Frauen hinderte sie daran. Sie ergriff Madeleines ausgestreckte Hand und bevor sie fragen konnte, wohin es ging, oder sich verabschiedet hatte, verlor sie bereits den Boden unter den Füßen und die Tempellandschaft geriet in Bewegung. Die Reise mit Toms geheimnisvoller Mutter sollte beginnen.

Kapitel 11

Keine Minute später landeten Mayla und Madeleine auf einer Wiese, das stete Plätschern eines Flusses im Ohr. Der Geruch von frisch gemähtem Gras stieg Mayla in die Nase, und sie musste lautstark niesen.

»Heuschnupfen?«

Mayla zückte ein Taschentuch aus der Handtasche und wischte sich die Nase. »Nein, mehr der Großstadttyp.«

Madeleine zeigte auf einen Hügel, der sich vor ihnen erhob. Darauf stand ein großes Gebäude, von dem Mayla nichts als hohe Mauern und einzelne Wachtürme erkennen konnte. War das die Zitadelle?

»Sind die Steine dort oben?«

Madeleine nickte.

Schnaufend schielte Mayla hinauf. Verdammt, schon wieder Bergsteigen? »Existiert keine Weltenfalte dort oben, in die wir springen können?«

»Es gibt eine, allerdings ist sie magisch abgeriegelt.«

»Magisch abgeriegelt? Du meinst verschlossen?«

Sie nickte, während in Mayla die Unruhe zunahm. Eine magisch abgeriegelte Weltenfalte – wenn sie dort nicht auf Jäger trafen, würde Mayla einen Besen futtern, oder lieber die restlichen Pralinen. Unwillkürlich beschleunigte sich ihr Herzschlag.

Madeleine stemmte die Hände in die Seiten. »Wir sollten uns unauffällig verhalten. Hast du etwas zum Drüberziehen dabei? Marianna und ihre Ratten würden dich sonst von weitem erkennen.«

Mayla spähte in ihre Handtasche, auch wenn sie wusste, dass sich darin nichts außer Emmas Kuscheltier, das Familienfoto und die beängstigend leere Pralinenpackung befand. Immerhin entdeckte sie ihre Sonnenbrille, die sie sogleich aufzog.

Mürrisch schüttelte Madeleine den Kopf. »Das reicht nicht.« Aus den Tiefen ihres Umhangs holte sie einen weiteren hervor, den sie Mayla hinhielt. Er war ebenso dunkel wie ihrer und besaß eine weite Kapuze.

Überrascht nahm Mayla ihn an sich. Madeleine war definitiv vorbereitet. »Danke.« Puh, der war bestimmt viel zu warm für die Jahreszeit. Sie spürte jetzt schon Schweißtropfen auf ihrem Körper, aber wenigstens blieb sie damit unerkannt. Sie warf ihn sich über und staunte. Er fühlte sich leicht und luftig an, als berge er einen abkühlenden Zauber. Wunderbar.

Ohne zu warten, bis Mayla wieder aufblickte, marschierte Madeleine los. Sie hielt auf einen schmalen Trampelpfad zu, der sich inmitten der hohen Gräser den Berg hinaufwand. Mayla schloss zu ihr auf. Sie wollte die Gelegenheit nutzen, um von Toms Mutter ein paar Dinge zu erfahren. Bevor sie allerdings losfragen konnte, ging ihr die Puste aus.

Madeleine blieb wie erwartet schweigsam, weshalb sie während des Anstiegs kaum ein Wort miteinander wechselten, obwohl Mayla unglaublich viele Fragen auf der Seele brannten. Als sie die halbe Strecke hinter sich gebracht hatten, stemmte Mayla die Hände in die Hüften und schnaufte. »Pause.«

Madeleine wartete und ließ dabei weder den Berg noch die Zitadelle aus den Augen. Mayla folgte ihrem Blick. Sowohl auf der Mauer als auch in den Wachtürmen war auf die Ferne niemand zu sehen.

»Halt den Kopf gesenkt, falls sie uns beobachten«, mahnte Madeleine.

»Falls sie uns beobachten, wäre es vernünftiger, wir machen regelmäßige Pausen und genießen die Landschaft. Dann halten sie uns vielleicht trotz unserer Umhänge für Touristen. Und ein gelegentliches Picknick würde den Schein zusätzlich wahren. Praline?« Sie hielt ihrer vermeintlichen Schwiegermutter die fast leergegessene Schachtel unter die Nase. Sie rechnete nicht damit, dass Madeleine eine nahm, da sie schon in dem Bezirk der Hohepriesterinnen abgelehnt hatte, gleichwohl gebot es die Höflichkeit.

Wie erwartet winkte Madeleine ab, verfolgte aber Maylas Geste, als sie einen Vanilletrüffel auswählte und in den Mund gleiten ließ. »Du isst oft Schokolade.«

Das klang wie eine Feststellung, nicht wie eine Frage, weshalb Mayla lediglich mit den Schultern zuckte, während sie die Süßigkeit genoss. Nichts schenkte so viel Kraft und Zuversicht. Als ihr Blick auf die Zitadelle fiel, verflog ihre entspannte Stimmung. Erneut tauchten die grauenhaften Bilder auf, die sie sich von Toms Aufenthaltsort und Zustand gemacht hatte. »Glaubst du, sie halten ihn gefangen?«

»Das werden wir gleich herausfinden.« Es klang so gleichgültig, dass Mayla nicht länger an sich halten konnte.

»Wieso hast du ihn nicht wissen lassen, dass du noch lebst? Wieso willst du nicht Teil seines Lebens sein?«

Madeleine presste die Lippen aufeinander. Ein harter Zug ruhte auf ihrem Gesicht und die Augen lagen so tief im Schatten der Kapuze, dass der Ausdruck darin nicht zu erkennen war. »Wir sollten weitergehen. Komm.« Ohne auf Maylas Zustimmung zu warten, marschierte sie los.

Aufseufzend stapfte Mayla hinter ihr her. Besonders redselig war sie nicht, aber um ehrlich zu sein, hatte Mayla nichts anderes erwartet. Nein, das stimmte nicht. Spätestens als Madeleine Tom verteidigt und zugesagt hatte, sie zu begleiten, weil Emma ihre Mutter brauchte, hatte sie Hoffnung geschöpft, diese harte Nuss zu knacken.

Doch Madeleine machte nicht den Anschein, als teilte sie ihre Meinung. Sie lief derart zielstrebig den Berg hinauf, dass Mayla keine weitere Pause einlegen konnte, um einen erneuten Versuch zu wagen. Aber sie wollte an das Gute in ihr glauben, daran, dass Madeleine gegangen war, um Tom zu schützen. Etwas anderes konnte sie sich nicht vorstellen.

Als sie an der hohen Mauer der Zitadelle angelangten, war Maylas Puls wie erwartet erhöht. Sie schnaufte möglichst leise, um weder die Jäger auf sich aufmerksam zu machen noch Madeleine ihre Unsportlichkeit unter die Nase zu reiben. Wenigstens standen sie im Schatten der hohen Mauern, weshalb sich Mayla rasch erholte. Sobald sie wieder zu Atem gekommen war, stemmte sie die Hände in die Hüften. Wenigstens hatte sie diesmal kein Seitenstechen. War ihr Körper etwa doch in der Lage, sich an körperliche Aktivitäten anzupassen? »Soweit ich weiß, gibt es einen offiziellen Eingang.« Mayla spähte zu den Seiten und zeigte den Hügel hinab. »Da dort Besançon liegt, müsste sich in dieser Richtung der Haupteingang befinden.«

Madeleine deutete in die entgegengesetzte Richtung auf den schmalen Pfad, der an der Mauer entlangführte. »Wir nehmen einen verborgenen Weg. Komm.«

Das Wort »Komm« hatte Tom definitiv von ihr geerbt. Mayla konnte sich ein Schmunzeln nicht verkneifen. Wortkarg waren sie auch beide und die Augenfarbe war ebenfalls identisch. Mal sehen, welche Gemeinsamkeiten sie sonst noch entdeckte. Streng genommen hatte sie sich erhofft, die Zeit an Madeleines Seite mit interessanten Gesprächen und persönlichen Einblicken zu verbringen. Nun, daraus wurde offensichtlich nichts. Wenigstens waren derlei Beobachtungen eine willkommene Ablenkung von den Sorgen, die sie sich ständig um Tom und Emma machte.

Sie liefen dicht an der Mauer entlang. Es war ein schmaler schattiger Trampelpfad, bei dem Mayla ständig das Bedürfnis hatte, sich schräg zu halten, damit sie nicht mit der Schulter an die steinerne Mauer schrappte und gleichzeitig nicht den Halt verlor. Sie hielt den Blick gesenkt, damit kein unbedachter Tritt sie durch das Gestrüpp den Abhang hinabbeförderte.

Als Madeleine abrupt stehen blieb, lief Mayla beinahe in sie hinein. Die Mauer hatte sich nicht verändert, auch der steile Abhang nicht und es wuchs kein Baum, über den man ins Innere klettern konnte. Wieso also wählte Toms Mutter diese Stelle? »Was hast du vor?«

»Wir werden fliegen.«

Verwirrt sah Mayla sie an. Fliegen? »Auf einem Besen? Aber dann sehen uns die Menschen!«

Madeleine winkte ab und kramte bereits in einem Beutel, der unter ihrem Umhang verborgen hing. »Falls sie uns überhaupt sehen, werden sie blinzeln, sich die Augen reiben, und dann sind wir längst verschwunden.«

»Aber die Jäger werden nicht blinzeln und sich die Augen reiben.«

»Sie werden nicht damit rechnen, dass wir über die Mauer kommen. Wir haben keine andere Wahl. Die Eingänge der Touristen werden sie mit Sicherheit bewachen und dann fallen wir sofort auf, wenn wir uns abseits der gewohnten Wege aufhalten. Nein, besser, wir geraten gar nicht erst in ihr Blickfeld.« Sie zog einen winzigen Besen aus dem Beutel hervor.

Mayla lachte auf. Wie sollten sie auf dieses winzige Ding passen, und das zu zweit? Bevor sie nachfragen konnte, legte Madeleine die Hand darauf und raunte: »Cresce!« In wenigen Sekunden wuchs der Besen an, bis er die gleiche Größe wie jeder andere Flugbesen aufwies. Wahnsinn. Wie praktisch. Den Trick musste sie sich merken – und wieso hatte ihn ihr bislang niemand verraten? Wie viele Schachteln Pralinen ließen sich auf diese Weise in ihrer Handtasche transportieren?!

»Steig auf.«

Mayla hatte mittlerweile Übung im Fliegen. Mit Emma hatte sie es oft genug getan, während sie auf Lesbos gewohnt hatten. Auch wenn sie nicht vollends überzeugt war, entschied sie sich Madeleine zu vertrauen – immerhin hatte diese Frau seit Jahren, wenn nicht sogar seit Jahrzehnten Übung darin, sich im Verborgenen zu halten und niemandem aufzufallen. Geübt stieg sie hinten auf und hielt sich am Stiel fest.

Als Madeleine den Besen hochfahren ließ, rauschte ein Glücksgefühl durch ihren Magen, das sie am liebsten ein paar Minuten länger festgehalten hätte. Sie mochte es zu fliegen und würde es gerne viel öfter tun. Doch schneller, als sie es in vollem Umfang genießen konnte, landeten sie bereits im Inneren der Zitadelle und damit auf dem Boden der Realität.

Die Frage, wieso sie nicht früher mit dem Besen über die Mauer geflogen waren, erstarb auf ihren Lippen. Sie waren inmitten alter hoher Bäume gelandet, die sie vor den Augen der Jäger abschirmten.

»Contrahe!«, raunte Madeleine, worauf der Besen zusammenschrumpfte. Während sie ihn in die Tasche steckte, betrachtete Mayla die Bauwerke auf dem gegenüberliegenden Plateau. Ein langgezogenes Hauptgebäude befand sich in der Mitte und rund herum gruppierten sich kleinere Nebengebäude, allesamt aus hellem Stein errichtet und mit roten Dächern versehen. Unzählige graue Mauern erstreckten sich über das weitläufige Areal. Was erwartete sie an diesem Ort? Tom? Ging es ihm gut? Würden sie Marianna und ihre Leute aufhalten und ihnen die magischen Steine abnehmen?

»Lass die Kapuze über dem Kopf und halt den Blick gesenkt. Die Jäger sollen so spät wie möglich von unserer Anwesenheit erfahren.«

Sie schlichen zur Baumgrenze und spähten zu einem weitläufigen Platz, auf dem sich zahlreiche Touristen tummelten und in die verschiedensten Richtungen zerstreuten. Mayla beobachtete die Menge, suchte nach Personen, die ihr bekannt vorkamen, insbesondere nach einem großen Mann mit dunklem Haar, doch unter den Besuchermassen verhielt sich niemand auffällig. »Sollen wir uns erst mal unter die Touristen mischen?«

Madeleine deutete auf einen Seiteneingang des Hauptgebäudes, das sich in seiner vollen Breite vor ihnen erstreckte. »Wir versuchen die Tür.«

Maylas Blick wanderte zu den Gebäuden. Zahlreiche Tagesbesucher strömten ins Innere. Wo verbarg sich die verschlossene Weltenfalte? Hielten sich dort wirklich die Jäger auf und vielleicht auch Tom? Erneut beschleunigte sich ihr Puls.

»Bist du dir sicher, dass Tom in dem Gebäude ist?«

Madeleine beobachtete ebenfalls die Besucher der Zitadelle. »Wo Tom ist, weiß ich nicht, aber die Steine konnten die anderen in der Zitadelle lokalisieren. Bleib in den Schatten und rede nur, wenn es unbedingt notwendig ist.«

Hintereinander schlichen sie unter den Bäumen entlang, verbargen sich im Schatten der Mauer und hielten auf eine kleine verborgene Tür zu. Ob es an einem Zauber von Madeleine lag oder nicht, sie war offen und die zwei konnten unbemerkt ins Innere schlüpfen.

Mayla hustete. Es war staubig und die Luft trocken. Ein wenig Licht drang durch die Fenster in den kleinen Raum, in dem Eimer, Besen, Leitern und andere Utensilien des Hausmeisters lagerten. Magische Steine würde man definitiv nicht erwarten, andererseits wäre die Kammer definitiv ein unauffälliges Versteck.

Anstatt den Raum abzusuchen, drängte Madeleine bereits weiter durch eine schmale Tür, die in den Keller führte. Sie blieb kurz stehen, hob die Hände und konzentrierte sich. Mayla spürte Kräfte sich bewegen, Magie pulsieren. War dort die verborgene Weltenfalte? Schon ließ Madeleine die Hände sinken und winkte Mayla, ihr durch die Tür zu folgen, den Finger auf die Lippen gelegt. Mayla nickte und etwas zuckte durch sie hindurch, als sie die Schwelle überquerte. Energie. Überrascht blieb sie stehen. So intensiv hatte sie das Betreten einer Weltenfalte noch nie empfunden. Während sie erneut in sich hineinspürte, winkte Madeleine sie ungeduldig weiter.

Mayla schlich hinter ihr die Treppen hinunter, die gefühlt ins Unendliche führten, so lang waren sie. Es wurde zunehmend dunkler, bis sie keine der Stufen mehr erkennen konnten und auch sonst nichts. Mayla blies eine kleine Flamme auf ihre Fingerspitze, beließ sie jedoch klein, damit Madeleine und sie einerseits nicht stolperten, der Lichtschein andererseits aber auch nicht zu weit drang und ihre Anwesenheit verriet.

Sie gelangten in einen Keller, der in einen langen Flur mündete. Als sie ihn betraten, konnte Mayla im letzten Moment einen Schrei unterdrücken. Zu den Seiten befanden sich vergitterte Kammern. Darin lagen Menschen, die nicht bei Bewusstsein waren. Viele von ihnen wirkten leblos oder kurz vor der Schwelle des Todes.

Mayla stürmte zu der ersten Zelle und versuchte sie zu öffnen, doch sie war verriegelt. Der ausgemergelte Mann, der im Inneren auf dem nackten Steinboden lag, reagierte nicht, während sie an dem Gitter rüttelte. Seine Hände und Lippen bluteten.

Madeleine stand neben ihr und beugte sich vor, die Stimme nur ein Flüstern. »Komm, wir haben keine Zeit.«

Mayla ließ die Stäbe nicht los. Ihr Herz stolperte. Wer waren die Menschen, die in diesen Zellen lagen? Gefangene von Marianna Lauber? »Wir müssen diese Leute befreien.«

»Dafür fehlt uns die Zeit. Du weißt, weshalb wir hier sind.«

»Aber wir können diese Gefangenen nicht ihrem Schicksal überlassen! Wer weiß, ob einige nicht bereits tot sind. Schau nur, wie starr die Frau dort vorne liegt, die Hände von sich gestreckt.«

Madeleine umfasste sie an den Schultern und drehte sie zu sich. »Wir werden zurückkommen, jetzt allerdings müssen wir zuerst die Steine finden.«

Unsicher ließ Mayla es zu, dass Madeleine ihre verbliebenen Finger von dem Gitter löste und sie mit sich zog. Während sie den Gang entlanghasteten, konnte Mayla den Blick nicht von den Insassen lösen. Es waren junge und alte Leute dabei, zum Glück keine Kinder, aber sie entdeckte Frauen wie Männer. Sie erkannte kein Muster, vielmehr wirkten sie wie willkürlich zusammengewürfelt. Waren sie zufällig ergriffen worden? Was machten die Jäger mit ihnen?

»Wenn ihr mich hören könnt, wir helfen euch. Haltet durch!«

Niemand antwortete, vielleicht hatte Mayla jedoch zu leise gesprochen und sie hatten sie nicht gehört. Das redete sie sich zumindest ein. Mit einem zwiespältigen Gefühl eilte sie neben Madeleine weiter. Toms Mutter hatte recht, die Steine waren wichtig, doch diese Menschen waren es auch. Sie schwor sich, alles in ihrer Macht Stehende zu tun, um die Gefangenen zu befreien.

Am Ende des Ganges erschien eine Tür. Mayla hielt es kaum länger aus, ihr Herz klopfte schwer angesichts der vielen Opfer. Es kam einem Kraftakt gleich, den Blick abzuwenden und sich auf die Tür zu konzentrieren, durch die Madeleine sie ziehen wollte. Im Augenwinkel erfasste sie die letzte Zelle und den Mann, der darin an der kahlen Wand lehnte. Er saß zusammengekauert, der Kopf mit dem beinahe schwarzen Haar ruhte auf seiner Brust, die Arme hingen schlaff zu den Seiten.

Abrupt hielt Mayla inne, worauf auch Madeleine stehen blieb. Unwirsch wollte sie Mayla anfahren, als sie des Mannes gewahr wurde. Wie erstarrt blieb sie vor der Zelle stehen.

Es war Tom.

Kapitel 12

Mayla stürzte an die Gittertür und rüttelte daran. »Tom! Tom!« Er reagierte nicht. Sie hob die Hände, um einen Fluch auf die verschlossene Tür zu schmettern.

Energisch schob Madeleine sie beiseite, legte die Hände auf das Schloss und murmelte etwas, worauf es klick machte und die Tür aufschwang. Mayla eilte an ihr vorbei, ging vor Tom in die Hocke und legte ihre Hände an seinen Kopf. Sein Gesicht sah furchtbar aus, blaue Flecken säumten den Kiefer, die Lippe war aufgeplatzt, an der Stirn klaffte eine Wunde. »Tom, Tom!«

Er hob die Brauen, als versuche er die Lider zu öffnen, doch es gelang ihm nicht. Mayla klatschte ihm an die Wange, worauf er den Kopf zur Seite neigte. Um Himmels willen, was war mit ihm geschehen? Sie legte ihm die Hand auf die Brust. »Sana!« Gelbliches Licht strahlte aus ihrer Handfläche und bettete ihn ein, worauf er langsam die Augen öffnete. Als er sie erkannte, erschrak er.

»Mayla, was tust du hier? Du sollst –« Seine Augen fielen zu. Wie in Zeitlupe griff er sich an die Stirn. Schwindel erfasste ihn und sein Kopf schwankte hin und her.

Mayla sah Madeleine entschlossen an. »Wir müssen ihn wegbringen!«

Die Hohepriesterin rang mit sich. »Aber die Steine …«

Tom keuchte. »Die Jäger. Haben. Vier … Der letzte. Fehlt. Noch.«

Madeleine sah auf ihn herab. Nichts an ihrer Haltung ließ erkennen, dass sie ihren halbtoten Sohn vor sich hatte. »Wie kannst du wissen, ob sie den letzten nicht längst gefunden haben?«

»Sie hätten. Mich gerufen. Ich soll den … Zauber sprechen.« Schmerzverzerrt verzog er das Gesicht, doch kein Wehklagen kam über seine Lippen. Wieso versuchte er nicht aufzustehen und zu fliehen? Fehlte ihm die Kraft? Der Wille?

Mayla versuchte ihn hochzuziehen, aber es gelang ihr nicht. Er war zu schwer. »Die Steine sind wichtig, aber Tom ist viel wichtiger. Ich bringe ihn aus diesem Loch raus. Sobald er versorgt ist, komme ich zurück und helfe dir, die Steine zu finden.« Wenn sie ihn nicht raustragen konnte, musste sie versuchen, direkt von hier fortzuspringen. Rasch umfasste sie ihren Amulettschlüssel, als Tom erneut zu keuchen begann.

»Wir können nicht … springen. Magisch. Geschützt.«

»Verdammt. Dann bringe ich dich eben huckepack hier raus!«

Madeleine kniff die Lippen zusammen, wodurch sich der bittere Zug um ihren Mund verstärkte. Dann sackten ihre Schultern ein wenig tiefer und sie trat an Toms andere Seite. »Ich helfe dir.«

Überrascht sah Mayla auf, zugleich war sie unendlich dankbar. Es wäre definitiv mehr als eine Herausforderung gewesen, Tom auf ihrem Rücken und ohne Zuhilfenahme von Magie bis zu der Weltenfalte am Fuß des Berges zu tragen.

Tom keuchte. »Sie werden uns sehen …«

Madeleine nickte. »Davon müssen wir ausgehen. Aber wir werden die Steine wiederfinden.«

Erleichtert lächelte Mayla ihr zu. Endlich ließ sie sich auf ihre Gefühle ein.

»Nein, ich darf nicht …« Tom stützte sich auf die Arme, Kraft kehrte in ihn zurück, die er vorher nicht zur Verfügung gehabt hatte. »Wenn ich gehe, holen sie Emma.«

Maylas Herz sackte in ihren Schoß. Kreidebleich starrte sie ihn an. »Was? Aber das können sie nicht. Sie ist mit Oma in Sicherheit!«

Tom schüttelte den Kopf. Langsam hob er den Blick, Verzweiflung lag darin, die Mayla die Brust zusammenschnürte. »Sie können sie finden. Emma ist nur sicher, solange die Jäger denken, dass ich den Zauber für sie ausführe.«

Mayla sah aufgebracht zu Madeleine, die das Gesicht tiefer unter dem Schatten ihrer Kapuze verbarg, sodass Tom ihre Gesichtszüge nicht erkennen konnte, und wieder zu ihm zurück. »Vielleicht haben sie dich nur angelogen, um dich zu erpressen.«

Er schüttelte den Kopf. »Ich weiß es. Ich habe es gesehen. Sie verfügen über alte magische … Sprüche.« Eindringlich sah er Mayla in die Augen. »Emma ist nicht sicher.«

War das der Grund für sein Verhalten? Die Erklärung, weshalb er sie und Georg niedergeschlagen hatte? Emma war in großer Gefahr? Mayla schwankte. Madeleine hielt sie fest, sodass sie nicht auf den nackten Steinboden fiel. Sie zog sie am Arm auf die Füße und beugte sich vor. »Wenn er recht hat, müssen wir zuerst Emma in Sicherheit bringen.«

Maylas Puls raste. »Aber es gibt keinen sicheren Ort für sie.«

»Doch, den gibt es. Vertraust du mir?«

Tief einatmend blickte Mayla ihr in die Augen, die im Schatten der Kapuze lagen und das gleiche Grün aufwiesen wie Toms. Dann nickte sie.

»Wir bringen Tom in die Kammer des Hausmeisters. Dort erschaffst du eine kleine Weltenfalte, von der aus wir fortspringen können. Kannst du das?«

Mayla nickte.

»Gut, dann auf.«

Sie stellten sich rechts und links neben Tom und zogen ihn auf die Füße. Er knickte immer wieder ein und hing so schwer auf ihnen, dass Mayla die Zähne zusammenbeißen musste, um nicht mit ihm zu Boden zu fallen. Zum Glück aß er nicht so viel, sonst hätten sie ihn niemals fortbewegen können. In viel zu langsamem Tempo gingen sie an den Gefangenen vorbei. Keiner reagierte auf Toms Befreiung. Nicht einer rüttelte an den Gitterstäben und rief: »Nehmt mich mit!« Sie alle waren apathisch oder vielleicht sogar ... tot?

Sobald es möglich war, das schwor sich Mayla, würde sie wiederkommen und sie befreien.

Als sie die schmale Treppe erreichten, stand ihr der Schweiß auf der Stirn. Dennoch murrte sie nicht, sondern zerrte Tom die endlosen Stufen hinauf.

Er gab sein bestes, die Füße zu heben, doch er schien wie ausgelaugt. Als hätten ihm Marianna und ihre Leute die physischen Kräfte genommen. Es dauerte eine gefühlte Ewigkeit, bis sie endlich den kleinen Raum erreichten, der wieder in der Menschenwelt und somit außerhalb der Schutzzone der Jäger lag.

Langsam ließen sie Tom zu Boden gleiten und Mayla hob die Hände. Konzentriert stellte sie sich vor, wie ein Teil des Raumes sich zusammenfaltete und anschließend wieder auseinanderklappte, und dachte: »Contrahe mundi!«

Ein Glitzern erschien und verkleinerte den Raum, der sich kurz darauf nur für Hexenaugen wieder zu seiner vollen Größe ausbreitete. Ob es dem Hausmeister auffallen würde, dass der Raum geschrumpft war?

Madeleine hob die Hände, worauf ein Glitzern rund um die neue Weltenfalte erschien. »Ich habe sie versiegelt, damit nur wir wissen, dass es sie gibt. Ein kleines Hintertürchen in die Höhle des Löwen. Und jetzt komm!«

Mayla zog Tom zurück auf die Füße und Madeleine stützte ihn von der anderen Seite. Sie betraten die winzige Weltenfalte, Mayla umschloss den Amulettschlüssel und entschied sich instinktiv für einen Ort, an dem Tom und sie sich schon immer sicher gefühlt hatten – auch wenn Madeleine an ihrer Seite war.

Hoffentlich nahm er es ihr nicht übel, wenn er mitbekam, dass sie den Ort verraten hatte.

In Gedanken stellte sie sich die verlassene Hütte vor und dachte: »Perduce nos ad Pyrenaeum desertum!« Die Leitern, Eimer und Kehrschaufeln verschwammen und machten einem hellen Sommerhimmel Platz. Sie landeten inmitten der Wiese direkt vor der Hütte, in der Tom viele Jahre seines Lebens verbracht und in der Mayla ihm schon einmal das Leben gerettet hatte – wenn das kein gutes Omen war!

Mayla hob die Hand, worauf sich die Tür öffnete und Tom mit dem Vola-Zauber ins Innere flog. Er landete auf seinem Bett und stöhnte auf. Unsicher sah Mayla zu ihm, bis Madeleine ihre Hände umfasste. »Ich kümmere mich um ihn. Du musst Emma herbringen. Schnell.«

Eine winzige Millisekunde überlegte Mayla, ob sie Madeleine wirklich vertrauen sollte, aber dann eilte sie bereits in den Schatten der Hütte, wo der Holzstapel lag. In Gedanken rief sie Karli herbei, schnappte sich einen Scheit und verwandelte ihn in eine kleine Puppe, die der von Emma zum Verwechseln ähnlich sah. Mit geübten Fingern hexte sie einen Nuntia-Zauber darauf und erklärte ihrer Oma, dass Emma herspringen sollte. Melinda hatte den Ort noch nie betreten, wohingegen Emma letztes Jahr einmal von Tom mitgenommen worden war, sodass sie sich den Ort vorstellen konnte. Zum Glück konnte die Kleine bereits den Per-duce-Zauber anwenden.

Kurz nachdem sie fertig war, erschien Karlis Schwanz-spitze zwischen den Grashalmen und er sprang miauend auf sie zu.

»Hallo mein Schatz, wie geht's dir? Hast du mich vermisst?« Sie schmuste mit ihm, nur kurz, dann hielt sie ihm das Püppchen entgegen. »Bring das zu Emma.«

Er maunzte und sah sie fragend an.

»Ich weiß, sie kann dadurch entdeckt werden, aber es ist wichtig. Emma muss sofort herkommen. Jede Sekunde zählt!«

Er miaute, leckte ihr über den Finger und nahm das Püppchen vorsichtig ins Mäulchen. In ihren Gedanken erschien ein Bild, wie er Karamella das Püppchen übergeben würde, da er Emma nicht finden konnte, und Mayla nickte.

»Ist gut, mein Schatz. Karamella wird es Emma bringen. Beeil dich.«

Mit einem Satz sprang er zurück ins Gras und verschwand aus ihrem Blickfeld. Anstatt sofort zu Tom und Madeleine zu gehen, verblieb Mayla einen Moment im Schatten der Hütte. Sie sammelte ihre Gedanken, wappnete sich für das, was kommen mochte, und atmete tief durch. Schnell noch eine Praline – verdammt. Es war die letzte. Hoffentlich war das kein schlechtes Vorzeichen. Mayla steckte sie zurück. Sie würde sie aufheben. Nur der Himmel wusste, wann sie an eine neue Schachtel kam, und diese letzte Nascherei würde sie sich aufsparen bis … alles wieder gut war?

Ihr Herz klopfte unruhig, als sie zurück zu der Hütte eilte. Madeleine befand sich im Inneren und als Mayla die Hütte betrat, sah sie die Hohepriesterin über Tom gebeugt am Bett stehen. Sie hatte eine Hand an ihre Brust gelegt, die Kapuze war von ihrem Kopf gerutscht und ihre Mimik derart ergriffen, dass Mayla Gänsehaut bekam. Was war mit dieser Frau geschehen, weshalb sie sich verwehrte, bei ihrem Sohn zu sein? Denn dass sie es wollte, daran zweifelte Mayla keine Sekunde.

Madeleine zuckte, als sie Mayla entdeckte. Sie räusperte sich. Sogleich verschlossen sich ihre Gesichtszüge und beherrscht sah sie zu Mayla, als wartete sie nur darauf, dass Mayla sie zu ihrer Beziehung zu Tom befragte. Aber Mayla wollte sie nicht bedrängen. Madeleine sollte bereit sein – was nicht hieß, dass Mayla nicht alles ihr Mögliche tun würde, um diese Frau davon zu überzeugen, ein Teil ihrer Familie zu werden.

Fragend deutete Mayla auf Tom. »Schläft er?«

Madeleine nickte. »Ich habe ebenfalls einen Sana-Zauber über ihn gelegt. Gemeinsam mit deinem reicht es aus. Er braucht ein wenig Ruhe, dann wird er wieder der alte sein.«

»Das ist gut.«

»Hast du den Nuntia-Zauber verschickt?«

Mayla nickte. »Karli bringt ihn zu Emmas Seelentier. Ich weiß nicht, wann sie hier sein werden, aber ich habe ihnen erklärt, dass es eilt.«

Madeleine kniff die Augen ein wenig zusammen. Es sah nicht ablehnend oder misstrauisch aus, vielmehr … mitfühlend? Erst jetzt fiel Mayla auf, dass sie nicht wieder die Kapuze über den Kopf gezogen hatte. »Freust du dich darauf, Emma zu sehen?«

Sogleich erschien ein Strahlen auf Maylas Gesicht. »So sehr … Ich habe sie unglaublich vermisst. Ich frage mich jedoch ernsthaft, wie wir sie schützen können. Wenn Tom den Jägern geglaubt hat, dass sie eine große Gefahr für Emma darstellen, wird das seinen Grund haben. Wo willst du sie verstecken?«

Madeleine senkte die Stimme. »Bei den Hohepriesterinnen.«

Überrascht sah Mayla auf. »Aber das ist geheiligter Boden und nur eine Nachfahrin der Hohepriesterinnen darf ihn betreten. Glaubst du nicht, die anderen werden sauer sein, wenn du ihnen ein Kind bringst?«

Madeleines Stimme wurde weich, wie Mayla es bisher nicht an ihr gehört hatte. »Verstehst du nicht? Emma ist ebenfalls eine Nachfahrin der Hohepriesterinnen.«

Emma … Madeleine hatte recht. Ihre Tochter stammte von diesen altehrwürdigen Hüterinnen ab. Unsicher sah sie auf. »Denkst du wirklich, dass sie dort in Sicherheit ist? Vor den

Jägern? Wenn Tom so große Angst um sie hatte, dann … Wer weiß, zu was sie mittlerweile in der Lage sind.«

Nachdenklich blickte Madeleine zu Tom. »Hätte er uns gesagt, womit Marianna ihm droht, hätten wir es ihm längst vorgeschlagen. Meine Schwestern wissen von unserem Verwandtschaftsverhältnis und somit auch von Emma.«

Diese Möglichkeit hatte es längst gegeben? »Wieso hast du es ihm dann nicht vorgeschlagen, als ihr euch getroffen habt? Ihr wusstet doch, dass Emma in Gefahr ist.«

»Wir wussten nicht, wie groß die Gefährdung durch die Jäger war und …« Unbeholfen zuckte sie mit den Schultern. »… und damit er versteht, wieso es möglich ist, hätte ich ihm sagen müssen, wer … ich bin.« Das Grün ihrer Augen schimmerte. Weinte sie? Bevor Mayla näher hinsehen konnte, verschwand der verräterische Glanz und wich Madeleines gewohnter Härte – die allerdings nicht mehr so unzerstörbar wirkte wie die Stunden zuvor.

Kapitel 13

Unruhig tigerten sie durch die kleine Hütte. Madeleine hatte kein Wort mehr gesprochen und Mayla war nicht näher in sie gedrungen. Madeleine brauchte Zeit, das war eindeutig. Dessen ungeachtet überlegte sie, was sie tun sollte, wenn Tom erwachte und Madeleine nicht mit der Sprache herausrückte. Aber darüber konnte sie sich immer noch Gedanken machen, wenn es soweit war.

Sie trat hinaus in die Sonne. Ein Adler zog weite Kreise am Himmel, der einzige winzige Schatten, der sich auf der Wiese bewegte. Es war heiß, verdammt heiß, weshalb sie einen Holzscheit in ein Sonnensegel verwandelte und zwei weitere in Liegestühle.

Während sie sich darauf niederließ, fühlte sie eine steigende Anspannung in sich. Wo blieben ihre Oma und Emma? Mit einem Fingerzeig konnte Melinda sämtliches Habe packen, das hatte Mayla mehrere Male mitbekommen. Und selbst wenn sie gerade etwas Spannendes erlebten, so hatte Mayla in ihrer Botschaft allzu deutlich gemacht, wie dringend die Situation war.

Sie setzte sich in dem Stuhl auf, umklammerte die Kante der Sitzfläche und schlug ein Bein über das andere. Unruhig wippte sie mit der Sandalettenspitze auf und ab. Ihnen war doch nichts passiert? Sie rief nach Karli. Hatte er Karamella die Botschaft übergeben? Anstatt ihres treuen Katers tauchte eine andere schwarze Katze auf, die sofort auf Maylas Schoß sprang.

Ein wenig klopfte Maylas Herz ruhiger. »Kitty! Gut, dass du hier bist. Du willst bestimmt nach Tom sehen, oder?«

Die Katze hob ihr Köpfchen und maunzte, worauf Mayla ihre Stirn an die der Katze legte.

»Wie schade, dass wir nicht über unsere Gedanken miteinander kommunizieren können, aber ich verstehe, dass du hier bist, um für uns da zu sein. Karli kommt bestimmt gleich. Tom wird es gut tun, wenn du dich zu ihm kuschelst.«

Kitty miaute erneut, sprang von Maylas Schoß und tippelte in die Hütte. Als löse sie die Wache am Krankenlager ab, kam Madeleine aus der Tür und hielt ihr Gesicht in die Sonne. So blass, wie sie war, verbrachte sie ebenso wie Tom die meiste Zeit drinnen – oder sie verbarg schlicht und ergreifend ihr Gesicht in der Regel unter der Kapuze.

Madeleine kam zu ihr in den Schatten und ließ sich auf dem zweiten Liegestuhl nieder, lehnte sich jedoch nicht zurück, sondern blieb ebenfalls auf der Kante sitzen. Skeptisch beäugte sie Mayla. »Wo bleiben Melinda und Emma?«

Mayla wippte ungebremst mit dem Schuh auf und ab. »Wenn ich das nur wüsste. Hoffentlich sind die Jäger nicht bereits bei ihnen. Ich wünschte, ich könnte sie finden und –«

Vor ihnen begann die Luft zu glitzern und zu funkeln und mit dem nächsten Wimpernschlag standen Melinda und Emma vor ihnen. Mayla sprang sofort auf und drückte ihre kleine Tochter an sich.

»Emma! Wie geht's dir?«

»Gut, Mami. Uromi und ich, wir haben so tolle Sachen gemacht. Wir waren im Wald und haben sogar da übernachtet. Nachts haben Eulen gerufen, und das war nicht nur Merlin. Aber ich hatte keine Angst. Karamella war die ganze Zeit bei uns. Und Uromi hat mir neue Pflanzen gezeigt.«

Mayla hielt Emma vor sich und betrachtete sie vom Scheitel bis zur Sandalenspitze. Die Kleine sah glücklich aus, ihre dunklen Augen strahlten und vor allem war sie unverletzt. Gott sei Dank. Überglücklich drückte sie ihren Sonnenschein an sich.

Melinda warf Madeleine einen skeptischen Blick zu, dann wandte sie sich an Mayla, die Stimme gedämpft, damit Emma sie nicht hörte. »Du hast keine Sekunde zu früh nach uns gerufen. Die Jäger, sie hatten uns entdeckt. Wären wir nicht ohnehin bereits im Aufbruch gewesen …«

Der unbeendete Satz schwebte zwischen ihnen. Maylas Herz sackte eine Etage tiefer und sie drückte Emma fest an sich, während sich Melinda wachsam umsah.

»Ich glaube nicht, dass wir hier in Sicherheit sind. Sie konnten uns trotz meines Schutzes finden. Ich weiß nicht, wie das möglich ist, aber ihre Kräfte … sie scheinen allmählich mit ihnen umgehen zu können.«

Aufmerksam blickte Madeleine ebenfalls über die Gebirgsebene. »Das deckt sich mit dem, was uns Tom erzählt hat. Wir dürfen keine Zeit verlieren. Ich bringe Emma nun in Sicherheit.«

Melinda stellte sich schützend vor Emma, zwischen den weißen Augenbrauen eine steile Falte. »In Sicherheit? Wo soll das sein, wenn nicht an der Seite ihrer Familie? Wer sind Sie überhaupt?«

Madeleine zögerte, doch Mayla entschied sich für die Wahrheit. Anders würde sie es ihrer Oma und vor allem Emma ohnehin nicht begreiflich machen können. Sie kniete sich vor ihre Tochter, nahm sie bei der Hand und zeigte auf Madeleine. »Weißt du was, mein Schatz? Wir haben unglaublich großes Glück. Diese Frau dort, weißt du, wer das ist?«

Emma legte den Kopf schräg, worauf die dunklen Locken über die Schultern rutschten. Dabei legte sie einen Finger an die Lippen. »Mhm, die Augen sind so wie Papis.«

Kluges Kind.

Mayla lächelte, während Melinda Madeleine ungläubig musterte. »Genau, sie hat Papis Augen und das liegt daran, dass sie seine Mami ist.«

Emma riss die Augen auf und in kindlichem Staunen betrachtete sie Madeleine, der sich angesichts der Reaktion ein Lächeln auf die Lippen stahl. Eine sanfte Röte stieg ihr in die Wangen, als sie in die Hocke ging, um mit Emma auf Augenhöhe zu sein.

»Ich bin deine Oma. Mein Name ist Madeleine. Ich freue mich sehr, dich endlich kennenzulernen.«

Melinda schüttelte ungläubig den Kopf. »Ich dachte, sie wäre tot. Hast du Beweise, Mayla, dass es stimmt, was sie sagt?«

Mayla beobachtete Madeleine und Emma, die sich neugierig beäugten, beide ein scheues Lächeln auf den Lippen. »Es besteht kein Zweifel.«

Toms Mutter streckte die Hand nach Emma aus. »Kommst du mit mir, kleine Hüterin? Ich kann dir auch ein paar spannende Tricks verraten, wenn du Lust hast.«

Emma schaute unsicher zu Mayla hoch, die ihrer Tochter begütigend die Hand drückte.

»Ist gut, mein Schatz. Oma bringt dich an einen magischen Ort, an dem du viel lernen kannst. Gemeinsam mit ihren Schwestern wird sie sehr gut auf dich achtgeben.«

Stirnrunzelnd musterte Melinda Toms Mutter. »Schwestern?« Doch niemand reagierte auf ihre Frage.

Emma legte erneut ihr Köpfchen schräg. Sie zauderte, was Mayla ihr nicht verübeln konnte. »Darf Karamella mitkommen?«

Madeleine lächelte. »Selbstverständlich. Sag ihr, sie soll uns folgen. Ich werde es ihr ermöglichen nachzukommen.«

Die Kleine strahlte und schloss die Augen. Das tat sie immer, wenn sie mit ihrem Seelentier kommunizierte. Währenddessen stellte sich Melinda an Emmas Seite, den Zweifel unverkennbar im Gesicht. »Ich komme mit! Ich möchte keine Zwietracht säen, aber –«

Mayla zog ihre Oma sanft, jedoch bestimmt zurück. »Du kannst nicht mitgehen, Oma, weil Madeleine Emma an einen heiligen Ort bringt.«

Irritiert blickte Melinda von ihr zu Madeleine. Sie mochte es gar nicht, die Unwissende zu sein. Unwillig stemmte sie die Hände in die Seiten, die übliche strenge Falte zwischen den Augenbrauen. »Ich verstehe nicht, Mayla. Was geht hier vor sich?«

Unruhig blickte sich Madeleine um und erhob sich. »Sie werden bald hier sein. Ich breche nun auf, Mayla. Erklär deiner Großmutter, was nötig ist. Ihr könnt uns jederzeit über

Emmas Seelentier erreichen.« Liebevoll lächelte sie Emma an. Mayla hätte ihr so viel Zärtlichkeit bislang nicht zugetraut. Spätestens in diesem Moment erkannte sie, dass diese Frau alles für Emma geben würde. Und vermutlich hatte sie das damals auch für Tom getan ... »Schenkst du deiner Mami noch einen Kuss?«

Emma fiel Mayla um den Hals und Mayla drückte ihren kleinen Stern an sich. Diesmal fiel der Abschied leichter, obwohl sie Madeleine und ihre Schwestern so wenig kannte. Sie wusste, dass die Hohepriesterinnen gut auf Emma achtgeben würden. Emma war eine von ihnen und es gab dieser Tage keinen sichereren Ort für sie.

Mit einem feinen Glitzern verschwanden Madeleine und Emma, Hand in Hand, und Mayla kam nicht umhin sich zu fragen, ob es ihr kleiner Schatz schaffen würde, die Mauern um das Herz dieser Frau zum Einstürzen zu bringen.

Doch ihr blieb keine Zeit darüber nachzudenken. Energisch umfasste Melinda sie an den Schultern. »Wer ist diese Frau, Mayla? Bist du sicher, dass sie Toms Mutter ist? Und wo ist dieser heilige Ort, an den sie Emma bringt? Wieso kann ich ihn nicht betreten?«

Mayla setzte an zu antworten, aber die Worte blieben ihr im Halse stecken. Wind kam auf und alarmiert schauten Mayla und ihre Oma sich an. Wie auf ein stilles Kommando bliesen sie einen Ring aus Feuer um die Hütte, keinen Moment zu früh, denn im nächsten Augenblick ertönte ein Knall.

Die Jäger. Sie waren da.

Marianna Lauber stand an vorderster Front, die langen schwarzen Haare zu einem hohen Zopf gebunden, die rot geschminkten Lippen zu einem Grinsen verzogen. Ihre

Selbstsicherheit war erschreckend. Neben ihr standen vier Jäger, ebenso selbstbewusst wie ihre Anführerin. Fünf Zauberstäbe richteten sich auf sie, worauf Mayla und Melinda näher zusammenrückten.

»Jemand hat unsere Vereinbarung gebrochen.« Marianna lief in großen, lässigen Schritten auf sie zu. Sie kam dem Kreis aus Flammen stetig näher, worauf sich Mayla und Melinda intensiver auf den Schutz konzentrierten.

»Ihr bekommt Tom nicht!«, rief Mayla.

»O doch, das werden wir.« Marianna nickte den anderen zu, worauf sie sich zu viert Melinda näherten. Furchtlos liefen sie auf den Feuerkreis zu, ebenso wie Marianna, und durchquerten ihn, als wären die Flammen reine Illusion. Das Feuer verblasste und bevor Melinda und Mayla zu einem Angriffszauber ausholen konnten, hob es sie von den Füßen. Ihre Oma flog durch die Luft und landete auf der Wiese. Sogleich umringten die vier Typen sie und sprachen irgendwelche Formeln, sodass Melinda, wie von einem Stromschlag durchfahren, zitternd auf dem Boden liegen blieb.

Schockiert musste Mayla mit ansehen, wie ihre Oma hilflos im Gras lag, während sie selbst in der Luft hing, als würde ein übergroßer Mensch sie hochheben und würgen. Marianna hielt den Zauberstab auf sie gerichtet und drückte ihr mit einem Zauber die Luft zum Atmen ab. Egal, welchen Spruch Mayla dachte, er wirkte nicht.

»Was …«, röchelte sie, zu mehr kam sie nicht. Panisch umfasste sie ihre Kehle. Es tat höllisch weh.

»Tom hat uns versprochen, dass er bei uns bleibt und den Zauber vollzieht, damit wir Emma in Ruhe lassen. Und obwohl er mir zugesagt hat, dass er sich um dich gekümmert hat und du uns nicht mehr in die Quere kommst, bist du nun hier. Stehst zwischen Tom und mir, nervig wie eine lästige Fliege! Aber dem werde ich Abhilfe verschaffen. Ein letztes Wort, o mächtige Feuerhexe?« Ihre Stimme triefte vor Hohn.

Der unsichtbare Griff um Maylas Hals lockerte sich und sie keuchte. »Du hast keine Macht über ihn. Emma ist in Sicherheit.«

Marianna wandte den Kopf ab und konzentrierte sich. Das Grinsen auf ihrem Gesicht verschwand. Wütend funkelte sie Mayla an. »Wo habt ihr sie hingebracht?«

»Als würde ich dir das verraten …«

»Sag es mir, oder ich drücke deine Kehle zu!«

»Niemals. Glaubst du wirklich, ich würde mein eigenes Kind verraten?«

»Dann hast du dein Schicksal selbst gewählt.«

Der Druck um ihren Hals verstärkte sich, während ihre Lungen panisch schrien. Luft, ich brauche Luft.

Sie röchelte, kämpfte, zappelte, doch sie hatte keine Chance. Die Stimmen wurden leiser, Nebel legte sich um ihren Kopf und ihre Glieder wurden schlaffer.

Eine Stimme holte sie aus dem Nebelschleier zurück. Es war Toms.

»Lass sie los!«

Nein. Tom. Nicht. Sie wollte ihn abhalten, aber kein Wort entrann ihrer Kehle.

Marianna lockerte ein bisschen den Zauber um Maylas Hals, worauf Sauerstoff in ihre Lungen drang, den sie gierig einsog.

Tom sah Marianna unerschrocken an. Die Lederjacke über die Schulter geworfen, stand er da, als wäre er nicht vor kurzem zu schwach gewesen, auch nur einen Schritt ohne fremde Hilfe zu tun. »Lass sie los, ich komme mit euch.«

Hilflos hing Mayla in der Luft, unfähig zu sprechen, weshalb sie nichts anderes tun konnte, als das Gespräch zu verfolgen.

»Woher weiß ich, dass sie uns nicht wieder in die Quere kommen wird? Ich denke, wir machen es folgendermaßen. Ich erteile dir hier und jetzt eine Lektion, Mayla macht ihren letzten Atemzug und du kommst mit uns. Solltest du ein weiteres Mal meine Pläne durchkreuzen, hole ich mir deine Tochter. Was sagst du?«

Tom erstarrte. Er wusste nicht, wer Madeleine war, welches Amt sie bekleidete und dass ihre Tochter wirklich in Sicherheit war. Mayla nutzte das bisschen Luft, das ihr blieb, und rief: »Sie kann Emma nicht finden!«

Marianna schnaubte und verstärkte den Zauber um Maylas Hals, doch Tom hatte verstanden. Die gewohnte Gelassenheit kehrte in ihn zurück.

»Lass sie gehen, sonst werde ich den Zauber nicht für euch sprechen.«

»Ich kann dich zwingen! Du weißt, was dir sonst blüht.«

»Wenn Mayla tot ist, hast du nichts mehr gegen mich in der Hand. Ganz im Gegenteil. Wenn du ihr etwas antust, dann werde ich mich nicht nur weigern, den Zauber zu sprechen, ich werde alles in meiner Macht Stehende tun, um euch aufzuhalten, dich und den gesamten neuen Zirkel. Das schwöre ich. Und jetzt lass sie runter, sonst lernst du mich kennen.«

Unsicherheit flackerte in Mariannas Augen auf. »Du kannst deine Kräfte nicht zum Angriff nutzen.«

Tom lachte auf. »Ich habe genug von euch gelernt. Deine Ratten sind dumm wie Stroh. Ich weiß, wie ich meine Kräfte einsetze.«

Mayla schielte zu ihm. Stimmte das? Konnte er seine komplette Magie verwenden? Wieso unternahm er dann nichts? Weil er nicht so stark war wie Marianna und die vier Jäger zusammen oder weil es gar nicht stimmte?

Marianna zögerte, bedachte ihn mit einem prüfenden Blick. Sie zumindest schien zu glauben, was er sagte. »Woher weiß ich, dass du mich nicht hintergehst? Dass du wirklich den Zauber für uns sprichst, wenn ich die nervige Feuerhexe am Leben lasse?«

Scheinbar gelassen lehnte sich Tom an den Türrahmen und verschränkte die Arme vor der Brust. Seine Lederjacke knirschte leise. »Ich habe euch die Steine gebracht. Wie du weißt, will ich wie ihr, dass sie wiedervereint werden, damit ich das volle Potential meiner Kräfte nutzen kann.«

»Aber den Stein des Eisenzirkels hast du uns nicht gebracht.«

»Weil ich nicht weiß, wo er ist. Aber ihr wisst es. Ihr findet ihn und dann vollführe ich den Zauber.«

Marianna sah zu Mayla, die noch immer mit den Fuß-zehen über der Wiese hing, die Hände an der Kehle. Sie bekam Luft, doch es war so verdammt wenig. Schwindel drohte sie zu erfassen, aber mit aller Kraft kämpfte sie dagegen an. Sie musste bei Bewusstsein bleiben.

»Komm her und leiste den Schwur. Sonst werde ich sie töten.«

Den Schwur? Welchen Schwur? Mayla zappelte mit den Beinen. Auch wenn sie nicht wusste, um welchen Schwur es sich handelte, fühlte sie instinktiv, dass es nichts Gutes war. Doch Mariannas Kräfte waren übermächtig. Sie kam nicht dagegen an. Sie versuchte den Kopf zu drehen, um nach ihrer Oma zu sehen, aber der Winkel reichte nicht aus. Sie konnte nur zwei der Jäger erkennen, die mit einem ekelhaften Grinsen auf die Wiese schauten. Diese vier widerwärtigen Kerle hatten die mächtige Oberhexe Melinda von Flammenstein überwältigt. Was zum Teufel hatten die Jäger in den letzten Jahren gelernt?

Tom lief auf Marianna zu, die rechte Hand erhoben. Aus seiner Handfläche stob grauer Rauch, der sich um sein Handgelenk wickelte. »Ich schwöre bei meinem Leben, keinen Zauber zu wirken, der den wahren Mitgliedern des neuen Zirkels schaden wird.«

»Nein, Tom, hör auf!«, japste Mayla. Sogleich erhöhte Marianna den Druck auf ihren Hals.

»Ich will einen Schwur auf das Leben deiner Tochter.«

Mayla riss die Augen auf, während Tom völlig gelassen blieb, als verhandele er über die Regeln eines Fußballspiels. Nahezu stoisch hob er den Kopf. »Erst wenn du Mayla hinuntergelassen hast.«

Mit einem Rums landete Mayla auf den Füßen und sackte auf die Wiese, die Hände um den Hals geschlungen. Bewegen konnte sie sich nicht, geschweige denn ihre Magie nutzen. Als sie hochschielte, sah sie Mariannas Zauberstab, der unbarmherzig auf sie gerichtet war, während Tom seinen Schwur modifizierte. Was war das für ein Hexspruch?

»Solange du und deine Verbündeten Mayla, Emma und meiner Familie kein Leid zufügt, halte ich mich an meinen Schwur. Krümmt einer von euch ihnen auch nur ein Haar, gilt das als Vertragsbruch und entbindet mich von meinem Gelöbnis.«

Marianna kniff die Augen zusammen und schaute zu ihren Männern, die über Melinda gebeugt auf der Wiese standen und kaum aufblickten. Sie überlegte, dann schnickte sie mit dem Zauberstab, worauf sich metallene Fesseln um Tom wanden und seine Arme und Hände so fest zusammenzurrten, dass er selbstständig keinen Zauber mehr ausrichten konnte.

Herablassend blickt sie auf Mayla, die Stimme so leise, dass nur sie beide ihre Worte hören konnten. »Ich werde nicht dulden, dass du uns folgst. Und ich habe Mittel und Wege, den Schwur zu umgehen, kleine Feuerhexe, dessen sei dir gewiss.« Sie umfasste ihren Amulettschlüssel und obwohl sie weder Tom noch die Jäger berührte, verschwanden sie mit ihr und zurück blieb nichts als dunkler Rauch.

Kapitel 14

Endlich konnte sich Mayla wieder bewegen. Sofort sprang sie auf die Füße. Tom, Marianna und die vier Jäger waren verschwunden, nur ihre Oma lag noch auf der Wiese und rührte sich nicht. Mayla rannte zu ihr und kniete sich vor sie. Sie lag halb auf dem Bauch. Mayla drehte sie auf die Seite und strich ihr die zerzausten Locken aus dem Gesicht.

»Oma, Oma, wach auf.«

Melinda reagierte nicht. Auf ihrem Gesicht stand Schweiß, obwohl sich ihr Körper eiskalt anfühlte. Was hatten die Jäger mit ihr angestellt? Sie wirkte wie die Gefangenen in der Zitadelle. Kraftlos, nicht bei Sinnen, beängstigend leblos. War es derselbe Zauber?

»Oma, Oma …«

Doch Melinda regte sich nicht. Mayla fühlte ihren Puls. Er ging schwach, aber regelmäßig. Zitternd richtete sie ihre Hände auf Melindas Brust. »Sana!« Gelbes Licht leuchtete aus ihren Handflächen und legte sich wie eine Decke um ihre

Oma, doch auch darauf erwachte sie nicht. Maylas Kräfte reichten nicht aus. Bei Tom hatte Madeleine zusätzlich den Sana-Spruch gewirkt, nur deshalb war er wahrscheinlich so schnell wieder auf den Beinen gewesen.

Tom …

Die Jäger hatten ihn mit Emma erpresst. Deshalb verhielt er sich so abweisend und hatte ihr nichts erzählt. Bevor sie sich erneut Gedanken über ihn machen konnte, konzentrierte sie sich wieder auf ihre Oma. »Ich bringe dich in ein Krankenhaus. Mach dir keine Sorgen, Oma. Hörst du, ich kümmere mich um dich. Alles wird wieder gut.« Sie wusste nicht, ob Melinda sie in ihrem Zustand wahrnehmen konnte, aber die Möglichkeit bestand. Und für den Fall sollte ihre Oma wissen, dass sie nicht alleine war, dass Mayla sich um sie kümmerte.

Kurzerhand umfasste sie ihren Amulettschlüssel und nahm Melindas Hand. »Perduce nos in valetudinarium lapidis Mariae!«

Das Grün der Wiese und der strahlend blaue Himmel verschwanden, dafür erstrahlte die Umgebung in grellem Licht. Das erste, was Mayla wahrnahm, waren weiße Wände und hektische Stimmen. Sie waren mitten in der Notaufnahme gelandet. Sofort trat ein Heiler an sie heran, winkte mit seinem Zauberstab und Melinda schwebte auf eines der Rollbetten, die im Flur bereit standen.

»Meine Oma wurde –«

Er drehte ihr bereits den Rücken zu. »Die Anmeldung ist dort.«

»Aber ich …«

Beiläufig deutete er auf ein Schild an der Wand, auf dem in dicken roten Lettern Anmeldung geschrieben stand und ein roter Pfeil den Gang entlang nach links zeigte. Ein letztes Mal blickte Mayla zu ihrer Oma zurück, die ruhig auf der Liege lag und nicht in Todesgefahr zu schweben schien, und machte sich auf den Weg.

Sie erreichte einen großzügigen Raum mit viel zu vielen Stühlen. Herrgott, hoffentlich musste sie nicht zu lange warten. Wenigstens waren die meisten Plätze nicht besetzt. Sie sah ein paar alte Leute, die beisammen saßen und einander die Hände tätschelten, und eine Mutter mit ihrem Kind, das einen Verband um den Arm trug.

Da direkt vor dem Anmeldetresen niemand wartete, ging Mayla direkt darauf zu. Dahinter saß eine mollige Frau, die gutmütig lächelte und den Papierkram dem Stift selbst überließ, der in aller Ruhe ein paar Formulare ausfüllte.

»Herzlich willkommen im Stadtkrankenhaus Marienstein, was kann ich für Sie tun?« Ihr Lächeln war echt, was Mayla beruhigte, dennoch redete sie aufgeregt drauf los.

»Meine Oma, sie liegt dort hinten, sie wurde von vier Jägern zu Boden gerungen. Ich weiß nicht, was sie mit ihr gemacht haben. Es sind neue Zauber, oder besser gesagt alte. Noch nie habe ich erlebt, dass jemand meine Oma so leicht überwältigen konnte.«

Die Heilerin nickte mitfühlend und hörte in aller Seelenruhe zu, als würden nicht im Hintergrund hektisch Betten hin- und hergeschoben und Patienten durch die Gänge fliegen, gefolgt von Heilern, die diskutierten. Die Empfangsdame war die Ruhe im Auge des Sturms und das tat unglaublich gut. Mayla hätte ihr am liebsten alles erzählt, was sich in den letzten Tagen zugetragen hatte, und zusätzlich ihre gesamte Lebensgeschichte, so eine gute Zuhörerin war sie. Doch Mayla bremste sich und erwähnte nur das Nötigste.

»Haben Sie eine Idee, welche Magie auf Ihre Großmutter eingewirkt hat? Wie alt ist sie? Und den Namen bräuchte ich auch für die Anmeldung, Schätzchen.«

Ungeduldig trommelte Mayla mit den Fingerspitzen auf den Tresen. »Ihr Name ist Melinda von Flammenstein und –«

Die Empfangsdame stand abrupt auf, die Augen weit aufgerissen. »Melinda von Flammenstein, die Oberhexe des Feuerzirkels? Und vier Jäger haben sie bewusstlos gezaubert? Wieso haben Sie das nicht gleich gesagt? Wo liegt sie?«

Mayla führte sie zu ihrer Oma, worauf sich auf einen Wink der Empfangsdame mehrere Heiler um Melinda tummelten.

»Melinda von Flammenstein? Das gibt es doch nicht. Wer kann eine so mächtige Hexe bezwingen? Bringt sie in den Behandlungsraum zwei. Sofort!« Ohne Mayla zu beachten, schoben sie das Bett an ihr vorbei den langen Flur entlang und verschwanden in den Tiefen des Krankenhauses, die Empfangsdame mitten unter ihnen.

Mayla blieb wortlos zurück. Sie stand einfach nur da und blickte in den weißen Gang, bis sich die Erkenntnis in ihr Bewusstsein drängte, dass ihre Oma in guten Händen war. Wenn Violett Georg hergebracht hatte, arbeiteten in diesem Krankenhaus kompetente Ärzte. Ob sich die zwei noch auf einer der Stationen befanden? Kurz war Mayla versucht, sie mit einem Suchzauber ausfindig zu machen, als Karli vor ihr auftauchte und miauend um ihre Beine strich.

Sie bückte sich nach ihm und strich über seinen Rücken. »Hallo mein Schatz, was tust du hier?«

Ein Bild erschien in ihrem Kopf. Es war die Hütte in den Pyrenäen, von der sie soeben hergekommen war.

Mayla runzelte die Stirn.

»Ich soll zurückkommen? Ist etwas passiert?«

Er maunzte, worauf sie ihm das Köpfchen strich. Das Gefühl, das er ihr schickte, war keine Eile, aber es handelte sich um etwas Wichtiges.

»Danke, ich springe sofort los.« Ein letztes Mal blickte sie in den grellen Korridor, doch von ihrer Oma war nichts mehr zu sehen. Die Heiler würden sich gut um sie kümmern. Tief durchatmend umfasste sie den Amulettschlüssel und dachte: »Perduce me ad Pyrenaeum desertum!«

Sie landete auf der Wiese vor der Hütte und blickte sich aufmerksam um. Wenn ihr Gefahr drohen würde, hätte Karli sie niemals hergeschickt. Trotzdem war es ihr in Fleisch und Blut übergegangen, sobald sie irgendwo landete, mit einem Angriff zu rechnen. Aber um sie herum war nichts als drückende Sommerschwüle. Von dem kleinen Kater fehlte jegliche Spur, dafür hörte sie ein Maunzen aus dem Inneren der Hütte. Diese Katzenstimme kannte sie.

»Kitty?« Toms Seelentier war immer noch da?

Geschwind eilte sie in das kleine Häuschen. Es dauerte einen Moment, bis sich ihre Augen an die Dunkelheit gewöhnt hatten, waren doch die Fensterläden verschlossen. Nach ein paar Wimpernschlägen erkannte sie Kitty, die auf dem Bett saß, vor sich eine Schachtel Pralinen.

Mayla klappte der Mund auf. Gerührt fuhr sie sich mit der Hand an die Brust. »Pralinen? Ihr seid die besten.« Sie eilte zum Bett und strich Kitty über den Rücken, worauf die treue Katze ihr die Stirn entgegenstreckte und Mayla ihre an Kittys drückte. Sie liebte diese Momente. Auch wenn Kitty nicht ihr Seelentier war, verband sie beide eine tiefe Freundschaft, Liebe, ein Zugehörigkeitsgefühl. Mayla wusste, dass sie sich immer auf die Katze verlassen konnte.

Kitty maunzte und stupste mit ihrer Nase an die Schachtel.

Mayla lachte auf. »Du hast recht, ich brauche sofort eine.« Sie kraulte über Kittys Nacken und schob den Deckel beiseite. Eine Praline reihte sich neben die nächste, weiße Schokolade, dunkle Schokolade, mit Kokosraspeln und Pistazienkrümeln oder unverziert. Ein Gedicht. Nur die Praline in der Mitte sah anders aus.

Wissend blickte sie Kitty an. »Eine Nachricht von Tom?«

Kitty miaute und kringelte sich neben Maylas Hüfte ein, als verstünde sie, dass die Nachricht privat war, aber als wolle sie Mayla nicht alleine lassen. Was für ein einfühlsames Tier.

Sie wandte den Blick von dem glänzend schwarzen Fell ihrer tierischen Freundin ab und griff nach der großen Fake-Praline. Tom hatte also die Schokolade für sie besorgt. Er wusste schon, wie er sie um den Finger wickeln konnte.

Langsam führte sie die unechte Nascherei an die Lippen und zögerte – nicht weil sie Angst davor hatte, was Tom ihr zu sagen hatte, nein. Sobald sie die Botschaft abgehört hatte, verschwand Tom wieder und sie würde die Nachricht kein weiteres Mal ansehen können.

Tief atmete sie durch, dann hielt sie die Botschaft an die Lippen. »Te aperi!«

Die Praline schwoll an, bis sie aufbrach und in ihrer Mitte Tom erschien, der auf seine normale Körpergröße anwuchs. Sein Blick war liebevoll, die Hand hatte er ausgestreckt, als stelle er sich vor, sie säße vor ihm und als könne er ihre Hand ergreifen, während er die Nachricht aufnahm.

»Mayla, es tut mir leid, was geschehen ist. Es tut mir leid, was ich getan habe. Ich hätte dich von Anfang an in alles einweihen sollen. Glaub mir, ich wollte dir nie schaden. Aber sie haben mich erpresst. Wenn ich nicht tue, was sie verlangen, werden sie euch töten. Ihre Kräfte sind übermächtig, sie können sie sogar zum Angreifen verwenden. Allerdings brauchen sie mich, um den Zauber zu sprechen, der die Steine vereint. Sie brauchen mich, weil ich ein Nachfahre der von Eisenfels bin und die alte Magie in mir vereint ist. Das ist mein einziges Druckmittel.«

Er stockte und blickte auf. Stimmen waren im Hintergrund zu hören, die ihr bekannt vorkamen. Waren das ihre Oma und Madeleine? Und sie selbst und … Emma? Hatte Tom die Nachricht aufgenommen, während sie bei der Hütte gewesen waren und er im Inneren gelegen hatte? Wehmütig blickte er auf, als sähe er durch die Tür nach draußen. Drängte es ihn, zu seiner Tochter zu gehen? Bevor Mayla weiter darüber nachdenken konnte, fuhr er fort.

»Die Jäger wissen nicht, wo sich der Stein des Metallzirkels befindet. Sie suchen danach, aber sie haben keinen Anhaltspunkt außer das Medaillon, das du glücklicherweise vor Marianna gefunden hast. Das ist unsere einzige Chance. Ihr müsst den Stein unbedingt vor ihnen finden. Wenn es soweit ist, hole ich die übrigen vier Steine.«

Ein Knall ertönte. Das war der Moment, in dem Marianna mit den Jägern erschienen war. Erneut glaubte Mayla den Druck um ihren Hals zu spüren, als die Jägerin sie mit einem Zauber gewürgt hatte. Instinktiv fasste sie sich an die Kehle.

Erschrocken sah Tom auf, dann blicke er zu Mayla. »Geh zu Julie Martin, sie kann dir weiterhelfen. Sie und ihre Verbündeten sind auf unserer Seite. Und hol dir das Medaillon. Darin ist die Antwort verborgen, wo sich der magische Stein befindet, davon bin ich mittlerweile überzeugt.«

Er zögerte, blickte offenbar zur Tür, dann sah er ihr direkt in die Augen, als säße er wirklich vor ihr. »Ich liebe dich, vergiss das niemals.« Im nächsten Moment ploppte die Nachricht auf und Tom war verschwunden.

Mayla atmete tief durch. Ihre Hand landete auf Kittys Fell und in Gedanken versunken strich sie darüber. Die Wärme der Katze beruhigte sie ebenso wie das leise Schnurren, sodass sie selbstvergessen auf dem Bett saß und nachdachte.

Tom hatte gesagt, sie solle sich das Medaillon holen. Hoffentlich hatte Anna es auf Burg Donnersberg gefunden. Wie lange war sie bereits fort? Mayla schielte nach draußen. Es war später Nachmittag. Wo war der Tag nur hin?

Ihr Magen knurrte.

Sie musste dringend etwas essen, bevor sie weitere Entscheidungen traf. Am liebsten hätte sie einfach die Pralinen aufgefuttert, doch sie würde den Teufel tun und erneut sämtliche Vorräte in Windeseile vertilgen. Sie gönnte sich die letzte aus ihrer Packung in der Handtasche und steckte stattdessen die Schachtel von Tom hinein. Wie lieb, dass er ihr samt der Nachricht eine Ration hinterlegt hatte. Liebe ist …

Ach, Tom. Wieso nur war er nicht sofort mit der Wahrheit herausgerückt? Wer wusste schon, was sie dadurch hätten verhindern können …

Tief atmete Mayla durch, strich über Kittys Rücken und lief zum Brunnen hinter dem Haus. Ihre Zunge klebte am Gaumen, so ausgedörrt war sie. Nachdem sie ihren Durst gestillt und sich erfrischt hatte, ließ sie sich auf die Wiese gleiten. Sie schnappte sich eine Butterblume und sprach einen Nuntia-Zauber auf. Hoffentlich war Anna fertig. Sie wollte dringend mit ihr reden.

Bevor sie Karli rief, damit er die Botschaft überbrachte, pflückte sie kurzerhand eine weitere Butterblume und sprach einen Nuntia-Zauber für Emma. Die Kleine war immerhin bei Personen, die sie noch nicht kannte, und sie sollte keine Angst haben.

Karlis Schwanz tauchte als erstes zwischen den hohen Grashalmen auf, dann sprang der süße Kerl direkt in Maylas Arme. Schnurrend strich er mit dem Köpfchen Maylas Hände entlang und stampfte auf ihren Beinen.

»Mein Süßer, was würde ich nur ohne dich tun … Kannst du die Botschaft zu Karamella und diese hier zu Anna bringen?«

Er maunzte. Es klang noch immer hoch, obwohl er keine Babykatze mehr war.

»Danke, mein Schatz.« Sie wuschelte ihm über das Fell, er nahm die Blumen behutsam in sein Mäulchen und sprang durch die Wiese davon.

Mayla lehnte sich an die Brunnenmauer und blieb eine Weile im Schatten sitzen. Obwohl alles in ihr auf Vollgas getrimmt war, brauchte sie eine kurze Pause. Sie fühlte sich ausgelaugt. Mehr als eine Praline zum Essen wäre nicht schlecht, aber natürlich hatte Tom nichts als Zutaten für klebrigen Haferbrei in der Hütte. Wieso nur hatte sie die Vorräte in den letzten Jahren nicht aufgestockt? Das würde ihr nicht noch einmal passieren. Nur weil ein Abenteuer vorbei war, hieß das nicht, dass das restliche Leben entspannt und gefahrlos ablief. Sie würde sich vorbereiten, damit sie nie wieder, das schwor sie sich, nie wieder Haferbrei kochen musste.

Müde ging sie in die Hütte, schüttete Wasser, eine Hand-voll Haferflocken und eine ordentliche Portion Zucker in den

Topf und tapste wieder nach draußen. Sie blies ein kleines Feuer an und kochte sich ihr spätes Mittagessen. Haferpampe. Wie tief war sie gesunken?

Während es im Topf köchelte, dachte sie an ihre Oma. Wie lange dauerte es, bis sie wieder auf den Beinen war? Würden die Heiler im Krankenhaus sie ebenso schnell auskurieren, wir es Madeleine und Mayla gemeinsam bei Tom gelungen war?

Wenig später war das Essen fertig. Damals, als sie und Tom noch nicht zusammen gewesen waren, hatten sie auch Haferpampe gegessen. Während sie Löffel für Löffel in den Mund schob, musste sie an ihn denken. Entgegen ihrer Erwartung lag der Brei keineswegs wie Blei in ihrem Magen, sondern wärmte sie von innen, als wäre Tom bei ihr und hielte ihr die Hand.

Als der Topf leer war, schaute sie ungläubig ins Innere.

Nicht zu fassen. Sie hatte die komplette Portion geschafft und das Essen war ihr erstaunlich gut bekommen. Ein Lächeln umspielte ihre Lippen, Melancholie mischte sich dazu und sie erhob sich.

Mit einem raschen Zauber war das Geschirr sauber und landete wieder im Schrank, während sich Mayla erneut auf einem der Liegestühle im Schatten niederließ. Eigentlich hätte sie sich an diesem Ort nicht mehr sicher fühlen können, waren immerhin die Jäger hier gewesen und hatten ihre Oma schwer verwundet und Tom erneut mit sich genommen. Trotzdem schenkten ihr die Hütte und die Wiese mitsamt der Aussicht auf die Berge Ruhe und Kraft. Es war Toms Präsenz, die sie mit jedem Atemzug wahrnahm, wahrscheinlich weil er so viele Jahre seines Lebens an diesem Ort verbracht hatte.

Es dauerte, bis Karli zurückkehrte. Mayla schreckte auf. Sie war eingenickt, kein Wunder, bei der Hitze und nach all der Aufregung.

»Hast du die Nachrichten überbracht, mein Schatz?«

Er antwortete nicht, denn in seinem Mäulchen steckte eine kleine Murmel. Er legte sie ihr auf den Schoß und miaute.

»Eine Nachricht? Von Emma?«

Karli maunzte erneut und in ihrem Kopf erschien ein Bild von Anna.

Enttäuscht sackten ihre Schultern nach unten. Wie gerne hätte sie ihre Tochter gesehen. Aber eine Botschaft von Anna war strenggenommen besser.

»Danke Karli, das hast du super gemacht.« Sie strich ihm über das Köpfchen, ehe sie die Murmel an die Lippen führte. »Te aperi!«

Die Murmel wurde größer und größer, bis Anna in ihrem Inneren erschien.

»Ich brauche noch ein bisschen, aber in einer halben Stunde können wir uns an dem vereinbarten Ort treffen. Falls dir das nicht passt, schick mir eine weitere Nachricht. Bis später.«

Mayla nickte, auch wenn Anna das nicht sehen konnte. Das Bild der Erdhexe ploppte auf und verschwand, während sich Mayla in dem Liegestuhl zurücklehnte. Die Ruhepause tat gut und klärte ihre Gedanken.

Was Emma wohl gerade erlebte? Ob die Hohepriesterinnen ihr erzählten, wer sie waren und dass Emma von ihnen abstammte? Oder spielten sie einfach mit ihr, bis die Gefahr vorüber war? Wie gerne wäre sie hingesprungen, doch Madeleine hatte ihr den Ort nicht verraten.

Mayla lächelte, als sie sich daran erinnerte, wie Madeleine auf Emma reagiert und wie liebevoll sie sich ihr gegenüber verhalten hatte. Was war damals wohl geschehen, dass sie dem Leben und Tom den Rücken zugekehrt hatte? Wie würde Tom reagieren, wenn er erfuhr, wer sie war? Und würde er ihr je verzeihen, dass sie nicht für ihn da gewesen war?

Die Fragen stapelten sich zu Türmen und schneller, als sie sich versah, war die halbe Stunde vergangen. Mayla ließ die Liegestühle und das Sonnensegel verschwinden. Mehr als gespannt, was Anna herausgefunden hatte, umfasste sie den Amulettschlüssel. Hoffentlich kamen sie durch Annas Recherchen weiter, hoffentlich ging es Tom gut und hoffentlich fanden sie ihn, bevor er erneut in diesen erschreckend lethargischen Zustand gehext wurde.

Kapitel 15

Als Mayla auf dem Anwesen der von Eisenfels landete, war Anna bereits dort. Sie hatte das Zimmer ein wenig aufgeräumt, die Regale standen aufrecht, ebenso wie die restlichen Möbel, und ein paar der Bücher und kleinen Figuren lagen unsortiert auf den Ablageflächen.

Anna saß auf einem der Polstermöbel und hatte die Hände im Schoß gefaltet. Als sie Mayla sah, sprang sie sofort auf.

»Mayla, super, lass uns an einem anderen Ort reden.« Und bevor Mayla richtig angekommen war, umfasste Anna ihre Hände und sprang mit ihr in den Wald. Es war nicht dieselbe Stelle, an der sie am Vormittag gewesen und den Trank gebraut hatten, aber instinktiv wusste Mayla, dass sie nicht weit von dem Platz entfernt waren.

Anna bedachte sie mit einem prüfenden Blick und verschränkte die Arme vor der Brust.

»Was ist passiert?«

Was ist nicht passiert, hätte Mayla am liebsten entgegnet. Stattdessen fasste sie zusammen, wie Madeleine zu ihr gekommen war und was sich im Nachhinein ereignet hatte.

»Sie ist eine Hohepriesterin? Die gibt es tatsächlich noch? Unglaublich, das habe ich nicht gewusst.« Grüblerisch strich sie sich über die Wange.

Mayla zuckte mit den Achseln. »Offenbar weiß das niemand mehr. Sie leben verborgen, nur wenige hoffen oder ahnen, dass es sie noch gibt. Niemand weiß es mit Sicherheit, geschweige denn, wie man zu ihnen gelangt. Deshalb ist Emma bei ihnen sicher.«

Anna vergrub die Hände in die Hosentaschen und blickte in den Wald. »Und Tom ist wieder in Gefangenschaft? Unglaublich, zu was die Jäger in der Lage sind. Weiß Gott, sie haben die letzten Jahre genutzt, verdammt.« Sie sah zu Mayla, eine tiefe Falte quer auf der Stirn. »Und was haben wir getan? Die Zeit damit verschwendet, erfolglos nach ihnen zu suchen.«

Mayla verstand ihren Frust. Ihr ging es nicht anders. Wenigstens hatte Anna keinen jahrelangen Strandurlaub mit der Familie genossen, sondern war mit ihren Freundinnen losgezogen, um etwas gegen ihre Widersacher zu unternehmen.

»Einige Jäger habt ihr gefunden und sie sind im Gefängnis gelandet. Es war keine vergeudete Zeit.«

Anna schnaubte, ließ den Blick über die Baumkronen gleiten und wandte sich wieder an Mayla. »Tom will also, dass wir den Stein des Metallzirkels finden? Und dazu benötigen wir das Medaillon, sagt er?«

»In seiner Botschaft hat er es mir so erklärt. Hast du es bei dir?«

Langsam schüttelte Anna den Kopf. »Es war nicht mehr dort. Angelika war sehr misstrauisch, weshalb ich sie nicht danach gefragt habe. Hätte ich geahnt, wie wichtig es ist, hätte ich länger danach gesucht. Allerdings habe ich etwas Interessantes in der Bibliothek herausgefunden.«

Mayla horchte auf. »Erzähl.«

Anna senkte die Stimme, obgleich sie sich in einer Weltenfalte befanden, in der sich nach Maylas Empfinden keine andere Hexe aufhielt. »Die Frau auf dem Medaillon, Charlotte de Bourgogne, war eine adelige Hexe. Du erinnerst dich, das war die Frau auf dem Medaillon.«

Maylas Herz schlug schneller, hoffend, dass ihnen Annas Entdeckungen weiterhalfen. »Ich erinnere mich. Sie ist ein Mitglied der Adelsfamilie, die damals die von Eisenfels unterstützt haben. Was hast du herausgefunden?«

Anna beugte sich vor. »Hast du dich nicht gefragt, wieso das Medaillon mit ihrem Abbild auf einem Grab einer anderen Familie versteckt liegt?«

»Du hast recht.« Stirnrunzelnd rief sich Mayla die Geschehnisse in Erinnerung. Sie hatte es auf dem Friedhof des Mont-Saint-Michel gefunden. Wie war noch gleich der Name der Familie gewesen, der auf dem Grab gestanden hatte? Marchand, und darunter waren die Personen namentlich genannt worden, die in dem Familiengrab beigesetzt waren: Caroline, Jean-Léon, Chantal, Valérie und Raoul. Daneben war eine Rose eingraviert gewesen.

Mayla tippte sich ans Kinn.

»Familie Marchand … haben sie etwas damit zu tun? Hast du etwas über sie gelesen?«

»Das habe ich.« Anna blickte erneut in die Ferne, ohne zu wissen, wie sehr sie Maylas Geduld damit strapazierte.

Gerade wollte Mayla nachhaken, als Anna endlich fortfuhr. »Die Familie besaß keine magischen Kräfte.«

Mayla horchte auf. »Keine Hexen? Wieso lag dann das Medaillon auf dem Grab?«

»Das habe ich mich auch gefragt. Und ich habe mich gefragt, wieso der Tod der Familie in einer Chronik über die Familie von Eisenfels erwähnt wird.«

Das wurde ja immer verworrener. »Was hast du über den Tod der Familie de Marchand herausgefunden?«

»Sie sind bei einem Brand umgekommen, im Jahre 1815, die komplette Familie. Trotz umfangreicher Ermittlungen hatte die Polizei keinen Verdacht. Die verbrannten Körper lagen im Haus auf dem Mont-Saint-Michel, das Haus selbst jedoch wies keinerlei Brandspuren auf – und es gab in der Nähe keinen Scheiterhaufen oder andere Feuerspuren.«

»Deshalb ist Marianna darauf gekommen, auf dem Grab der Familie nach dem Medaillon zu suchen.« Mayla ließ sich gedankenverloren auf einem Baumstumpf nieder. »Glaubst du, wir sollten uns das Haus der Familie ansehen?«

Anna schüttelte den Kopf. »Dort wohnt mittlerweile eine andere Familie, ebenfalls keine Hexen. Das habe ich bereits recherchiert.«

Okay, also war das wenig erfolgversprechend.

Mayla faltete die Hände im Schoß und lehnte sich vor. »Stand in dem Buch etwas darüber, wieso das in der Chronik erwähnt wird? Geht man davon aus, dass die von Eisenfels die Familie Marchand getötet haben?«

Anna hockte sich neben Mayla und stützte die Unterarme auf die Knie. »Ja, offenbar gab es eine Affäre zwischen einer Tochter der Familie von Eisenfels und einem der Söhne der Familie Marchant. Raoul, wenn ich mich richtig erinnere.

Elektra von Eisenfels, das damalige Oberhaupt der Familie, gefiel das ganz und gar nicht. Um sowohl die Familie Marchand zu bestrafen als auch ihrer Enkelin eine Lektion zu erteilen, hat sie die gesamte Familie ausgelöscht. Dafür hat sie einen Feuerzauber verwendet, durch den selbst unsere Polizisten ihr nichts nachweisen konnten. Für die ermittelnden Polizisten blieben es nur Gerüchte, dass sie ihre Finger mit im Spiel hatte.«

Eine unglückliche Liebe à la Romeo und Julia, nur dass magische Kräfte mit im Spiel waren.

»Wie tragisch.«

»Das muss der Grund sein, weshalb Marianna auf dem Grab nach dem Schmuckstück gesucht hat. Wieso allerdings Vincent oder Bertha das Medaillon dort versteckt haben, ist die Frage.« Sie seufzte schwer auf. »Tom glaubt also, mit dem Medaillon finden wir den letzten magischen Stein, ja?«

Mayla nickte. »Und da Marianna danach gesucht hat, scheint sie es auch zu wissen – oder zumindest zu erahnen. Hast du irgendeine Idee, wer von den Leuten auf Burg Donnersberg es an sich genommen haben könnte? Angelika vielleicht?«

Anna zuckte mit den Schultern. »Wenn ich das nur wüsste. Als erstes haben es doch Violett und Angelika genauer unter die Lupe genommen. Hast du deine Freundin schon gefragt?«

Sie schüttelte den Kopf. »Aber das werde ich sofort machen. Kommst du mit?«

Anna zögerte.

Mayla streckte die Hand nach ihr aus. »Du kannst ihnen vertrauen. Violett und Georg sind auf unserer Seite.«

»Aber er ist ein Polizist.«

Mayla erinnerte sich an Annas Erzählung, was ihr damals geschehen war, nachdem ihre Eltern von den Jägern ermordet worden waren. Sie hatte nur kurz angerissen, dass sich die Polizei nicht als ihr Freund und Helfer herausgestellt hatte, ganz im Gegenteil. Tom hatte sie vor dem Schlimmsten bewahrt und anschließend zu den Verstoßenen gebracht, wo sie sicher gewesen war. Deshalb war ihre Treue zu Tom unerschütterlich – und das Misstrauen gegenüber der Polizei wesentlich ausgeprägter als bei den anderen ehemaligen Verstoßenen.

Mitfühlend legte Mayla eine Hand auf ihre.

»Anna, ich vertraue Georg, und du weißt, dass du das ebenfalls tun kannst. Violett kennst du schon lange und sie hat niemals dein Vertrauen missbraucht, oder? Also, wie sieht es aus?« Aufmunternd lächelte sie sie an.

Anna zog die Brauen zusammen, dann ergriff sie Maylas Hand, auch wenn sie nicht wirklich glücklich dabei wirkte. »In Ordnung, ich komme mit.«

Mayla atmete auf. Anna war ihr eine große Hilfe und es fühlte sich richtig an, sie in ihr Freundesteam zu integrieren. Um nicht zu riskieren, dass sie doch noch einen Rückzieher machte, umfasste Mayla rasch den Amulettschlüssel und dachte: »Perduce nos in domum Violettae!«

Das satte Grün des Waldes verschwand und machte Violetts quietschbunter Inneneinrichtung Platz. Das rote Sofa stand verwaist da, ebenso wie der Esstisch, der sich in dem Durchgangszimmer zur Küche befand. Darauf standen gelbe Kerzen und ein kleiner Strauß Sonnenblumen und warteten darauf, bewundert zu werden. Von ihren Freunden fehlte jegliche Spur.

»Violett?«

Stirnrunzelnd ließ Mayla Annas Hand los und lief zur Treppe, die in das obere Stockwerk führte und wo sich die Schlafräume und das Badezimmer befanden. Womöglich ruhten sie sich aus. »Violett? Georg?«

Niemand antwortete. Sie lief die Stufen hoch und durchstreifte die obere Etage, doch die beiden waren unauffindbar. Enttäuscht ging sie wieder hinunter zu Anna, die sich beiläufig die Fotografien an der Wand anschaute, die Violett an den verschiedensten Orten der Welt zeigten. Ihre Freundin war ihr Leben lang viel gereist, den Bildern zufolge bereits mit ihren Eltern. Als Mayla herunterkam, drehte sich Anna zu ihr um und hob fragend eine Augenbraue.

Mayla zuckte mit den Achseln. »Sie sind nicht da. Wahrscheinlich sind sie noch im Krankenhaus. Hoffentlich heißt das nicht, dass Georg etwas Ernstes fehlt.« Betrübt schaute sie ins Leere.

»Möchtest du ins Krankenhaus?«

Mayla überlegte. »Ich könnte es mit einem Besuch bei meiner Oma verbinden, aber andererseits will ich nicht zu viel Zeit vertrödeln. Wir müssen dringend den letzten Stein finden – und die anderen Gefangenen auf der Zitadelle müssen wir auch befreien, ganz zu schweigen von Tom.«

Entschlossen ballte Anna die Hände zu Fäusten. »Dann werde ich erneut auf Burg Donnersberg springen. Ich finde heraus, wo sich das Medaillon befindet, und komme damit zurück.«

Mayla nickte. »Gute Idee.« Annas Einsatzbereitschaft und Stärke waren bewundernswert und färbten auf sie ab. In Annas Beisein würde es ihr niemals einfallen sich zu bemitleiden oder den Kopf hängen zu lassen, weshalb sie sich in ihrer Gegenwart stärker und hoffnungsvoller fühlte.

Fragend legte die Erdhexe den Kopf schräg. »Was machst du in der Zeit?«

Sie überlegte kurz. »Ich werde versuchen mit Madeleine Kontakt aufzunehmen. Vielleicht kann sie uns weiterhelfen. Ich habe sie bislang nicht nach dem Medaillon gefragt und sie weiß auch noch nicht, dass wir versuchen, den letzten magischen Stein zu finden. Bislang hatten wir nur vor, die anderen vier Steine von den Jägern zu holen.«

»In Ordnung. Ich schicke dir eine Botschaft, sobald ich das Medaillon habe oder weiß, wo es sich befindet. Bis später.«

»Bis später, ach und Anna?«

Die Erdhexe hob fragend die Augenbrauen.

»Pass auf dich auf.«

Ein kurzes Zucken ihrer Mundwinkel verriet das Schmunzeln, das in Anna verborgen lag. »Du auch, Feuerhexe.« Mit den Worten verschwand sie und zurück blieb nichts als ein feines Glitzern.

∞

Weil Mayla darauf hoffte, dass ihre Freunde zurückkehrten, bevor sie das Haus verließ, sprach sie den Nuntia-Zauber für Madeleine in Violetts Küche aus. Anschließend schob sie sich eine Praline in den Mund, ließ sie langsam auf der Zunge schmelzen und setzte sich an den Esstisch. Warten war so gar nicht ihrs, aber ihr blieb nichts anderes übrig. Hoffentlich meldete sich Madeleine schnell zurück.

Ein Gähnen entfuhr ihr. Sie fühlte sich gerädert und streckte sich auf dem Stuhl aus, so gut es möglich war. Müde ließ sie den Blick durch das Esszimmer gleiten und entdeckte ein Set Babylätzchen, das auf dem Geschirrschrank lag.

Lächelnd betrachtete sie es. Violett erwartete ihr erstes Kind. Hoffentlich konnte sie die restlichen Monate entspannt genießen und es folgten keine weiteren Eskapaden.

Wind kam auf und im nächsten Moment landete eine Krähe auf dem Tisch. Mayla zuckte zusammen und sprang auf. Zu gut hatte sie noch in Erinnerung, dass ihr Vincent von Eisenfels' Krähe überall hin gefolgt war. Aber sein Seelentier konnte es schließlich nicht sein. Wie Violetts Krähe sah sie allerdings auch nicht aus.

Reiß dich zusammen, Mayla, das ist nur ein Seelentier. Obgleich ihr Herz schneller schlug, beugte sie sich näher und gab ihr Bestes, ihrer Stimme einen zuversichtlichen und ruhigen Klang zu verleihen. »Hallo, wer bist du denn?«

Die Krähe krächzte laut, dann tippte sie an ein Steinchen, das auf dem Esstisch lag und dieselbe hellbraune Farbe aufwies, weshalb es Mayla nicht aufgefallen war.

»Oh, ist das eine Nachricht? Ich danke dir.«

Die Krähe krächzte erneut, während sich Mayla das Steinchen schnappte und an die Lippen führte. »Te aperi!«

Der Stein schwoll an, bis in seiner Mitte eine Frau in einem dunklen Umhang erschien. Es war Madeleine.

»Wir treffen uns in fünf Minuten auf dem Landsitz der Familie von Eisenfels in Südengland.« Kein Gruß, kein deiner Tochter geht es super. Ohne ein weiteres Wort ploppte die Botschaft auf und Madeleine war verschwunden. Und als Mayla aufblickte, war es die Krähe auch.

Kapitel 16

Mayla zögerte keine Sekunde. Schnell hinterließ sie Violett eine schriftliche Nachricht mit der Bitte, sich bei ihr zu melden, und legte sie auf den Esstisch. Dann schloss sie die Hand um den Amulettschlüssel, stellte sich den Raum vor, in dem sie sich mit Madeleine verabredet hatte und der dank Anna wesentlich aufgeräumter war als zuvor, und sprang auf das Anwesen nach Südengland. Als sie mit den Absätzen den Teppich berührte, saß Madeleine bereits in einem der Sessel, in den Händen die Figur einer Elfe. Als sie Mayla bemerkte, stellte sie die Figur rasch auf ein Beistelltischchen und trat auf sie zu. Mit klopfendem Herzen stellte Mayla die für sie alles entscheidende Frage. »Wie geht es Emma?«

»Alles ist gut, aber wir sollten uns einen anderen Ort zum Reden suchen. Komm.«

Mayla reichte ihr die Hand, worauf das Zimmer verschwand und sie an einer Küste landeten. Scharfer Wind blies ihnen entgegen, Maylas Strähnen lösten sich aus der

Klammer am Hinterkopf und tanzten um ihr Gesicht. Sie strich sie hinter die Ohren und sah sich um. Wassermassen brandeten lautstark gegen die Felsen zu ihren Füßen und am Horizont kündete die rosa Färbung den Sonnenuntergang an. Unweit der Klippen befand sich eine einfache Holzhütte, die der von Toms in den Pyrenäen derart ähnlich war, dass Mayla schmunzeln musste. Wie die Mutter so der Sohn …

Sobald sich Mayla in aller Eile umgesehen hatte, ergriff sie wieder das Wort. »Fühlt sich Emma wohl? Hat sie geweint?«

Madeleine schüttelte den Kopf und ein weicher Ausdruck legte sich über ihren verkniffenen Mund. »Meine Schwestern kümmern sich liebevoll um sie und Emma fühlt sich wie zuhause. Sie spürt, dass sie unter ihres Gleichen ist. Sie ist ein sehr wissbegieriges Kind.«

Lächelnd nickte Mayla. Ja, das war sie, und wie gerne wollte sie diesen Wissensdurst wieder miterleben. Sie seufzte auf. »Gut, dass du sie fortgebracht hast. Die Jäger sind keine fünf Minuten später aufgetaucht. Marianna konnte euch nicht finden, zum Glück. Dafür hat sie Tom mitgenommen. Er hat sich mit einem Schwur an sie gebunden, dass er keine Zauber ausführen darf, die den Jägern schaden.«

»Verdammter Kerl …« Madeleine ballte die Hand zur Faust.

»Er hatte keine Wahl, sonst hätte mich Marianna … erwürgt.« Erneut glaubte Mayla den kalten Druck um ihren Hals zu spüren, der ihr den Raum zum Atmen geraubt hatte.

Toms Mutter schüttelte den Kopf. »Das meine ich nicht. Er hätte früher mit mir reden sollen. Ich hätte Emma von Anfang an verstecken können.«

Mayla stemmte die Hände in die Seiten, nur mit Mühe konnte sie ihr Temperament bändigen. »Vielleicht hättest du von Anfang an ehrlich mit ihm sein sollen, dann wäre die Möglichkeit für ihn in Betracht gekommen.«

Madeleines Blick verfinsterte sich und sie lief auf die Hütte zu. Auf einen Wink ihrer Hand verwandelte sich ein Stein in eine Hängeschaukel, die so breit war, dass sich Mayla bedenkenlos neben ihr niederlassen konnte, ohne zu aufdringlich zu wirken – was Mayla auch tat. Die Kissen waren weich. Ohne ein Wort zu sagen, schaukelten sie sachte vor und zurück.

Während die Sonne im Meer zu versinken begann, holte Mayla Luft, um nach dem Medaillon und dem magischen Stein zu fragen, als Madeleine unvermittelt zu reden anfing.

»Ich schäme mich so sehr, dass ich ihn im Stich gelassen habe.«

Mayla schloss rasch den Mund. Still faltete sie die Hände im Schoß und wartete, obwohl in ihr die Ungeduld tobte.

»Alle hielten mich für tot. Meine Schwestern wissen, ich bin es fast gewesen. Vincent, er … Zunächst war er charmant und unglaublich eloquent, dazu sah er unverschämt gut aus. Mit seinem Wissen und Können hat er mich beeindruckt, dass ich ihn …« Sie lachte bitter auf, »… nahezu für einen Gott hielt. Er hat mich umgarnt, mich hofiert und sich durch viel Geduld mein Vertrauen erschlichen.«

»Warst du damals schon eine Hohepriesterin?«

Madeleine nickte. »Ich bin es sehr früh geworden, ebenso wie Ignatia. Wir waren beide keine sechzehn, als wir in die Schwesternschaft der Hohepriesterinnen aufgenommen wurden. Eigentlich ist es für uns unüblich, ein normales Leben mit Ehemann und Kindern, vielleicht sogar Enkeln und Urenkeln zu führen, doch die Regeln verbieten es nicht ausdrücklich.«

172

Toms Mutter zuckte mit den Schultern und richtete den Blick auf die Weite des Horizonts. Mayla hielt die Augen ebenfalls auf das Meer gerichtet, das sich wild gebärdete und laut gegen die Klippen schlug. Obwohl Urgewalten am Werk waren, wirkte das Rauschen und Klatschen des Wassers beruhigend.

»Sie haben mich gewarnt, aber ich wollte nicht auf sie hören. Die Familie von Eisenfels hat bei vielen keinen guten Ruf. Da jedoch mein Element ebenfalls das des Metalls ist, habe ich mich immer mit ihnen verbunden gefühlt. An dem Tag, an dem mir Vincent einen Heiratsantrag gemacht hat, habe ich mich ihm anvertraut.«

Überrascht horchte Mayla auf. Sie war davon ausgegangen, dass die Hüterinnen niemandem von ihrer Aufgabe erzählen durften. »Er wusste, dass du eine Hohepriesterin bist?«

»Ja, offenbar sogar schon vorher, das habe ich allerdings nicht glauben wollen. Meine Schwestern warnten mich, aber ich wollte nicht auf sie hören. Ich hielt es für Neid, weil ihnen ein Leben in Einsamkeit bevorstand.«

Das war nachvollziehbar, erst recht wenn Madeleine noch so jung gewesen war. »Wolltest du überhaupt eine Hohepriesterin sein?«

Madeleine nickte. »Meine Großtante war vor mir eine, weshalb ich frühzeitig eingeführt wurde. Es ist eine große Ehre und eine wichtige Aufgabe, wenn nicht sogar die wichtigste. Doch die Chance auf Kinder und eine eigene Familie wollte ich mir nicht nehmen lassen, weshalb ich Vincents Antrag angenommen habe.«

Mayla nickte. Sie konnte sich den Zwiespalt gut vorstellen. Wahrscheinlich hätte sie sich ebenso entschieden.

»Ich war jung und naiv, keine zwanzig Jahre alt, und er hat mich gelenkt und beeinflusst, was ich lange Zeit nicht begriffen habe. Erst als ich Bertha begegnet bin, fing der Argwohn an in mir zu arbeiten. Sie hat mich auf eine Weise angesehen, dass es mir eiskalt den Rücken hinuntergelaufen ist. Heute glaube ich, sie hat ihn gedrängt, die Verbindung mit mir einzugehen, um die Macht der Familie zu stärken. Sie war es, die herausgefunden hat, wer meine Großtante war. Ich will nicht ausschließen, dass Bertha bei ihrem Tod die Finger mit im Spiel hatte, damit ich die nächste Hohepriesterin werde, bevor Vincent mich heiratet. Aber beweisen konnte ich das nie.«

Madeleine faltete die Hände im Schoß und senkte den Kopf. »Als Valerius, ich meine Tom geboren wurde, schien meine Aufgabe erledigt. Zwar waren sie enttäuscht, dass es keine Tochter geworden ist, doch der Nachkomme war geboren. Sie schenkten Tom alle Aufmerksamkeit, auch wenn Vincent mich weiterhin nachts besuchte. Ich glaube, Bertha hat nie die Hoffnung auf eine weibliche Erbin aufgegeben.«

Eine Krähe krächzte laut. Der Vogel kam wie aus dem Nichts angeflogen und setzte sich auf Madeleines Schulter. Zärtlich strich das Tier mit seinem Kopf an ihrer Wange entlang. Als Mayla zu ihr blickte, sah sie eine Träne in Madeleines Wimpern glitzern, die sie mit dem Handrücken fortwischte.

»Ich habe mitbekommen, wie sie Tom versucht haben zu indoktrinieren, noch bevor er sprechen gelernt hat. Immer wieder haben sie auf die anderen Hexen, insbesondere die Gründerfamilien geschimpft und die Familie Eisenfels als Opfer dargestellt. Sie haben betont, dass sich das ändern müsse, und sie verpflichtet wären, das Unrecht zu rächen. Es war schrecklich. Wann immer es mir möglich war, habe ich ihn in mein Zimmer genommen, das ich versucht habe fröhlich und herzlich zu gestalten.«

Mayla musste nicht fragen, um welchen Raum es sich dabei handelte. Es war das Zimmer, das aus allen herausstach und in dem sie sich sowohl mit Anna als auch Madeleine mehrfach getroffen hatte.

»Irgendwann haben sie mir den Zugang zu ihm verwehrt. Es war eine schlimme Zeit. Außerdem konnte ich das Anwesen kaum noch verlassen. Vincent hat mich überwacht, weshalb ich keinen unbeobachteten Schritt wagen konnte. Und wehe, ich habe gegen einen seiner Befehle verstoßen.«

Sie knetete die Hände im Schoß. Sie wirkte unsicher und verletzlich, überhaupt nicht mehr wie die distanzierte, verbitterte Fremde, als die Mayla sie kennengelernt hatte.

»Ich habe ein Schlupfloch gefunden und mit meinen Schwestern Kontakt aufgenommen. Sie haben mir geraten, Tom zu nehmen und zu ihnen zu kommen. Sie wollten ihn verstecken und haben mir versprochen, es als ihre Pflicht anzusehen, ihn zu beschützen. Obgleich er als Mann kein Hüter des Steins werden konnte und unsere Tempel nicht betreten durfte, wollten sie ihn als einen von ihnen betrachten und einen Ort erschaffen, an dem ich sicher mit ihm leben konnte.

Ich hatte also einen Plan, doch Bertha hat es herausgefunden. Sie hat mir einen Fluch auf den Hals gehetzt und mir gesagt, sollte ich je wieder versuchen, den Erben der Familie zu entführen, würde er es bitter büßen müssen. Ich weiß nicht, ob sie Tom wirklich etwas angetan hätte, aber in dem Moment habe ich ihr geglaubt.«

Mitfühlend nickte Mayla.

So wie Madeleine sich mit Tom hatte erpressen lassen, war Emma das Druckmittel bei Tom gewesen.

»Und dann bist du gegangen?«

Madeleine schüttelte den Kopf. »Ich konnte Tom nicht zurücklassen. Ich habe ihn über alles geliebt. Meine Schwestern haben mich gedrängt, mich in Sicherheit zu bringen, doch ich konnte es nicht. Als Vincent kurz darauf von meinem und Toms Fluchtversuch erfuhr, wurde es wirklich hässlich. Er ...« Ihre Stimme versagte. »Er hat versucht mich zu töten und ... es wäre ihm beinahe gelungen. Halb tot lag ich an der südenglischen Küste am Strand. Er hat wohl gehofft, dass ich mit den Wellen fortgespült werde und nie wieder eine Rolle in Toms Leben spiele. Ich weiß bis heute nicht, wie ich es geschafft habe, genügend Kraft aufzuwenden, um fortzurennen, bevor er zurückkommen konnte. Die Wochen danach sind völlig aus meinem Gedächtnis gestrichen. Ich weiß weder, wo ich war, noch, wer mir geholfen hat.«

Madeleine verstummte und Mayla ließ die Erzählungen sacken. Unglaublich, was diese Frau erlebt hatte. Die Zeit, in der sie bemerkt hatte, in welche Falle sie gelaufen war und dass sie ihren Sohn nicht retten konnte, musste die schlimmste gewesen sein. Als Mayla zur Seite blickte, sah sie eine weitere Träne auf ihrer Wange.

»Ich weiß, es erklärt nicht, weshalb ich nicht zu Tom gegangen bin. Aber ...« Sie hob den Blick und sah Mayla mit all ihrer Verletzlichkeit an. »... ich hatte so unglaublich große Angst. Vor Vincent, vor Bertha und anschließend vor Tom, der hart über die Frau richten würde, die ihn als Kind verlassen hat. Ich ... wusste nicht, wie ich für ihn da sein könnte, dachte, es ginge ihm besser, wenn ich mich von ihm fernhielte ... und auch von meinen Schwestern.

Ignatia war sauer, nicht zu Unrecht, weil ich ein paar Geheimnisse verraten hatte. Und ich habe mich geschämt, vor jedem, der von meiner Vergangenheit wusste. Deshalb habe ich im Verborgenen gelebt und mir nicht einmal erlaubt, Tom aus der Ferne zu beobachten. Ich … habe so viel falsch gemacht.«

Mayla legte ihre Hand auf Madeleines und lächelte sie aufmunternd an. »Jeder macht Fehler. Es ist nie zu spät zu versuchen, sie wiedergutzumachen.«

Madeleine schüttelte den Kopf. »Tom wird mir niemals verzeihen. Ich würde es ja selbst nicht tun.«

»Vielleicht solltest du das aber. Vielleicht solltest du die Vergangenheit abschließen. Und wenn du Emma eine gute Oma bist, wirst du dich Stück für Stück in Toms Herz schleichen.«

Ungläubig sah Madeleine Mayla an. »Du willst … dass ich Teil eures Lebens werde, obwohl …?«

Mayla nickte. Tom würde auch ein Wörtchen mitzureden haben. Von ihrer Seite hingegen gab es keinen Grund, Madeleine auszuschließen. Sie meinte ihre Worte ernst. »Jeder macht Fehler, das weiß ich nur zu gut. Zeig Tom, dass wir uns auf dich verlassen können, zeig es mir und zeig es deinen Schwestern. Es ist nicht zu spät, Madeleine, davon bin ich überzeugt.«

Und dann tat Madeleine etwas, mit dem Mayla niemals gerechnet hatte. Diese starke, abweisende Frau ließ sich an Maylas Schulter sinken und begann zu weinen.

Kapitel 17

Obgleich Mayla nach den Erzählungen aufgewühlt war, legte sie einen Arm um Madeleine und war ihr eine Stütze, bis Toms Mutter wieder zu sich fand und sich aufrichtete. Mit dem Handrücken wischte sie sich die Tränen fort. »Entschuldige, Mayla.« Ihr Tonfall klang wieder kühler, wenn auch nicht mehr derart distanziert, wie Mayla es gewohnt war. »Wir haben uns nicht getroffen, um meine Lebensgeschichte zu erörtern. Lass uns zum Wesentlichen kommen. Tom ist wieder in den Händen der Jäger und wir müssen den letzten magischen Stein finden. Wie ich Bertha kenne, hat sie selbst Vincent nicht verraten, wo sie ihn versteckt hat, geschweige denn irgendeinem ihrer Anhänger. Sie hat niemandem vertraut. Bis zum Schluss sind alle Fäden in ihren Händen zusammengelaufen. Sie war eine Oberhexe, wie sie im Märchenbuch steht.«

Mayla grübelte. »Hast du trotzdem eine Idee, wie wir den Stein finden können? Oder, wofür das Medaillon wichtig ist?«

»Vielleicht hat Tom im Laufe der Zeit etwas mitbekommen, als er klein war oder später. Er war ebenso gut darin sich anzuschleichen und im Verborgenen zu leben wie ich.« Sie überlegte. »Deine Freundin Anna versucht das Medaillon zu beschaffen, bis dahin kannst du mir vielleicht etwas darüber erzählen. Ist dir irgendetwas daran aufgefallen?«

Eine Krähe landete vor ihnen. Mayla beachtete sie nur beiläufig. Bestimmt war es das Seelentier von Madeleine, aber ihre Schwiegermutter blickte angespannt auf. »Wer ist das? Dein Seelentier ist doch eine Katze, oder?«

»Oh, das ist gar nicht deins?« Misstrauisch beäugte Mayla das Tier, bis ihr der leicht geknickte Schnabel auffiel. »Merkur … Das ist die Krähe meiner Freundin Violett.«

Merkur legte eine Praline in Maylas Hände, die leider mal wieder unecht war. Eine Botschaft von Violett.

»Danke.« Mayla führte die Praline an die Lippen. »Te aperi!«

Wenige Augenblicke später stand Violett vor ihnen. Ihre Wangen waren gerötet, die roten Haare zerzaust, sie sah müde aus. »Mayla, ich war bis eben im Krankenhaus. Georg geht es besser, aber er muss über Nacht zur Beobachtung dort bleiben.« Violett wischte sich über die Nase, deren Spitze verdächtig rot war. Ihre Freundin hatte geweint. Es schnürte Mayla das Herz zusammen, dass sie nicht für sie da sein konnte, doch Violett war tough. Sobald die Dinge wieder anders lagen, nahm sich Mayla fest vor, würde sie ein tolles Wochenende mit ihr verbringen. »Ich bin jetzt zuhause, aber ich will früh schlafen. Wenn noch etwas ist, musst du dich beeilen, sonst antworte ich dir morgen.«

Rasch hob Mayla einen Stein vom Boden auf und verwandelte ihn in einen Botschaftszauber. »Du siehst müde aus, Violett. Mach dir keine Sorgen und schlaf gut, morgen geht es Georg besser, bestimmt. Ich habe nur eine schnelle Frage. Kannst du mir sagen, wo das Amulett von Charlotte de Bourgogne ist? Ich drück dich!« Sie übergab Merkur den Stein, der sogleich die Schwingen ausbreitete und im Abendhimmel verschwand.

Während sie auf Violetts Antwort warteten, sprachen Madeleine und sie kein Wort miteinander. Sie genossen die Ruhe, die Ruhe vor dem Sturm, bevor mit Violetts Antwort ihre nächsten Schritte klar werden und sie sich keine weitere Rast erlauben würden.

Der Moment, bis Merkur zurückkehrte, verging einerseits viel zu schnell, andererseits viel zu langsam. Mayla brannte darauf, Tom zu befreien und Emma wieder zu sich zu holen. Gleichzeitig hatte sie Angst vor dem, was ihr bevorstand, wenn es darum ging, den Jägern die magischen Steine zu entwenden und sich erneut Mariannas übermäßigen Kräften entgegenzustellen.

Als Merkur vor dem rosa Abendhimmel auftauchte und zu ihnen flog, war es Erleichterung und Unruhe in einem. Hin- und hergerissen zwischen ihren Gefühlen blickte Mayla dem schwarzen Vogel entgegen, der erneut eine falsche Praline vor ihr auf den Tisch fallen ließ. Herrgott, konnte Violett keine anderen Dinge für den Botschaftszauber verwenden? Jede einzelne Praline wurde dadurch unbrauchbar. Wie konnte sie nur so herzlos sein?

Melancholisch nahm sie die für den Genuss verlorene Nascherei und hielt sie vor den Mund. »Te aperi!«

Erneut erschien Violett vor ihr und gähnte lautstark. Sie streckte die Arme über dem Kopf und blinzelte träge. »Ich habe das Medaillon Pierre übergeben, da er sich am besten in der französischen Geschichte auskennt. Er wollte es mit einer Abbildung in einem seiner Bücher vergleichen. Soweit ich weiß, hat er es wieder zurück auf Burg Donnersberg gebracht, ohne etwas Nennenswertes herausgefunden zu haben. Wenn du sonst etwas auf dem Herzen hast, meld dich – aber bitte nicht vor dem Frühstück!« Sie gähnte erneut und verschwand.

»Wer ist Pierre?«, fragte Madeleine.

»Pierre Dubois. Er gehört zum Inneren Kreis der ehemaligen Verstoßenen. Wenn er das Medaillon zurückgebracht hat, haben Angelika und Artus von Donnersberg es in ihrem Besitz – und dann wird es Anna bestimmt gelingen, es ausfindig zu machen. Das heißt für uns allerdings, wir müssen noch länger warten.«

Madeleine erhob sich.

»Im Gegenteil. Wir suchen nach Hinweisen, wie uns das Medaillon weiterhelfen kann. Und dazu gehen wir an den Ort, an dem Bertha die meiste Zeit ihres Lebens verbracht hat. Das Hotel in Frankfurt.«

Bei dem Gedanken überlief Mayla ein Schaudern. Das letzte Mal war sie dort gewesen, als sie Bertha und Vincent besiegt hatten – und Tom und sie dabei fast gestorben wären. Dass sie darüber hinaus auch noch zum Abendeinbruch hingingen, stimmte sie nicht fröhlicher. Aber Madeleine hatte recht. Tatenlos herumzusitzen kam nicht infrage. Sie mussten handeln.

»Also schön.« Auffordernd hielt sie ihr die Hand entgegen, die Madeleine ergriff. Vielleicht war es nur Einbildung, aber irgendwie fühlte sich ihr Griff fester, vertrauter … verbündeter an als die Male zuvor.

»Perduce nos in domum Berthae!«

Als sie in dem verlassenen Empfangsraum landeten, war es ebenso dunkel wie vor fünf Jahren, als Mayla gemeinsam mit Georg dort gelandet war. Gänsehaut kroch über ihren Rücken, während sie sich in dem verlassenen Haus umschaute.

Obwohl das Hotel gut gelaufen war, hatten Berthas Ableben und das Bekanntwerden, wer sie in Wahrheit war, sämtliche geschäftstüchtigen Leute abgehalten, das Hotel neu zu eröffnen. Und so kam es Mayla vor wie eine Reise durch die Zeit. Alles stand an seinem Platz, die Vorhänge waren zugezogen, im Frühstücksraum zogen sich Spinnweben über die Stühle und Tische und eine dicke Staubschicht lag auf dem Dielenboden und der Treppe, die hinauf zu den Zimmern führte.

Madeleine trat einen beherzten Schritt nach vorne, bei dem sie nicht verbergen konnte, wie unwohl sie sich fühlte. »Kennst du dich hier aus?«

Mayla zeigte in den Frühstückssaal. »In dem Raum gibt es eine zusätzliche Weltenfalte, die auf einen Lindenhain führt. Dort hat sie die alte Magie vereint, weshalb auch Tom und Emma sie in sich tragen.«

»Dann sollten wir uns diesen Ort genauer ansehen. Als Versteck erscheint er mir geeignet, meinst du nicht?«

Hatte Mayla eine Wahl? Am liebsten würde sie nie wieder diesen alten, verlassenen Ort betreten, aber wenn sich dort wirklich eine Spur zu dem Stein oder sogar der Stein selbst befand … Sie langte nach ihrer Pralinenpackung und holte eine Rumkugel heraus, die sie sich in den Mund steckte. Mit geschlossenen Lippen erlebte sie den herb süßlichen Geschmack in vollen Zügen, bis sie die Augen wieder öffnete. Sie hielt Madeleine die Schachtel entgegen. »Auch eine?«

Madeleine verneinte und hob die Hände. »Te aperi, munde contracte!« Offenbar wollte sie keine Zeit verlieren. Mayla sah dabei zu, wie sich die Stühle und Tische zu den Seiten schoben und einem Wald Platz machten. Für sie war es wie beim ersten Mal faszinierend zu sehen, wie sich eine Weltenfalte öffnete. Sie standen auf dem Parkett. Keine zwei Schritte entfernt hörten die Holzdielen abrupt auf, stattdessen befand sich dort belaubter Boden. Der feuchte Duft nach Wald stieg ihnen in die Nase, der vorher nicht zu riechen gewesen war.

»Wow, davon hatte ich keine Ahnung.«

Madeleine warf Mayla einen kurzen Blick zu. »Bist du bereit?« Offenbar war die Frage rein rhetorisch, denn Madeleine lief los, bevor Mayla für ihre Antwort auch nur Luft holen konnte.

Mit einem beklommenen Gefühl in der Brust ging Mayla ihr nach. Ihre Schritte raschelten, sobald sie den Waldboden betrat. Bereits nach wenigen Metern erstreckte sich vor ihnen der Lindenhain, auf dessen Kuppe die alte Kathedrale stand.

»Was ist das für ein magischer Ort?« Madeleine beschleunigte ihren Gang.

Mayla hatte Mühe, mit ihr mitzuhalten. Aber sie biss die Zähne zusammen und ließ sich von der bald Sechzigjährigen nicht abhängen.

Je näher sie der Ruine kamen, desto ehrfürchtiger wurde Madeleines Blick. Als sie die steinernen Überreste umrundet hatten und zu dem Eingang gelangten, blieb sie stehen. Mayla ließ ihre Augen ebenfalls über die hohen, glaslosen Fenster und die alten Steine wandern. Der Anblick war definitiv imposant, dennoch traten ihr immer wieder die Bilder von damals ins Gedächtnis, als Karli in Lebensgefahr gesteckt hatte und Bertha unvermittelt im Schatten hinter Vincent aufgetaucht war. Sie glaubte, die Stimmen ihrer Widersacher zu hören, das hässliche Lachen von Vincent und die rauchige Stimme von Bertha, als ruhe noch immer ihr Geist an diesem verlassenen Ort.

»Kommst du mit hinein?« Madeleines Stimme war überraschend einfühlsam.

Mayla straffte die Schultern. »Natürlich, vier Augen sehen mehr als zwei.«

Nebeneinander traten sie durch den Eingang. Diesmal erwartete sie kein Nebel im Inneren. Nichtsdestotrotz unterschied sich die Luft innerhalb des Gemäuers von der im Wald, obgleich die Kathedrale kein Dach aufwies. Es war beklemmend und magisch zugleich. Man spürte sofort, dass dieser Ort mehr barg als eine übliche verfallene Ruine. Wer hatte das gewaltige Bauwerk errichtet? Und zu welcher Zeit?

Durchdrungen von Ehrfurcht schritten sie auf den Altar zu, auf dem noch immer die Schalen ruhten, die Bertha vor fünf Jahren verwendet hatte.

»Weiß einer der Jäger von diesem Ort?«

Mayla überlegte. »Eduardo de Luca war damals hier, sonst habe ich keinen gesehen.«

»Wir sollten vorsichtig sein und wachsam bleiben.« Sachte strich Madeleine mit den Fingern über den Altar, hob den Kopf und atmete tief ein. »Dieser Ort ist alt und bedeutsam.«

Obwohl Mayla das Gleiche gedacht hatte, sah sie Madeleine neugierig an. Vielleicht wusste sie mehr.

»Möglicherweise haben ihn vor langer, langer Zeit die Hohepriesterinnen genutzt. Ich fühle die Magie, die in den Steinen ruht. Sie ist der meinen sehr ähnlich. Bertha hat den

Ort nicht grundlos gewählt. Ich frage mich nur, wie sie ihn hat finden können, wo es meinen Schwestern und Vorfahren offensichtlich nicht gelungen ist. Niemand hat je zu mir von dieser Kathedrale gesprochen.«

»Ihre Macht war unfassbar groß.«

Madeleine nickte. »Das war sie. Ich habe mich all die Jahre gefragt, wer je dazu in der Lage sein wird, dieser Frau die Stirn zu bieten.« Sie warf Mayla einen bewundernden Blick zu.

Abwehrend hob Mayla die Hände. »Unsere Kräfte haben nicht gereicht. Letztendlich war es Bertha selbst, besser gesagt ihr Hochmut, der ihren Untergang bewirkt hat. Nur weil sie die alte Magie in vollem Umfang genutzt hat, obwohl sie nicht damit geboren wurde, hat sie diese Kraft das Leben gekostet.«

Madeleine verschränkte die Arme vor der Brust. »Dann ist es nicht nur ihr Hochmut, sondern auch ihre Ungeduld gewesen, wenn ich bedenke, was du über Mariannas Kräfte und die ihrer Verbündeten erzählt hast.«

Mayla erschauderte.

»Glück im Unglück, würde ich sagen. Trotzdem frage ich mich, wie wir Marianna aufhalten sollen. Sie ist nicht derart mächtig wie Bertha, aber ihre Energie übersteigt selbst die meiner Oma.«

Nachdenklich hob Madeleine den Blick zum Abendhimmel, der rosafarben zwischen den mächtigen Lindenkronen hindurchblitzte. »Es wird uns gelingen, gemeinsam mit meinen Schwestern. Und gemeinsam mit Emma.«

Mayla runzelte die Stirn. »Was hat meine Tochter damit zu tun? Wenn du glaubst, ich lasse zu, dass sie sich Marianna entgegenstell–«

»Mayla?« Das war Annas Stimme. Sie kam von außerhalb der Kathedrale.

»Anna?« Überrascht schaute Mayla zum Eingang, wo wenig später ihre zweite Verbündete erschien. Und in der emporgestreckten Rechten hielt sie das Medaillon. »Du hast es gefunden?« Überschwänglich lief Mayla auf sie zu. »Das ist ja wunderbar. Woher wusstest du, dass wir hier sind?«

»Karli hat mich hergeführt. Ich wollte dir einen Nuntia-Zauber schicken, doch anstatt den Kerzenstummel zu überbringen, hat mich Robin, mein Kater, zu Karli geführt, der uns wiederum zu euch geleitet hat. Offenbar wusste er, dass die Zeit drängt.«

Mit einem großen Schritt trat Madeleine hinter Mayla vor, worauf Anna skeptisch die Augen zusammenkniff. »Du bist Toms Mutter, eine der letzten Hohepriesterinnen?«

Madeleine warf Mayla einen missmutigen Seitenblick zu. »Hast du ihr alles verraten?«

Unerschrocken begegnete Mayla dem anklagenden Blick.

»Alles, was nötig war. Anna ist meine Verbündete. Sie ist Tom immer loyal gewesen und wir können ihr vertrauen. Ich würde meine Hand für sie ins Feuer legen.«

Überrascht sah Anna auf. Ihr Mundwinkel zuckte leicht, trotzdem wechselte sie schnell das Thema. »Hier ist das Medaillon. Wie hilft es uns weiter?«

»Hat Angelika es dir einfach gegeben?«

Anna schüttelte den Kopf. »Nein, es war ein glücklicher Zufall. Pierre hat mich gefragt, ob ich es mir genauer ansehen könnte, da er weiß, dass ich zu Bibliotheken Zugang habe, von denen die meisten Hexen niemals hören werden. Er hatte das Medaillon offenbar zuvor mitgenommen, um eigene Nachforschungen anzustellen, ist jedoch zu keinem

Ergebnis gekommen. Ich habe die Chance ergriffen und versprochen zu tun, was ich tun kann.«

Mayla atmete auf. Was für ein glücklicher Zufall. Madeleine betrachtete derweil das Schmuckstück aus Gold. Den Deckel zierten Ranken und Schnörkel. »Kann ich es mir näher ansehen?«

Obwohl Annas Körperhaltung noch immer eine gewisse Skepsis zeigte, reichte sie es ihr. Madeleine ließ den Deckel aufschnappen, worauf das Bildnis der verstorbenen Adeligen zu sehen war. Überrascht zuckte Madeleine zurück, worauf ihr das Medaillon aus der Hand glitt und mit einem metallischen Klong auf einem Stein landete. Rasch bückte sich Anna danach, während Mayla die Hand auf Madeleines Schulter legte. »Was ist mit dir? Kennst du sie?«

Blasser als gewöhnlich nickte Madeleine. »Das ist nicht Charlotte de Bourgogne.«

Mayla runzelte die Stirn. »Wie kannst du dir so sicher sein? Wir haben ihr Bild mit einer Abbildung in einem Buch über die Familie verglichen. Wir waren uns alle relativ sicher, oder Anna?«

Die Erdhexe wiegte unsicher den Kopf hin und her und ließ Madeleine nicht aus den Augen. »Wer, glaubst du, ist es sonst?«

»Das ist Elektra von Eisenfels.«

Fragend runzelte Mayla die Stirn. Elektra von Eisenfels … Bis es ihr wieder einfiel. Alarmiert sah sie zu Anna, bei der ebenfalls der Groschen fiel. »War das nicht die Oberhexe aus dem Hause Eisenfels, die die Familie Marchand getötet hat?«

Während Madeleine langsam nickte, zog Mayla fröstelnd die Schulter hoch. Gemeinsam mit Anna beugte sie sich erneut über das Bildnis.

Sie erkannte keine übermäßige Ähnlichkeit zu Bertha, Vincent oder Tom, aber die Abbildung war sehr klein. Moment, hatte diese Frau nicht auch ein herrisches Kinn? Und ihr Haar dürfte schwarz gewesen sein, sofern sie der Schwarzweißabbildung Glauben schenken durfte. Allerdings waren das recht wenige Anhaltspunkte, um sie zweifellos als ein Mitglied der Familie von Eisenfels zu identifizieren.

Anna hob den Kopf. »Wieso bist du dir so sicher?«

Madeleine zauderte. Es hatte den Anschein, als friere sie unter ihrem dicken Umhang. »Ich habe ihr Abbild gesehen. Ich werde es niemals vergessen. Es war der Tag, an dem ...« Sie sah Mayla an und eine Verletzlichkeit lag in ihren grünen Augen, die Mayla unweigerlich an Tom erinnerte. »... an dem sie mich bestraft hat, weil ich mit Tom fliehen wollte. Sie hat mich in einen Raum mitgenommen, den ich zuvor nicht betreten hatte und den ich nie wieder gefunden habe. Wie ihr wisst, hängen sämtliche Oberhäupter der Familie von Eisenfels in Öl gemalt an den Wänden in den Fluren. Bis auf Elektra. Ihr Bildnis hing in diesem geheimen Raum.«

Mayla überkam ein Frösteln. »Bist du dir absolut sicher?«

Madeleine nickte. »Die Frau auf dem Bild ist Elektra von Eisenfels.«

Kapitel 18

Madeleine verwandelte ein herabgefallenes Lindenblatt in einen Stuhl, auf den sie sich setzte, während Mayla und Anna das Porträt nicht aus den Augen ließen.

Anna zeigte auf das alte Schmuckstück. »Wenn das ein Erbstück der Familie von Eisenfels ist, dann hilft es uns wahrscheinlich wirklich, den verlorenen Stein zu finden.«

Mayla nickte, als ihr etwas einfiel. »Deshalb hat Tom gewollt, dass ich es hole. Er muss Elektra erkannt haben. Wieso hat er es uns nicht verraten? Wir hätten das Medaillon gar nicht aus der Hand gegeben.«

Nachdenklich tippte Anna mit den Fingern auf den Unterarm. »War John nicht bei euch, als ihr es gefunden habt?«

Zögerlich schüttelte Mayla den Kopf, bis sie sicher war. »Nein, erst später. Auf dem Mont-Saint-Michel waren Georg, Tom und ich unter uns.«

Madeleine blickte aus den hohen Fenstern der Kathedrale.

»Es kann sein, dass er das Bildnis nicht kennt. Kurz nach meiner Bestrafung hat Bertha das Anwesen verlassen und wie schon erwähnt hing das Porträt in ihrem geheimen Zimmer.«

Ungläubig fasste sich Mayla an die Stirn. »Glaubst du, sie hat es mitgenommen?«

Madeleine zuckte mit den Achseln. »Ich denke schon. Wahrscheinlich finden wir es entweder in dem Hotel oder an diesem Ort – oder sie hatte weitere Verstecke.«

»Wovon wir ausgehen müssen«, fügte Anna hinzu.

Nachdenklich blickte sich Mayla in der Kathedrale um. »Lasst uns diesen Ort durchsuchen. Vielleicht finden wir irgendwo ein Versteck.«

Die beiden anderen nickten und sogleich legten sie los. Doch schon bald mussten sie feststellen, dass sich außer dem Altar, auf dem die alten Schalen lagen, keine weiteren Gegenstände und kein weiteres Mobiliar in der Ruine befanden. Sie betasteten den Boden und versuchten mit Suchzaubern Verstecke ausfindig zu machen, aber sie fanden nichts. Ernüchtert kamen sie wieder zusammen.

»Was jetzt?«, fragte Anna, die perfekt gezupften Brauen fragend hochgezogen. Früher hatte Mayla diese Mimik eingeschüchtert. Mittlerweile hatte sie erkannt, dass Anna die meiste Zeit skeptisch und streng wirkte, obwohl ihr Herz treu und aufrichtig war.

»Ich bin immer noch davon überzeugt, dass wir hier oder in dem Hotel etwas finden können.« Madeleine wies mit der Hand auf die Umgebung. »Immerhin hat sie die letzten Jahre in dem Hotel verbracht und als einzige diese Weltenfalte genutzt. Wo, wenn nicht hier, sollte sie etwas derart Wertvolles verstecken?«

Unschlüssig sah sich Mayla um.

»Ich verstehe, was du meinst. Lasst uns einfach die Weltenfalte außerhalb der Kathedrale absuchen. Vielleicht finden wir etwas.«

Anna wies in den Himmel. Die Dämmerung legte sich allmählich über den Wald. »Lasst uns sofort loslegen. Es wird langsam dunkel.«

Ohne zu zögern, liefen sie aus der Kathedrale auf den Lindenhain hinaus und sahen sich zunächst unschlüssig um.

»Am besten, wir teilen uns auf«, schlug Madeleine vor.

Mayla schoss Gänsehaut über die Arme. Der Wald wirkte zwar nicht düster und bedrohlich, dennoch wurde es dunkel und sie befanden sich immerhin in einer Weltenfalte, in der Bertha viele Jahre ihres Lebens gehaust hatte. Das reichte, um ihr ein beklemmendes Gefühl zu vermitteln. Ehe sie etwas dagegen sagen konnte, stimmte Anna Madeleine zu.

»Wer etwas findet, ruft die anderen, ansonsten treffen wir uns wieder unten am Hotel. Ich laufe in diese Richtung.« Und ohne abzuwarten, stapfte Anna gen Norden davon.

»Ich gehe dort entlang.« Ebenfalls ohne auf Maylas Reaktion zu warten, verließ Madeleine sie in Richtung Osten.

Kopfschüttelnd sah Mayla den beiden hinterher. Die perfekten Teamplayer waren sie nicht, aber wenigstens halfen sie ihr.

Unschlüssig blickte sie von Westen nach Süden und wählte den Weg dazwischen. Unter ihren Absätzen knisterte das Laub des Vorjahres, während sie einen Schritt vor den anderen setzte. Es wurde allmählich dunkel, nicht lange und sie stünde in völliger Finsternis. Besser, sie beeilte sich – zumal sie in der Dunkelheit ohnehin nur schwer etwas finden konnte.

Der Wald veränderte sich nicht. Ein Lindenbaum stand neben dem anderen, einzelne Sträucher wuchsen dazwischen. Als sie eine Weile marschiert war, ging der Hügel wieder abwärts und sie sah in nicht allzu großer Ferne die zweite Hälfte des Frühstückssaals von Bertha. Sonderlich groß war die verborgene Weltenfalte offenbar nicht. Sie wanderte über den Hang, suchte zwischen den Linden nach einer weiteren Bleibe oder einem Versteck, einer Hütte, einer Höhle, doch sie entdeckte nichts. Die Bäume wuchsen nicht sonderlich dicht, weshalb ihre Sicht verhältnismäßig frei war, dennoch war nichts Auffälliges zu finden.

Wahrscheinlich hatte Bertha wirklich nur die alte Magie der Kathedrale für die Vereinigung der Magie genutzt. Viele Jahre war sie vermutlich nach einem solchen Ort auf der Suche gewesen. Und als sie ihn gefunden hatte, erwarb sie das Hotel, damit sie sich alleine den Zugang zu der verborgenen Weltenfalte sichern konnte.

Wenn es stimmte, was Madeleine vermutete, dass diese Stätte einst von den Hohepriesterinnen genutzt und anschließend versiegelt worden war, mussten Berthas Kräfte schon damals außergewöhnlich gewesen sein, wenn sie in der Lage war, den Schutz der Hohepriesterinnen zu durchbrechen. Wahrscheinlich war es gut, dass Madeleine nicht mit Tom als Kind geflohen war. Es war mehr als wahrscheinlich, dass Bertha den durch die Hohepriesterinnen geschützten Ort hätte ausfindig machen können. Und wer wusste schon, was dann mit Tom und Madeleine geschehen wäre …

Mayla schlenderte weiter, nichts hörte sie von Madeleine und Anna, bis sie die Stelle des Hotels sah, an der sie sich treffen wollten – als ein lauter Schrei die Stille durchbrach.

Alarmiert horchte Mayla auf. Der Schrei war aus dem Wald gekommen, von recht weit oben auf dem Hügel. Ohne zu überlegen, rannte sie los. Sie hetzte den kleinen Berg empor, als sie eine Bewegung zu ihrer Linken ausmachte. Es war Madeleine. Dann musste es Anna gewesen sein, die geschrien hatte.

Madeleine blickte wortlos zu ihr. Rasch liefen sie bergauf, bis sich die Kathedrale vor ihnen erhob und sie Stimmen hörten.

»Wo ist sie hin, verdammt?«

Fragend sah Madeleine Mayla an, doch sie zuckte mit den Schultern. Sie hatte die Stimme nicht erkannt.

»Weit kann sie nicht sein, ich habe sie gesehen.«

Mayla klappte der Mund auf. Das war Marianna Lauber. »Jäger« formte Mayla deutlich mit den Lippen und Madeleine nickte verstehend. Sie winkte sie näher, worauf Mayla zu ihr schlich, sorgsam darauf bedacht, nur auf den Erdboden und nicht auf das trockene Laub zu treten.

»Habt ihr schon in der Kathedrale nachgesehen? Was ist das überhaupt für ein Ort? Ich kenne ihn nicht.« Marianna konnte nicht weit entfernt sein, so laut, wie ihre Stimme klang.

»Hier hat sie damals die alte Magie vereint.«

Mayla erblasste. Die Stimme kannte sie, und den italienischen Akzent erst recht. Eduardo de Luca.

Die beiden steckten also unter einer Decke.

»Quaere Annam!«, rief der Italiener unvermittelt, worauf Mayla ein Glitzern durch den Wald huschen sah, das in Richtung von Berthas Hotel verschwand. Dem Knistern nach zu urteilen, folgten Marianna und Eduardo dem Zauber hügelabwärts.

Unsicher schaute Mayla Madeleine an, die auf ein paar Büsche wies, hinter denen sie sich ebenfalls nach unten auf das Hotel zubewegen konnten. Madeleine zeigte mit dem Finger auf ihre beiden Füße und schloss kurz die Augen. Vermutlich sprach sie etwas wie den Obsurdesce-Zauber. Wahnsinn, Mayla hatte nicht gewusst, dass man ihn außerhalb von Gebäuden nutzen und auf Hexen übertragen konnte. Als sie weiterliefen, war es egal, wohin sie traten. Ihre Schritte verursachten keinen Laut.

So schnell sie konnten eilten sie zurück zu dem Hotel, wo Anna Eduardos Zauber zufolge hingerannt war, nachdem die Jäger sie gefunden hatten. Aber was taten Marianna und Eduardo hier? Wie hatten sie ihre Spur gefunden?

»Wir brauchen das Medaillon. Schnell, bevor sie damit abhaut!«, drang Mariannas herrische Stimme zu ihnen.

Alarmiert wechselten Madeleine und Mayla einen Blick. Hatten die Jäger mit ihrem Zauber, der sie hergeführt hatte, Anna gefunden oder das Medaillon? Lag auf einem von beidem ein Verfolgungszauber? Oder war das derselbe Spruch, mit dem Marianna in der Lage gewesen war, Emma jederzeit und überall zu finden, bevor die Hohepriesterinnen sie versteckt hatten?

»Selbst wenn sie abhaut, kannst du sie problemlos wiederfinden.« Eduardos Kommentar ließ Maylas Herz panisch schneller schlagen.

»Ich habe aber keine Lust, der dummen Gans durch die halbe Welt hinterherzujagen!« Mariannas Stimme überschlug sich, so schrill wurde sie. Hoffentlich bedeutete das, einige Dinge liefen nicht nach Plan.

Eduardo fluchte und die Geräusche seiner Schritte blieben aus. »Verdammt, sie ist nicht mehr hier! Der Zauber bleibt an dieser Stelle. Sie muss mit einem Amulettschlüssel fort-gesprungen sein.«

Mayla winkte Madeleine zu sich und umfasste ihre Hand. Ohne ein Wort zu sprechen, griff sie nach ihrem Amulett-schlüssel und sprang mit Toms Mutter in den Wald nahe der polnischen Grenze. Sie stellte sich den Ort vor, an dem vermutlich noch immer der Korbstuhl stand, den Mayla sich gezaubert hatte, nachdem Anna gegangen war. Dieser Wald war Annas Zuflucht und die Erdhexe würde wissen, dass Mayla von nun an immer zuerst dort nach ihr suchte.

Sie landeten mit den Füßen auf Tannennadeln und sogleich stürmte Anna auf sie zu. »Zum Glück, da seid ihr. Ihr habt mich gefunden. Die Jäger waren da. Entschuldigt, dass ich abgehauen bin, aber sie haben es auf das Medaillon abgesehen und ich wusste nicht, wie ich euch warnen kann. Deshalb habe ich so laut wie möglich geschrien. Habt ihr die Jäger gesehen?«

Hektisch nickte Mayla. »Ja, sie können entweder dich oder das Medaillon orten. Wir sind hier nicht sicher. Nir-gends auf der Welt.«

Madeleine streckte Anna die Hand entgegen, Maylas hatte sie gar nicht losgelassen. »Kommt, ich kann uns ver-stecken.«

Anna zögerte nur für einen Wimpernschlag, dann trat sie den letzten Schritt auf Madeleine zu und legte ihre Hand um ihre und Maylas. Ein Glitzern wanderte durch den Wald, während Madeleine den Zauber dachte. Als sich die Bäume um sie herum zu drehen begannen, tauchten zwischen den Linden drei Personen auf, die keifend einen Fluch auf sie hetzten. Der rote Blitz schien das einzig konstante in dem Wirbel aus Farben. Ungebremst zischte er auf sie zu. Schon glaubte Mayla die Hitze zu spüren, als der Wald mitsamt des roten Lichts verschwand und sie in der Tempellandschaft der Hohepriesterinnen landeten.

Als hätten sie einen stummen Alarm ausgelöst, kamen Teresa und Ignatia sogleich aus den Schatten der Tempel auf sie zugestürmt. »Was tut ihr hier?«

Ignatia schnaubte. »Madeleine, du hast nicht ernsthaft noch eine Hexe hergebracht, die auf unserem geheiligten Boden nichts zu suchen hat.« Anklagend wies sie auf Anna, die sich mit zusammengekniffenen Augenbrauen umsah. Die Gegend lag im Dämmerlicht und die Umrisse der alten Tempel zeichneten sich vor dem dunkelblauen Abendhimmel ab, worauf die Erdhexe einen beeindruckten Pfiff ausstieß.

»Wir hatten keine Wahl.«

Madeleine streckte Anna die Hand entgegen, die daraufhin das Medaillon in ihre Hand gleiten ließ. »Die Jäger können uns finden, nur hier sind wir vor ihnen sicher.« Sie hielt den beiden Hohepriesterinnen das Medaillon unter die Nase, aber Ignatia betrachtete es nicht.

»Wie lange bleibt dieser Ort sicher, wenn sich hier immer mehr Unbefugte aufhalten? Der Schutz bröckelt, wenn es zu viele werden, ganz zu schweigen davon, dass unsere Existenz geheim bleiben muss.«

Teresa ignorierte Ignatias Vorwürfe und betrachtete das Medaillon, soweit es in der Dämmerung möglich war. »Was ist das für ein Schmuckstück?«

»Tom hat mir gesagt, dass wir damit den magischen Stein des Metallzirkels finden können.« Mayla blickte über Teresas Schultern hinweg, doch sie konnte weder die anderen Hohepriesterinnen noch ihre Tochter entdecken. »Wo ist Emma?

Geht es ihr gut? Ist sie bei euch wirklich in Sicherheit, wenn wir bleiben? Oder stimmt es, was Ignatia sagt? Dann springe ich sofort weg. Lieber bin ich die ganze Nacht auf der Flucht, als dass Emma etwas zustößt.«

Beschwichtigend legte Teresa eine Hand auf Maylas. »Wir können euch beschützen, diese Nacht. Aber morgen solltet ihr aufbrechen.«

»Seid ihr sicher?«

»Nun, da unsere fehlende Schwester an unserer Seite ist, auf jeden Fall.« Gütig lächelte sie Madeleine an. »Emma geht es gut, allerdings vermisst sie ihre Oma.«

Madeleines Mundwinkel zuckte. »Wo ist sie?«

»Sie liegt im Tempel der Kraft. Ich hatte das Gefühl, der Ort tut ihr gut.«

Maylas Puls beschleunigte sich. »Wieso? Was meinst du damit? Geht es ihr doch nicht so gut? Ist ihr schwindelig oder hat sie geweint?«

Madeleine und Teresa tauschten einen Blick, bis sich Madeleine ihr zuwandte und das Medaillon in ihre Hand legte. »Mach dir keine Gedanken, Mayla. Du kannst leider nicht zu ihr, aber ich werde nach ihr sehen. Wenn sie wach ist, werde ich sie mit rausbringen. Macht ihr es euch solange bequem.« Mit den Worten verschwand sie in den Schatten der Tempel.

Am liebsten wäre Mayla hinter ihr hergestürmt, um ihre Tochter zu sehen, stattdessen verschränkte sie die Arme vor der Brust.

»Emma geht es gut, Mayla. Mach dir keine Gedanken.« Auf einen Wink von Teresas Hand verwandelten sich ein paar grobe Steine in gemütliche Liegen voller Kissen und Decken, die an antike Lagerstätten erinnerten. Darüber erschien ein Baldachin. Irgendwo aus der Dunkelheit – vermutlich aus der Küche der Hohepriesterinnen – kamen eine Karaffe mit frischem Wasser und eine Schale Trauben angeflogen.

Unruhig ließen sich Mayla und Anna auf ihrem Schlaflager nieder, während Teresa ebenfalls in den Schatten der Tempel verschwand, um mit ihren Schwestern zu reden.

»Können wir ihnen trauen?«, raunte Anna, als sie sich unbeobachtet glaubten.

»Sie beschützen meine Tochter. Mehr Vertrauen kann ich ihnen wohl kaum entgegenbringen.«

»Aus welchem Grund beschützen sie sie?«

Mayla gähnte. Allmählich wich das Adrenalin aus ihren Adern. »Weil sie eine von ihnen ist.«

Anna erwiderte nichts darauf. Still machte sie sich auf dem Schlaflager lang, obgleich sie ihren Zauberstab nicht aus der Hand legte.

Kapitel 19

Mayla war hundemüde und am liebsten hätte sie sich auf den weichen Polstern ausgestreckt und wäre eingedöst.

Doch sie wollte warten, was Madeleine sagte, wenn sie zurückkehrte – gleichwohl ihr eine kleine Stimme zuflüsterte, dass Emma wahrscheinlich bereits schlief und sie ihren kleinen Stern heute Abend nicht mehr in die Arme schließen konnte.

Anna schien es ähnlich zu ergehen. Sie gähnte laut und setzte sich wieder aufrecht hin – vermutlich, damit sie nicht mitten in der Unterhaltung einschlief. »Wie gehen wir morgen vor?« Sie gähnte erneut.

Mayla hob fragend die Schultern, was in der beginnenden Nacht kaum zu sehen war. In der Ferne brannten ein paar Feuer in Schalen und warfen einen flackernden Schein auf die Tempellandschaft.

»Wir brauchen auf jeden Fall einen Plan, bevor wir hier fortspringen. Vielleicht können uns die Hohepriesterinnen helfen, wie wir den Metallstein finden können. Ansonsten würde ich sagen, wir springen wieder zu der Zitadelle, holen Tom und die restlichen Steine und suchen mit ihm gemeinsam nach dem fehlenden letzten Bruchstück.«

»Tom holen, bevor wir den Stein haben? Die Jäger werden uns an den Fersen kleben.«

»Werden sie das nicht ohnehin?« Mayla klang entspannter, als sie sich fühlte. Ihr wurde mulmig zumute bei dem Gedanken, ab morgen früh von Marianna und ihren Leuten verfolgt zu werden. Wobei … »Die Jäger sind uns wegen des Medaillons gefolgt, richtig?«

Anna nickte. »Richtig.«

»Und sie haben weder Madeleine noch mich gesehen, nur … dich.«

Anna rückte auf ihrer Liege noch höher, sodass sie sich mit dem Rücken anlehnen konnte. »Du meinst, sie werden mich verfolgen und nicht das Medaillon.«

»Genau. Als Eduardo den Suchzauber ausgesprochen hat, war es dein Name, den er verwendet hat. Ich habe es eindeutig gehört. Vielleicht starten sie morgen auf die gleiche Weise.«

Anna schnipste. »Du hast recht. Das Medaillon können sie nicht orten, sonst hätte Marianna es vor dir auf dem Grab gefunden. Nach mir werden sie suchen. Folglich trennen sich unsere Wege bei Morgengrauen. Ich werde sie ablenken.«

Zögernd wandte sich Mayla ihr zu. »Verdammt, das ist zu gefährlich für dich alleine.«

»Was zu gefährlich für mich ist, Feuerhexe, entscheide ich selbst. Was ich mich allerdings frage, ist, woher sie wussten, dass ich das Medaillon bei mir habe. Glaubst du, Pierre …?« Unbeendet ließ sie die Frage in der Luft hängen.

Entschieden schüttelte Mayla den Kopf.

»Das glaube ich nicht. Ein weiterer Verräter auf der Burg? Wieso sollte Pierre mit den Jägern zusammenarbeiten? Nein, das will ich nicht glauben. Es muss eine andere Erklärung geben.«

»Du bist so naiv!«

»Nein, das bin ich nicht, aber ich vertraue den Menschen, die an meiner Seite gegen Vincent und Bertha gekämpft haben.«

Anna schnaubte. »Wieso bist du dann von Burg Donnersberg abgehauen und kehrst nicht mehr dorthin zurück?«

»Weil sie mich enttäuscht haben. Sie haben Tom verraten, verdächtigen ihn, trotz allem, was er damals getan hat. Das heißt aber natürlich noch lange nicht, dass sie mit den Jägern zusammenarbeiten. Vielmehr werfen sie ihm das vor, was ihnen all die Jahre von der Gesellschaft vorgeworfen wurde, verflucht!« Obwohl ihr noch mehr auf der Zunge lag, schluckte sie die Vorwürfe hinunter. Sie wollte den Glauben in ihre eigentlichen Verbündeten nicht verlieren. Und gegen sie wettern wollte sie auch nicht.

»Deine Rede in allen Ehren, aber dann verrate mir deine Theorie. Woher wissen die Jäger, dass mir Pierre auf Burg Donnersberg das Medaillon gegeben hat?«

Mayla biss sich auf die Unterlippe. Sie wusste es nicht. »Hat euch jemand beobachtet? Wer wusste, dass du auf der Burg bist?«

Anna überlegte. »Ich habe alle vom Inneren Kreis gesehen, als ich dort war, selbst John und Andrew. Es war nicht gerade unauffällig, als Pierre mir das Medaillon gegeben hat, allerdings waren wir zu dem Zeitpunkt in der Bibliothek unter uns.«

»John und Andrew?« Konnte es sein? »Die zwei werden wohl kaum zu den Jägern übergegangen sein, egal wie bescheuert sie sich aufgeführt haben, oder?«

»Absolut. Vielleicht … denken wir zu kurz.«

Madeleine trat zu ihnen und unterbrach sie in ihren Grübeleien. »Sie haben das Medaillon anhand der pulsierenden Magie in seinem Inneren gefunden.«

Stirnrunzelnd sahen Mayla und Anna auf. »Wie bitte?«

»Im Inneren des Medaillon ist Metallenergie verborgen. Marianna muss diese Magiespur beobachtet haben. Auf Burg Donnersberg sich das Medaillon zu holen, hat sie offenbar nicht gewagt, aber als sie bemerkt haben, dass sich jemand mit dem Medaillon durch die Weltenfalten bewegt, sind sie seiner Spur gefolgt.«

Anna murmelte etwas auf polnisch. »Also kein weiterer Verräter auf Burg Donnersberg?«

»Wieso hat Marianna dann das Medaillon nicht sofort auf dem Grab gefunden?«, ging Mayla auf ihre frühere Überlegung ein.

»Weil sie es nicht exakt lokalisieren kann.«

Interessant. Zum Glück bestätigte sich dadurch Maylas Überzeugung, dass sie wirklich niemand ihrer ehemaligen Verbündeten verraten hatte. »Wie geht es Emma?«

»Sie schläft. Es geht ihr gut. Karamella kuschelt an ihrer Seite und sagt ihr, dass wir heute Nacht hier waren und auf sie aufgepasst haben. Das wird sie freuen.«

Mayla nickte und schluckte. Es war ein seltsames Gefühl, ihre Tochter unweit in einem Tempel zu wissen, den sie selbst nicht betreten durfte. Entschieden widmete sie sich wieder den Überlegungen – auf keinem anderen Weg konnte sie ihre Tochter schneller zurückgewinnen. »Wir haben gerade überlegt, dass die Jäger, nachdem sie uns in der Weltenfalte überrascht haben, nach Anna gesucht haben, nicht nach dem Medaillon.«

Madeleine nickte. »Und Anna will sich morgen als Köder jagen lassen?«

»Das werde ich. Und ihr findet in der Zeit den Stein.«

»Keine schlechte Idee. Ich werde mit meinen Schwestern einen Zauber sprechen, damit es so aussieht, als wäre noch immer Metallenergie in deiner Nähe. Wenn es wirkt, werden die Jäger wirklich nur dir hinterherjagen und uns kaum Beachtung schenken.« Nachdenklich sah Madeleine Anna an. »Unbegleitet ist das aber verdammt gefährlich. Bist du dir sicher, dass es niemanden gibt, der an deiner Seite kämpfen wird, falls dich die Jäger erwischen?«

Anna zögerte.

»Was ist mit Susana und Nora, deinen besten Freundinnen?«, warf Mayla ein.

»Ich will sie nicht in Gefahr bringen.«

Mayla neigte den Kopf. »Wenn es anders herum wäre, würdest du nicht wollen, dass sie dir Bescheid sagen?«

Anna erwiderte nichts darauf. Während sie mit sich haderte, wandte sich Mayla an Madeleine.

»Kannst du deine Hohepriesterinnenkräfte nutzen, um zumindest einzugrenzen, wo der magische Stein des Metallzirkels ist?«

Sie schüttelte den Kopf. »Berthas Schutz liegt darauf. Wenn sie nicht tot wäre, gäbe es für uns gar keine Möglichkeit, den Stein zu finden. Aber durch ihr Ableben sind ihre Kräfte weniger stark. Ohnehin ist es verwunderlich, dass sie noch andauern, obwohl sie tot ist. Normalerweise erlischt jeder Zauber, sobald man seinen letzten Atemzug getan hat.

Kurz gesagt, nein, ich kann den Stein nicht orten. Hat dir Tom nicht verraten, wie wir das Medaillon nutzen sollen?«

Resignierend hob Mayla die Schultern. »Hat er nicht und ich habe auch keine Idee. Deshalb denke ich, wir sollten morgen früh, bevor die Jäger mit uns rechnen, Tom befreien, die magischen Steine nehmen und mit ihm zusammen das letzte Bruchstück suchen.«

Madeleine lachte auf. »Du hast Feuer. Weißt du, was du da vorhast?«

Natürlich wusste sie, wie irrsinnig das klang. »Welche Wahl bleibt uns?«

Nachdenklich wiegte Madeleine den Kopf hin und her. »Ich befürchte, du hast recht. Und du, Anna, würdest du in der Zeit für uns den Lockvogel spielen und die Löwen aus ihrer Höhle locken?«

»Natürlich. Ihr könnt euch auf mich verlassen.«

Maylas Stimme war nur ein Flüstern. »Wirst du Susana und Nora Bescheid geben?«

Anna legte sich der Länge nach hin und schloss die Augen. »Das werden wir morgen sehen.« Am liebsten hätte Mayla auf eigene Faust einen Botschaftszauber an Annas Freundinnen geschickt, aber es stand ihr nicht zu, diese Entscheidung zu fällen. »Du solltest schlafen, Mayla. Der morgige Tag wird alles von uns abverlangen.«

Dankbar über die Aufforderung ließ sich Mayla auf ihr Kissenlager gleiten. Morgen würde sie Tom befreien. Morgen würde sie sich Marianna und ihren übermächtigen Kräften gegenüberstellen. Und morgen würde dieser Irrsinn hoffentlich ein Ende haben. Und sie würde ihre Oma im Krankenhaus besuchen, der die Heiler hoffentlich bereits helfen konnten.

Sie schloss die Augen und stellte sich vor, wie sie morgen Abend am Bett ihrer Tochter saß, ihr über die dunklen Locken strich und ihr sagen konnte: »Jetzt ist alles wieder gut, mein Schatz.«

∞

Jemand rüttelte Mayla an der Schulter und träge regte sie sich. »Was ist?«

»Aufstehen, es geht los.«

Schlaftrunken richtete sich Mayla auf. Es war stockdunkel. Nicht einmal der Beginn der morgendlichen Dämmerung zeichnete sich irgendwo ab. Madeleine hatte eine Laterne neben die Schlafstätte gestellt, die sie entzündete, sonst hätte Mayla selbst die Hand vor Augen nicht gesehen. Der Schein beleuchtete Madeleines Gesicht. Sie sah müde aus. Hatte sie überhaupt geschlafen?

Mayla streckte sich. »Ist es nicht etwas früh?«

Madeleine hielt ihr eine Tasse unter die Nase und der Geruch von frisch aufgebrühtem Kaffee belebte ihre Sinne.

»Himmel sei Dank, das riecht fantastisch.«

»Sollen wir gleichzeitig losspringen?«, fragte Anna.

»Ich halte das für das Vernünftigste.« Madeleine kramte in Maylas Handtasche und hielt ihr die Pralinenpackung unter die Nase. »Brauchst du sonst noch etwas, um wach zu werden?«

Mayla gähnte. »Danke, das ist perfekt.« Sie nippte an ihrem Kaffee, der wunderbar stark war. Etwas zu wenig Milch vielleicht, aber sie würde jetzt bestimmt nicht zu mäkeln anfangen. »Hast du Susana und Nora Bescheid gegeben?«

Als Anna nickte, musste Mayla lächeln.

»Gute Entscheidung, Anna. Alles andere hätten sie dir übel genommen.«

»Das haben die zwei auch gesagt. Wir treffen uns in zehn Minuten. Schafft ihr es bis dahin?«

Madeleine warf Mayla einen fragend Blick zu, die erneut herzhaft gähnte und sich streckte. »Klar, ich bin mehr als bereit. Heute hole ich mir meine Familie zurück, aber vorher muss ich mich kurz frisch machen. Kann ich mir irgendwo eine Ladung kaltes Wasser ins Gesicht klatschen?«

Madeleine wies in die Finsternis. »Dort entlang steht ein Brunnen.«

Ein Brunnen … Besser als nichts. Mayla machte sich mit Kaffee und Praline auf den Weg und tapste in die Dunkelheit. Wenig später und erfrischt kehrte sie zu den anderen zurück. Der Kaffee war leer, die Praline aufgefuttert und sie selbst einsatzbereit. »Wie gehen wir vor, Madeleine? Springen wir direkt in die kleine Weltenfalte in der Zita-delle?«

»Das wollte ich auch vorschlagen. Die Jäger wissen nicht, dass es sie gibt – sofern sie sie nicht durch Zufall entdeckt haben.«

»Positiv denken schadet nie. Also, bist du bereit Anna?«

Die Erdhexe nickte und überreichte ihr das Medaillon, das Mayla mit sich tragen würde. Sobald sie Tom befreit hatten, konnten sie zusammen den Stein des Metallzirkels suchen. Sie überlegte es in ihre Handtasche zu stecken, direkt unter die Pralinenschachtel und die Schatulle mit den Schmuckstücken aus Toms Nachtschränkchen, doch dann entschied sie sich dagegen. Sie befestigte es an der Kette um ihren Hals, an der das Schutzamulett hing, und verabschie-dete sich von Anna. »Vielen Dank, dass du Tom und mir hilfst. Wenn du allerdings irgendwelche Bedenken hast, musst du das nicht tun. Ich wette, wenn du auf Burg Donnersberg springst, werden dir alle gegen Marianna beistehen.«

Anna winkte ab. Ihre Mundwinkel zuckten, als wolle sie lächeln. »Danke, Feuerhexe, allerdings würde ich aus Furcht niemals einen guten Plan über den Haufen werfen. Viel Glück.«

Gleichzeitig umfassten sie ihre Amulettschlüssel. Nur die kleine Kerze in der Laterne spendete ihnen Licht, während sie sich in die Augen sahen und die notwendigen Sprüche dachten. Als das Glitzern erschien und sich die Dunkelheit vor ihnen zu drehen begann, schickte die Sonne ihre ersten Strahlen an den Himmel und ein feines Dämmern war im Osten auszumachen. Es erschien Mayla wie der ersehnte Hoffnungsschimmer am dunklen Horizont.

Als sie neben Madeleine in der winzigen Weltenfalte auf der Zitadelle landete, empfing sie absolute Finsternis. Einen Moment blieben sie still stehen und lauschten. Nichts war zu hören. »Hoffentlich ist Tom wieder hier«, flüsterte Mayla.

»Noch brauchst du nicht zu flüstern. Sie sehen die Weltenfalte nicht, folglich können sie uns nicht hören. Und ja, das hoffe ich auch, aber sie werden ihn wohl kaum in dieselbe Zelle gesteckt haben.«

Das vermutete Mayla ebenfalls. »Lass uns einen kleinen Moment warten, damit sie Annas Spur aufnehmen können.«

»Ist gut, aber höchstens fünf Minuten. Wir sollten die frühe Stunde nutzen. Um die Zeit rechnen sie bestimmt nicht mit uns.«

Halbherzig lachte Mayla auf. »Um die Zeit hätte nicht einmal ich mit mir gerechnet.« Sie gähnte erneut, der letzte

Rest Müdigkeit entschwand ihren Lippen und sie straffte die Schultern. Obwohl ihr Herz sich beklommen zusammenzog, würde sie heute alles geben und für ihr Glück kämpfen.

Die Zeit verflog in Windeseile. Ruck zuck waren die fünf Minuten verstrichen. Noch immer drang kein Geräusch zu ihnen. Wer wusste schon, wo sich die Jäger normalerweise aufhielten?

»Bereit?«, fragte Madeleine.

Mayla nickte, blies eine kleine Flamme auf ihre Fingerspitze und gemeinsam überquerten sie die magische Grenze. Auf leisen Sohlen liefen sie zu der Treppe, die in den Keller führte, und schlichen die vielen Stufen hinunter. Als sie den Keller betraten, sahen sie sich um. Zu den Seiten erstreckte sich wie beim letzten Mal eine menschenunwürdige Zelle neben der anderen, in der dieselben scheinbar leblosen Gestalten lagen wie den Tag zuvor. Wieder reagierte niemand auf sie oder auf das schwache Licht. Wie gerne hätte Mayla sie alle sofort befreit, aber Madeleine würde zu viel Energie verbrauchen, um die Metallzauber der einzelnen Schlösser zu knacken. Außerdem reichten ihrer beider Kräfte niemals aus, um alle hinauszutragen oder zu heilen, geschweige denn, um es anschließend mit Marianna und den Jägern aufzunehmen. Trotzdem hämmerte das schlechte Gewissen durch Maylas Kopf, während sie die Reihen der Gefangenen passierten.

Als sie der hinteren Tür näher kamen, hielt sie unweigerlich die Luft an. Lag Tom doch wieder in der letzten Zelle? Sobald sie in den abgetrennten Bereich blicken konnte, stieß Mayla erleichtert den Atem aus. Tom war nicht da. War das gut oder schlecht? Einerseits war er nicht wieder derart kraftlos und gebeutelt, vielleicht sogar gefoltert worden, andererseits bedeutete das, sie mussten ihn in den Untiefen dieses alten Gebäudes finden. Wo hatte Marianna ihn hingebracht? In ein verstecktes Zimmer auf diesem Areal oder gar an einen völlig anderen Ort?

»Ich bin mir sicher, dass sie sich irgendwo hier verbergen«, antwortete Madeleine auf ihre unausgesprochene Frage, die Stimme gedämpft. »Die Steine befinden sich an diesem Ort, davon haben meine Schwestern und ich uns überzeugt, bevor wir aufgebrochen sind. Und Marianna wird sich weder von den Steinen weit entfernen noch von Tom, der für sie die Absicherung ist, die Bruchstücke zu vereinen.«

»Wieso macht sie es eigentlich nicht selbst? Als Anhängerin des Metallzirkels wurde doch auch in ihr die alte Magie vereint.«

Madeleine antwortete nicht darauf. Stattdessen legte sie warnend den Finger an die Lippen, worauf Mayla sofort die Flamme auf der Fingerspitze ausblies. Hatte Madeleine etwas gehört? Angespannt lauschte sie in die Finsternis. Kein Geräusch drang bis zu ihnen, keine Stimmen, keine Schritte oder sonst etwas. Fragend sah sie zu Toms Mutter, deren Umrisse sich derart schemenhaft in der Finsternis abzeichneten, dass Mayla ihren Gesichtsausdruck nicht erkennen konnte.

Madeleine nahm sie bei der Hand und zog sie langsam weiter. Okay, sie wollte offenbar die Tür durchschreiten. Hoffentlich war dahinter kein hell beleuchteter Raum, sonst flogen sie sofort auf.

Mit angehaltenem Atem beobachtete Mayla, wie Madeleine in aller Langsamkeit die Tür aufschob. Sie war nicht verschlossen, doch sie knarzte leise. Sofort hielt Madeleine in der Bewegung inne. Als niemand reagierte, schob sie den

Zugang bedachtsam weiter auf. Mit jedem Zentimeter, den die Tür aufging, entspannte sich Mayla. Würden in dem Raum oder Gang dahinter Kerzen brennen, wäre der Lichtschein längst zu ihnen gedrungen, und befände sich dort einer ihrer Feinde, hätten sie sich längst gegen diverse Flüche verteidigen müssen.

Vorsichtig linsten sie in die dahinterliegende Finsternis, als Madeleine erneut ihre Hand umfasste und sich mit den Lippen Maylas Ohr näherte, die Stimme nur ein Flüstern. Wie sie in der Finsternis so gut sehen konnte, war Mayla ein Rätsel. Wahrscheinlich waren ihre Augen geübt darin, sich in der Dunkelheit fortzubewegen.

»Lass uns versuchen, eine verborgene Falte zu öffnen. Auch wenn die Steine sich in keiner befinden, verstecken sich Marianna und ihre Leute mit Sicherheit in einer, sonst wären sie den Betreibern der Zitadelle längst aufgefallen. Der karge Keller allerdings sieht mir nicht so aus, als würde er ihren Ansprüchen genügen.«

Mayla drückte Madeleines Hand, um ihre Zustimmung zu zeigen. Sie schloss die Augen und dachte: »Te aperi, munde contracte!«

Vielleicht bildete sie es sich nur ein, aber sie glaubte ein feines Glitzern durch den Raum schweben zu sehen, bevor sich der finstere Raum erweiterte, Licht zu ihnen drang – und ein ohrenbetäubender Alarm losging.

Kapitel 20

Der Alarmton schrillte durch den Keller, worauf Mayla und Madeleine zurückschreckten und sich in den Schatten verbargen. Bevor sie die Aufmerksamkeit auf sich lenkten, hob Mayla die Hände und dachte: »Averto!«, während sie sich laute Schritte vorstellte, die in die andere Richtung davonliefen. Gleichzeitig sprang von einem Sessel, der ihnen mit der Lehne zugekehrt war, ein junger Mann auf, Mitte zwanzig, Mayla kannte ihn nicht. Er blickte sich kurz um und eilte dann den Schritten hinterher.

Schnell legte Madeleine einen Tutare-Zauber auf sie, sodass der Alarmzauber verklang und es den Anschein machte, als wäre der Eindringling fortgerannt und niemand mehr in dem Raum verblieben. Als der Kerl von der Dunkelheit verschluckt wurde, hatten sie einen Moment, um die neu entdeckte Falte zu mustern.

Vor ihnen erstreckte sich ein von Kerzen an den Wänden hell erleuchteter Raum, in dem sich niemand sonst befand.

Es gab zwar einen weiteren Sessel neben dem anderen, doch in ihm saß niemand.

Vermutlich war der Typ eine Art Wachposten gewesen.

Der Raum wirkte wie ein Durchgangszimmer. Im hinteren Bereich setzte sich der Keller fort, wie sie ihn zuvor gesehen hatten und wohin der Wächter gerannt war, und zu den Seiten gingen Türen ab.

Unschlüssig sahen sich Madeleine und Mayla an.

»Lass uns einen Suchzauber verwenden.« Mayla hob bereits die Hände und dachte: »Quaere Tomem!« Ein Glitzern entwand sich aus ihren Fingerspitzen und jagte auf eine der Türen zu. Ohne zu zögern, liefen sie hinterher. Madeleine blieb konzentriert, um den Tutare-Zauber über ihnen aufrechtzuerhalten, damit nicht erneut der Alarmzauber losging, weshalb sie langsamer vorankamen als erwünscht. Aber sie mussten unbemerkt bleiben, sonst war Annas Ablenkung und die Gefahr, in die sie sich dadurch begab, sinnlos.

Vorsichtig drückten sie die Tür auf, durch die der Suchzauber verschwunden war, und fanden sich in einem weiteren Raum wieder, der einer Diele glich. Wieder gingen einzelne Türen davon ab. Hoffentlich verirrten sie sich nicht auf der Suche nach Tom. Der Raum war weniger hell erleuchtet als der vorherige. Ein dreiarmiger Kerzenständer stand auf einem Tisch in der Mitte, um den sich ein paar Stühle gruppierten. Niemand befand sich hier. Seltsam. Das geheime Versteck wirkte wie ausgestorben. Lag es wirklich an der Uhrzeit? Oder war der Großteil der Jäger bereits hinter Anna her?

Das feine Glitzern des Suchzaubers hielt auf eine Tür am hinteren Ende des Zimmers zu, die sie ebenfalls durchschritten. Sie gelangten in einen dunklen Korridor. Durch einen Seitenblick auf Madeleine bemerkte Mayla, wie sehr diese das Gesicht verkniff. Es kostete sie sichtlich Kraft, den Tutare-Zauber über ihnen aufrechtzuerhalten.

»Soll ich dich ablösen?«

Madeleine schielte den Gang entlang. »Das wäre gut. Ich wette, eine der nächsten Türen wird verschlossen sein, und mit meiner Magie bekommen wir sie leichter und vor allem leiser auf als mit deiner.«

Mayla schloss die Augen und stellte sich einen bläulichen Schild um sie beide herum vor, der ihre Anwesenheit vor dem Motus-Indica-Zauber verbarg.

Damals, als sie mit Tom zusammen Georg aus von Wickerts Gewahrsam befreit hatte, war sie diejenige gewesen, die den Zauber gesprochen hatte. Die Gewissheit, dass es ihr schon einmal gelungen war, bestärkte ihre Nerven. Sie dachte: »Tutare!«, worauf sich ein stabiler Schutzschild zu dem von Madeleine gesellte.

»Ich lasse meinen Zauber jetzt fallen.«

Hochkonzentriert nickte Mayla und als Madeleines Schutz brach und dennoch kein Lärm losging, entspannte sie. Es fiel ihr wesentlicher leichter als damals mit Tom. Lag es daran, dass ihre Kräfte gewachsen waren, oder daran, dass Tom sie nicht mit seiner Anwesenheit aus dem Konzept brachte? Dafür rannte ihr Herz in ungesundem Tempo durch ihren Brustkorb bei der Vorstellung, was Marianna mit ihm angestellt haben könnte. Ruhig bleiben, ruhig bleiben. Gleich würden sie ihn finden und befreien.

Als Madeleine loslief, blieb Mayla hinter ihr. Der Gang war zu eng, um nebeneinander zu gehen, außerdem war Madeleine diejenige, die schnell reagieren musste, falls ihnen jemand begegnete.

Der Korridor schien endlos und erleichtert atmeten sie auf, als sie endlich eine Tür erreichten, vor der das Glitzern einen Moment innehielt, bevor es durch das dunkle Holz verschwand. Wie zu erwarten, war die Tür mit einem großen Schloss gesichert, auf dem ein magischer Schutz lag. Madeleine löste ihn problemlos, worauf Mayla zögerte.

»Glaubst du, es ist eine Falle?«

»Das denke ich nicht. Sie wissen nicht, dass ich dir helfe, weshalb sie die Metallzauber nicht übermäßig verstärken. Unser Glück – und dabei sollte es bleiben. Laut Mariannas Meinung ist Tom der einzige, der auf unserer Seite steht und Metallzauber wirken kann.«

»Stimmt«, flüsterte Mayla und lauschte gespannt, während Madeleine in aller Vorsicht die Tür öffnete. Selbst wenn das Argument schlüssig war, rechnete sie jeden Moment mit einem Überfall. Doch wieder empfing sie nichts als gedämpftes Licht, als die Tür leise und ohne zu quietschen aufschwang. Und anstatt einer Gefängniszelle, in der Tom auf dem harten Erdboden lag, standen sie in einer geräumigen Bibliothek.

Die Wände waren mit dunklem Holz vertäfelt und ebenso dunkle Holzregale reihten sich nebeneinander, die über und über mit Schnitzereien verziert waren. Selbst der Boden war mit dunklen Holzdielen ausgelegt. Wer auch immer in diesem Raum arbeitete oder ihn erschaffen hatte, hatte viel Sorgfalt auf die Inneneinrichtung verwendet. Eine kleine Öllampe stand auf einem Sekretär an der gegenüberliegenden Wand, an dem niemand saß. Das aufgeschlagene Notizbuch und ein leises Schlurfen von Schritten verrieten allerdings, dass sich jemand in dem Zimmer befand. War es Tom?

Von dem Suchzauber war nichts mehr zu sehen. Folglich musste sich Tom in diesem Raum befinden. Am liebsten hätte Mayla laut nach ihm gerufen, doch es war klar, dass sie damit nur unnötige Aufmerksamkeit auf sich ziehen würden. Nebeneinander betraten sie das Zimmer, das nicht nur durch die dunkle Inneneinrichtung eine düstere Atmosphäre ausstrahlte.

Das leise Schlurfen kam näher, worauf Madeleine die Hände hob, bereit einen Zauber zu sprechen. Als sie in den Gang schielten, aus dem die Schritte kamen, ließ Madeleine die Hände sinken und schlich stattdessen weiter.

Irritiert folgte ihr Mayla und entdeckte eine Frau, die einen Stapel Bücher unter dem Arm trug und zurück in die Regale einsortierte. Sie lief gebückt, als laste die Bürde der Welt auf ihren Schultern. Ihr langer Rock schleifte auf dem Holzboden und ihre Bewegungen erschienen müde, kraftlos. Sie wandte ihnen den Rücken zu, weshalb Mayla ihr Gesicht nicht sehen konnte, zumal sich Madeleine zwischen den Bücherregalen breit aufbaute. Wer war sie? Da sie hinter einer verriegelten Tür arbeitete, hieß das, sie war eine Gefangene?

Als sie ihre Schritte hörte, blickte die Frau auf. Noch ehe Mayla das Gesicht sehen konnte, war es ihr, als kenne sie diese Person. Etwas an ihr kam ihr bekannt vor. Sobald sie die müden, aber vertrauten Augen erblickte, sackte ihr Herz tiefer und nur mit Mühe konnte sie den Schutzzauber aufrecht erhalten.

Es war Sarah, die Erzieherin von Emma.

»Was tun Sie hier?«, fragte Mayla aufgebracht, während Madeleine sich breitbeinig neben ihr aufstellte. Sie fragte nicht, wer das war. Offenbar hatte sie Tom, Emma und Mayla in letzter Zeit beobachtet und wusste deshalb, wie diese Frau zu Emma stand.

Tränen traten der Erzieherin in die Augen.

»Sie hat mich gezwungen. Ich wollte ihr nicht helfen, aber sie hat Leonie und Theodor in ihrer Gewalt. Ich hatte keine Wahl.«

Während Sarah zu weinen anfing, ratterte Maylas Hirn in Rekordtempo. Sarah war es gewesen, die ihr die Wanze untergejubelt hatte, die den Jägern mitgeteilt hatte, dass sie und Tom verlobt waren, und die zugelassen hatte, dass Emma beinahe entführt worden wäre.

Mayla musste sich zügeln, der Frau nicht sofort den Hals umzudrehen. Nur mit Mühe konnte sie ihre Stimme drosseln, sodass sie nicht lautstark durch den Keller brüllte. »Was haben sie mit den Jägern zu schaffen?«

»Sie wissen, dass mein Vater vor seinem Tod viel über die alte Magie geforscht hat. Ich musste ihnen eine Liste sämtlicher Bücher über die alte Zeit geben, die er in seinem Besitz hatte.«

»Haben Sie nur in dem Kindergarten gearbeitet, um uns auszuhorchen?«

Die Erzieherin ließ die Schultern sinken. »Ja, eigentlich bin ich Bibliothekarin. Es tut mir leid, ich wollte nicht, dass jemandem etwas geschieht. Als ich mich geweigert habe, auf ihre Forderungen einzugehen, haben sie meine Familie entführt.«

»Ihre Familie? Meinen Sie Ihre Kinder?«

Sarahs Schultern bebten. »Nein, meine Schwester und ihren Ehemann. Sie sind alles, was ich noch habe, seit mein Vater gestorben ist.«

Mayla schluckte.

Sie wollte diese Frau verurteilen und ihr einen verdammten Fluch auf den Hals hetzen, doch es regte sich ein wenig Verständnis für sie. »Wann ist das passiert?«

»Im Sommer, kurz bevor Emma ihren ersten Schnuppertag hatte.«

Mayla schüttelte ungläubig den Kopf, während sich die Puzzleteile in ihrem Kopf zusammenfügten. »Wir haben für Emma den Kindergarten ausgewählt, der am nächsten zum Hauptquartier des Feuerzirkels liegt. Wie die meisten anderen Feuerhexen. Und weil unter den Jägern Hexen sind, die früher einmal Feuerhexen waren, haben sie geahnt, wohin wir Emma schicken werden.«

Sarah nickte. Sie sah jämmerlich aus. »Es tut mir so leid. Ich wollte nicht, dass etwas geschieht, aber ich habe mich nicht getraut, dagegen aufzubegehren. Was hatte ich denn für eine Wahl?«

»Sie hätten sich Gott verdammt noch mal meiner Oma anvertrauen können! Als Feuerhexe wissen Sie doch, wie stark sie ist. Wir alle hätten Ihnen geholfen.«

Verzweifelt hob Sarah die Hände. »Das sagt sich so leicht, aber Marianna Lauber hat mir angedroht, meiner Schwester und ihrem Mann die Kehle durchzuschneiden, sollte ich nur ein Sterbenswörtchen darüber verlieren.«

»Wie lange sind Sie schon hier gefangen?«, schaltete sich Madeleine ein.

Die Erzieherin hob unsicher die Schultern. »Unmittelbar nachdem Emmas Entführung missglückt war und klar wurde, dass sie nicht zurück in den Kindergarten kommen würde.«

Verdammt. Alles in Mayla schrie danach, diese Frau anzuklagen, vor dem höchsten Gericht zu verurteilen, aber sie durfte nicht den Kopf verlieren. Trotz ihrer unbändigen Wut erinnerte sie sich daran, dass der Suchzauber sie hergeführt hatte. »Sie sind nicht alleine hier. Wo ist Tom?«

»Tom? Ihr Verlobter?« Sie runzelte die Stirn. »Den habe ich genauso lange nicht gesehen wie Sie.«

Wie bitte? Aber der Suchzauber … Fragend sah sie zu Madeleine, als ein aufdringliches Lachen in ihrem Rücken erklang und jemand laut klatschte. Ahnend drehten sie sich um. Marianna Lauber stand in der Tür und eine erschreckend große Anzahl an Jägern in dem Flur dahinter.

»Bravo, wie weit ihr gekommen seid. Habt ihr wirklich geglaubt, ich lasse euch so einfach durch meine Höhlen wandern und jemanden befreien, der mir einen Schwur geleistet hat?«

»Wo ist Tom?«, rief Mayla. Gleichzeitig konzentrierte sie sich stärker als zuvor auf den Schutzschild, der sie nicht länger vor dem Alarmzauber, sondern vor den Angriffen ihrer Feinde schützen musste.

Marianna lachte laut. »Den wirst du nie wiedersehen!«

Mayla entglitten die Gesichtszüge. Ihr Puls stolperte. »Was hast du mit ihm gemacht?«

»Ich habe gar nichts mit ihm gemacht, bloß er … tja … er hat mir einen Schwur geleistet. Kleiner Tipp: Das war nicht nur der Part, den du gehört hast.«

Ihr Herz klopfte schneller und schneller, panisch, verzweifelt. Wo war Tom? Doch sie atmete ruhig, um nach außen gelassen zu bleiben. Sie durfte sich nicht aus der Fassung bringen lassen, insbesondere wegen des Schutzzaubers. »Was meinst du?«

Marianna wickelte sich ihren langen Zopf um den Finger und beobachtete Mayla. Sie genoss es sichtlich, die Oberhand zu haben. Ihre Stimme wurde gespielt niedlich, als spräche sie mit einem dummen Kind. »Hat er dir das gar nicht erzählt? Ich dachte, ihr wollt heiraten.«

»Hör auf mit dem Spiel und sag uns, was du meinst!«

»Apropos uns, wer ist eigentlich die Verhüllte?« Lauernd beobachtete Marianna Madeleine, die sich bislang zurückgehalten hatte und jetzt gelassen die Hände in die Seiten stemmte, als gäbe es nichts zu befürchten.

»Mein Name ist völlig irrelevant. Wo Tom ist, hat dich Mayla gefragt!«

Mariannas Blick wurde lauernd. Sie drehte den Kopf, um unter Madeleines Kapuze zu schielen. »Bist du diejenige, die meine Metallzauber löst? Bist du etwa eine Verräterin?« Sie trat einen Schritt vor und hob den Zauberstab. Ein Blitz schoss daraus hervor, der auf den Schutzschild prallte.

Mayla biss die Zähne zusammen, um gegen die Jägerin standzuhalten, als es unvermittelt leichter wurde. Sie wagte einen kurzen Blick zu den Seiten und erkannte nicht nur Madeleine, die die Hand erhoben hatte, sondern auch Emmas Erzieherin, die ihren Zauberstab auf die Jäger richtete.

Mariannas Gesichtsausdruck wurde hart. Unnachgiebig beobachtete sie Sarah, die wie selbstverständlich neben Mayla trat.

»Du bist die Verräterin? Bist du dir sicher, dass du dich gegen mich stellen willst?«

Sarah presste die Lippen aufeinander. Würde sie ihnen gleich einen Zauber in den Rücken hexen? Doch sie blieb standhaft, sah Marianna in die Augen und verstärkte sogar den Schutz. »Unrecht bleibt Unrecht. Ich sehe nicht länger zu!«

Marianna lachte, aber es klang nicht so selbstgefällig wie die Male zuvor. »Dir ist schon klar, dass deine Schwester und ihr Mann deine Entscheidung werden ausbaden müssen, oder? Ich brauche noch jemanden, an dem ich den neuen Zauber üben kann, mit dem man angeblich jeden zum Reden bringt. Du weißt, welchen ich meine, richtig? Der, bei dem letzte Woche die alte Kräutersammlerin zusammengebrochen ist und seither wie eine Tote im Keller liegt. Vielleicht sollte ich einen von den beiden nehmen. Was meinst du? Ist das eine gute Idee?«

Maylas Wut brodelte und ehe sie sich versah, ließ sie den Schutz fallen, stürmte hinter dem Schildzauber der anderen beiden hervor, richtete die Hände auf die Jäger und brüllte: »Animo linquatur!«

Ein Strahl schoss aus ihren Fingerspitzen. Bevor ihre Gegner einen Schutz aufbauen konnten, traf der Zauber einige von ihnen mit voller Wucht, worauf sie bewusstlos zu Boden fielen. Die anderen waren zur Seite gehechtet.

Als hätten sie das Vorgehen verabredet, rannten Madeleine, Sarah und Mayla gleichzeitig los an den überrumpelten Jägern vorbei und zurück in den Korridor. Hinter sich zogen sie die Tür zu und Madeleine versiegelte sie rasch mit einem Metallzauber. Die Jäger würden ihn problemlos lösen können, doch besser als nichts war er allemal und er verschaffte ihnen ein paar Minuten. Kostbare Minuten.

»Lauft, lauft!«, drängte Madeleine, die bereits den Gegenzauber auf der anderen Seite der Tür spürte.

Sie rannten durch den düsteren Flur zurück in die Diele, in der das letzte Mal niemand gewesen war, aber nun standen vier Jäger als Wachen hinter der Tür. Überrumpelt von ihrem Auftauchen zögerten sie, während Mayla und Sarah in den Raum stürmten. Ein Gefecht entbrannte, Flüche stoben durch den Raum.

Mayla biss die Zähne zusammen und versuchte sich so zu positionieren, dass ihre Feinde nicht in die Richtung blickten, in der Madeleine die Tür schützte. Ein rot glänzender Fluch schoss durch ihren Schild und zischte nur um Haaresbreite an ihrem Kopf vorbei.

Sarah gab ihr Bestes, Mayla zu unterstützen, doch ihre Zauber waren viel zu schwach. Endlich kam Madeleine nach. Die Jäger bemerkten nicht, wie sie die Hände hob und einen starken Metallzauber auf sie hexte, worauf drei von ihnen bewusstlos zu Boden fielen.

Schnell stürmten sie an ihnen vorbei, als der vierte Jäger hinter den Stühlen hervorsprang. Während er einen Fluch auf sie schmetterte, rüttelte Mayla an der letzten Tür, durch die sie gehen mussten. Verdammt. Sie war verschlossen. Um wenige Millimeter verfehlte sie der rote Blitz des Jägers, der sogleich den nächsten Angriffszauber schoss. Endlich kam Madeleine angerannt. Um ihr Zeit zu verschaffen, stellten sie sich vor sie. Sarah baute einen Schutzschild auf. Mit einem einzigen Aufprall des Jägers war er zunichte und Sarah wurde am Bauch getroffen. Schmerzhaft krümmte sie sich, worauf Mayla einen Arm unter ihre Achsel schob und um ihren Rücken legte.

»Tutare!«, rief sie.

Ein zischender Fluch ließ ihren Schild erzittern, während Madeleine die Hände auf die Türklinke legte und den Zauber löste.

Gott sei Dank hatten Marianna und ihre Leute bislang nicht gewusst, dass Mayla eine Metallhexe an ihrer Seite hatte. Aber der Vorteil war nun dahin.

Madeleine stieß die Tür auf und Mayla hetzte mit Sarah im Schlepptau in den letzten Raum, der zu der geheimen Weltenfalte gehörte. »Lass uns versuchen zu springen!«, rief Mayla, doch Sarah schüttelte den Kopf.

»Es geht nicht. Die komplette Falte ist versiegelt, selbst für die Jäger.«

Kurzerhand trat Madeleine an Sarahs andere Seite und half Mayla sie zu stützen. Sie durchquerten den letzten Raum und hetzten in den Flur zurück, der an den Gefängniszellen vorbeiführte, um zu ihrer eigenen geheimen Weltenfalte zu kommen.

Auf dem Weg hob Sarah den Blick. Suchend ließ sie die Augen über die Insassen in den Zellen schweifen. Unvermittelt schrie sie auf. »Leonie!« Die Kräfte kehrten in sie zurück und sie stürzte auf eine Zelle zu, in der eine Frau lag, keine vierzig Jahre alt. Sie lehnte an der Wand, das Kinn ruhte auf ihrer Brust. Sie regte sich nicht.

»Wir müssen weiter!«, drängte Madeleine, aber Sarah wies auf die Zelle.

»Das ist meine Schwester. Ich gehe nicht ohne sie.«

Fluchend stürzte Madeleine zu ihr, legte die Hände auf das Schloss und die Tür sprang auf. Mit welchen letzten Kraftreserven Sarah ihre bewusstlose Schwester aus der Zelle holte, vermochte niemand von ihnen zu sagen. Mayla half ihr sie zu stützen und Madeleine lief vornweg die Treppe hinauf, um ihre geheime Weltenfalte zu öffnen.

»Dort vorne sind sie!«, hörten sie Mariannas Stimme, als sie die Tür zur Kellertreppe hinter sich zuschlugen und die winzige Falte im Hausmeisterraum betraten. Sie hörten die Schritte ihrer Verfolger auf den Treppen. Maylas Puls raste, doch sie blieb konzentriert.

Schnell umfasste Madeleine den Amulettschlüssel und streckte nach Mayla die Hand aus, die Sarah und ihre Schwester bereits berührte, und sobald alle die Falte betreten hatten, riss es ihnen den Boden unter den Füßen weg. Die Putzeimer und Leitern wirbelte scheinbar durcheinander, bis die Rufe und Schritte der Jäger verklangen.

Kapitel 21

Sie landeten in einem menschenleeren Wald, der Mayla auf den ersten Blick nicht vertraut erschien. Die Sonne beleuchtete die umstehenden Ahornbäume mit ihren ersten Strahlen und ein Eichhörnchen rannte einen breiten Stamm hinauf, sonst rührte sich nichts. Erschöpft ließ Mayla Leonie auf das Moos gleiten und Sarah sackte neben ihnen auf die Knie. Sie war kreidebleich und hielt sich die Körpermitte. »Lass mich mal sehen«, drängte Mayla, doch Sarah wollte davon nichts hören.

»Wir müssen uns zuerst um Leonie kümmern. Ihr Herzschlag ist unregelmäßig.« Panisch fühlte sie den Puls an dem Hals ihrer Schwester. »Was haben die Jäger mit ihr gemacht? Was ist das für ein Zauber?«

Madeleine hockte sich neben sie. »Vermutlich derselbe, mit dem sie Tom belegt haben. Lass uns gemeinsam den Heilungszauber sprechen, Mayla.«

Mayla nickte und hielt ihre Hände neben Madeleines über Leonies Körper. Sie schlossen die Augen und dachten

»Sana!«, worauf ein gelblich weißes Licht den Körper der geschwächten Frau einhüllte. Ihre Lider flatterten und sie stöhnte, sie erwachte jedoch nicht.

»Was ist mit ihr?«

Mayla fühlte Leonies Handgelenk an der Innenseite, wo der Puls regelmäßig zu fühlen war. »Sie braucht Zeit, um sich zu regenerieren, aber ihr Herz schlägt stabil. Am besten bringen wir euch in ein Krankenhaus.«

Madeleine stoppte Mayla, bevor sie ihren Amulettschlüssel umfassen konnte, und wandte sich an Sarah. »Vorher verrätst du uns alles, was uns weiterhelfen könnte!« Sie strich die Kapuze ein Stück zurück und ihr strenger Blick zeigte sich, worauf die vermeintliche Erzieherin zusammenschrumpfte.

»Ich werde euch alles sagen, was ich weiß.«

Und das tat sie. Wie Sarah schon in der Bibliothek erzählt hatte, waren die Jäger wegen der Studien ihres Vaters auf sie aufmerksam geworden. Obwohl Sarah nur eine einfache Bibliothekarin in der Ulmenstädter Bibliothek war, hatten die Jäger sie gezwungen ihnen zu helfen, worauf sich Sarah auf Marianna und ihren Zirkel eingelassen hatte.

Den Blick schamhaft gesenkt wiederholte sie, wie sie Maylas Vertrauen erschlichen, die Wanze in ihrer Bluse versteckt und weggeschaut hatte, als Emma in den Wald gerannt war. Maylas Herz schnürte sich zusammen, als erlebe sie alles noch einmal. Die Angst um ihr Kind und die Panik, als sie erkannt hatte, dass sie belauscht wurden und in ihrem eigenen Zuhause nicht mehr sicher waren.

Ungeduldig ging Madeleine dazwischen. »Das ist wichtig, aber wir müssen in erster Linie wissen, wo Tom ist. Hast du die Jäger von ihm reden hören?«

»Sie haben ihn nicht erwähnt. Allerdings habe ich zwei von ihnen belauscht, die vor meiner Tür den Zauber verstärkt haben. Sie haben darüber gesprochen, dass sie ein zusätzliches Versteck beleben mussten. Jemand sei entkommen und damit er nicht wieder durch ihre Lappen ginge, würden sie ihn nach Paris bringen.«

Paris? Mayla erbleichte. »Die Stadt ist riesig! Wie sollen wir ihn dort finden? Auf den Suchzauber vertraue ich so schnell nicht wieder. Wie hat Marianna ihn nur verfälschen können?«

»Die Jäger verfügen über Kräfte, die ihr euch nicht vorstellen könnt. Es gibt alte Zaubersprüche, die zurecht vergessen wurden.« Sarah schlang die Arme um sich. Es war unübersehbar, wie unwohl sie sich fühlte.

Madeleine schnaubte. »Lass mich raten. Und du hast ihnen geholfen, diese alten Sprüche zu lernen.«

Die Wangen gerötet senkte Sarah den Blick. »Ich … Es … Ich wollte das nicht.«

Leonie stöhnte. Unruhig warf sie den Kopf hin und her. Hatten die Jäger ihr mehr zugesetzt als Tom? Vielleicht wirklich alte Flüche an ihr getestet wie an den anderen Gefangenen?

Panisch befühlte Sarah ihre Stirn. »Meine Schwester muss in ein Krankenhaus.«

Mayla ergriff ihre Hand. »Wir bringen euch, aber bitte überleg noch mal. Gibt es etwas, was die Jäger gesagt haben, das uns weiterhelfen könnte? Eine Himmelsrichtung, ein Arrondissement? Irgendetwas, das die Suche eingrenzt?«

Energisch schüttelte Sarah den Kopf, die Augen unablässig auf Leonie geheftet. »Bitte, meine Schwester muss zu einem Arzt.«

Ergeben nickte Mayla. »Ich bringe euch sofort nach Frankfurt.« Wenn sie länger zögerten, waren sie nicht besser als Marianna und ihre Leute. Kurzerhand hakte sie sich bei Madeleine unter und umfasste den Amulettschlüssel, während ihre andere Hand auf Sarah ruhte, die ihrerseits ihre Schwester umklammert hielt. Konzentriert dachte Mayla den Zauber, worauf sich die Ahornbäume um sie drehten und sie wenige Augenblicke später in der sterilen Notaufnahme des Frankfurter Krankenhauses Marienstein landeten.

Wie bei ihrer Oma kam sogleich ein Heiler wie aus dem Nichts herbeigelaufen, der Leonie auf eine Trage bettete. Sarah rief ihnen ein Danke über die Schulter zu, bevor sie zur Anmeldung stürmte. Ratlos sahen sich Mayla und Madeleine an.

»Und jetzt? Wohin in Paris?«

Mayla schloss die Augen. Am liebsten wollte sie die Zeit im Krankenhaus nutzen, um sich nach ihrer Oma und Georg zu erkundigen, aber die Zeit drängte. Sie musste das mit Madeleine jetzt durchziehen. Endlich kam ihr eine Idee, was sie tun konnten. Sie beugte sich vor, sodass niemand ihr Gespräch belauschen konnte. »Können wir zu deinen Schwestern springen?«

Madeleine runzelte die Stirn. »Du weißt, der Schutz …«

Verdammt, das hatte Mayla vergessen. Wenn sie sich dort aufhielt, konnten die Hohepriesterinnen möglicherweise Emma nicht mehr beschützen. Schnell überdachte sie ihren Plan.

»Okay, dann springst du alleine. Ich werde in der Zwischenzeit die Polizei über das Versteck in der Zitadelle informieren. Wenn sie von den Gefangenen hören und den Jägern noch dazu, werden die Beamten in der kommenden Stunde den Keller mit den Zellen und sämtliche Weltenfalten des alten Gemäuers stürmen. Marianna wird gezwungen sein, die Steine zu verlagern, damit die Polizei sie nicht aus Versehen findet. Ich wette, sie bringt sie dorthin, wo Tom versteckt wird. Schließlich soll er den Zauber sprechen, der die Bruchstücke vereint.«

Madeleine legte die Hände aneinander.

»Gute Idee. Meine Schwestern und ich werden die Steine im Auge behalten. Sobald sie an dem neuen Verwahrungsort sind, wissen wir, wo Tom versteckt gehalten wird.«

Mayla nickte. »Wir halten über den Nuntia-Zauber Kontakt, einverstanden?«

Unvermittelt trat Wärme in Madeleines Augen. »Danke, dass du meinem Sohn die Treue hältst und mich und meine Schwestern unterstützt. Du bist eine besondere Hexe, Mayla von Flammenstein.«

Verlegen senkte Mayla den Blick und fischte kurzerhand ihre Schachtel Pralinen aus der Tasche. Als sie Toms Mutter die Packung unter die Nase hielt, nahm diese sich einen Vanilletrüffel, zwinkerte ihr zu und sprang davon.

Mayla lächelte ihr hinterher, gönnte sich selbst eine Praline mit Marzipanfüllung, die sie mit der gewohnten Feierlichkeit genoss, bevor sie den Amulettschlüssel umfasste und dachte: »Perduce me in domum Violettae!«

Als sie im Wohnzimmer ihrer Freundin landete, tapste Violett gerade schlaftrunken die Treppe herunter. Erschrocken schrie sie auf und sprang willkürlich in die Luft, bis sie Mayla erkannte und sich an die Brust hielt.

»Mayla, bist du von allen guten Geistern verlassen? Was tust du so früh hier? Und die Betonung liegt auf du und früh, falls du mich missverstanden haben solltest.«

Glücklich umarmte sie ihre Freundin.

»Du musst bitte die Polizei über ein Versteck der Jäger informieren, in dem unglaublich viele Hexen gefangen gehalten werden. Sie missbrauchen sie für Versuche mit alten Zaubersprüchen.«

Violett riss die grauen Augen auf. »Was? Das ist ja schrecklich! Wo?«

»In Frankreich, in der Zitadelle von Besançon. Sie halten sie in einem Keller gefangen, der in einer versiegelten Weltenfalte liegt.«

»Wie furchtbar. Wieso informierst du nicht selbst die Polizei?«

»Weil sie mich festhalten und zu Tom befragen würden, du weißt schon, wegen der gestohlenen Steine.«

Lauernd sah Violett sie an. »Und dafür hast du keine Zeit, weil …?« Ihrer Freundin konnte sie schon lange nichts mehr vormachen.

»Tom war ebenfalls in der Zitadelle gefangen, aber nun haben ihn die Jäger an einen anderen Ort gebracht.«

»Lass mich raten. Du wirst in der Zwischenzeit an diesen Ort gehen, um ihn zu befreien?«

Mayla nickte.

»Alleine? Das ist viel zu gefährlich! Mayla, komm schon.«

»Ich bin nicht alleine. Ich habe unerwartete Verstärkung bekommen.«

»Von wem?«

Die Zeit rannte ihr davon. Sie vertraute Violett, nichtsdestotrotz war es wichtig, dass die Hohepriesterinnen als Mitspielerinnen vorerst unbekannt blieben. Außerdem wenn sie jetzt von Madeleine und ihren Schwestern zu erzählen beginnen würde, spränge Violett nicht vor zehn Uhr aufs

Revier – und bis dahin würden die Jäger Anna und das Medaillon erbarmungslos jagen. Anna. Das war die Idee.

»Anna ist an meiner Seite. Sie hilft mir.« Das war nicht einmal gelogen, obgleich es nicht der ganzen Wahrheit entsprach. Dennoch wurde Mayla nervös. Nicht nach links oben schauen, nicht nach links oben schauen.

»Anna Nowak? Ernsthaft?« Violett schüttelte den Kopf. »Na ja, schließlich hat sie Tom schon immer die Treue gehalten. Nur du und sie … Ihr wart nicht gerade dicke Freundinnen, oder?«

»Nein, allerdings hilft sie mir und dafür bin ich ihr sehr dankbar. Sie ist eine tolle Hexe.« Und dafür musste Mayla nicht lügen. Sie hielt Violetts prüfendem Blick stand, deren Miene sich verfinsterte.

»Vergiss nicht, den Platz der besten Freundin gebe ich nicht so einfach her.«

Mayla lachte auf. »Das freut mich zu hören. Wir haben eine kleine Weltenfalte in einem Hausmeisterraum erschaffen, die direkt vor der versiegelten liegt. Darüber können die Polizisten schnell und unerkannt dorthin gelangen. Also, kannst du bitte so schnell wie möglich die Polizei informieren? «

»Vor dem Frühstück?«

Mayla dachte einen Zauber, worauf das Brot aus dem Kasten und das Messer aus der Schublade flogen, um zwei dicke Scheiben abzuschneiden und großzügig mit Butter zu beschmieren. Sobald eine ordentliche Portion Schinken darauf gelandet war, flogen die belegten Brote zu Mayla, die sie Violett unter die Nase hielt. »Wegzehrung!«

Violett verdrehte die Augen. »Na gut, aber dafür habe ich etwas gut bei dir, versprochen?«

»Versprochen.«

»Sei froh, dass Georg für ein paar Tage im Krankenhaus bleiben muss. Der würde dir was erzählen. Aber umso besser, dann kann ich den Amulettschlüssel vom Revier benutzen.« Violett zwinkerte ihr zu und biss von dem Brot ab, das verdammt lecker roch. Als Mayla ihr bei jedem Bissen mit den Augen folgte, nickte sie in die Küche. »Bedien dich. Wir haben den Frischkäse im Kühlschrank, den du so gerne isst. Und Kaffee musst du nur aufwärmen, in der Kanne ist welcher.«

Das ließ sich Mayla nicht zweimal sagen – ohnehin musste sie nun warten, bis Madeleine ihr sagte, wohin die Jäger die Steine brachten. Wie ließe sich diese Zeit besser überbrücken, als damit sich zu stärken für das, was vor ihr lag?

Während sie es sich mit ihrem Frühstück auf der roten Couch bequem machte, kehrte die Gedankenflut zurück und ihr Magen zog sich zusammen. Zum Glück hatte sie bereits eine Brotscheibe vertilgt. Erfüllt von all den Sorgen bekäme sie jetzt nichts mehr hinunter. Ihre Seele schrie nach Tom. Er fehlte ihr, seine Nähe, sein Geruch, alles von ihm. Und natürlich Emma. Sie waren ein so tolles Team, eine Familie, wie sie schon aufgegeben hatte, je eine eigene haben zu können. Ihr Herz blutete ohne die beiden und sie wollte nichts lieber als ein stinknormales Familienleben führen. Auch wenn ihr Leben vermutlich niemals stinknormal sein würde.

Sie nippte an dem Kaffee und gönnte sich eine Nougatpraline, die sich wunderbar mit dem Kaffeegeschmack vermischte und ihr ein zartes Lächeln auf die Lippen zauberte. Violett war vor über einer halben Stunde aufgebrochen. Offenbar hielten sie die Polizisten für Rückfragen auf dem Revier fest, weil sie bisher nicht zurückgekommen war. Sie würde die Wahrheit sagen, dass Mayla sie geschickt und das Gefängnis entdeckt hatte, und dass Tom dort gefangen gewesen und fortgebracht worden war. Es gab keinen Grund, das zu verheimlichen, im Gegenteil. Es würde zeigen, dass weder sie noch Tom für die Gegenseite arbeiteten.

Wann kam endlich die ersehnte Nachricht von Madeleine? Als Karli auftauchte, sprang Mayla auf, doch der Kleine fiepste nur und schmuste um ihre Beine.

»Hast du keine Nachricht für mich, kleiner Kater?«

Er maunzte und schenkte ihr das Gefühl, für sie da sein zu wollen. Seufzend bückte sie sich nach ihm und streichelte ihm das samtig schwarze Fell.

»Danke, Karli. Du spürst es immer, wenn ich unruhig bin. Was bin ich froh, dass ich so ein tolles Seelentier habe.« Sie hob ihn auf den Arm, setzte sich wieder auf die Couch und kuschelte ihn an sich. Karli schnurrte und strich mit seinem Köpfchen an ihrer Wange entlang. Seine Anwesenheit schenkte ihr Geduld und Kraft, wie jedes Mal. Gedankenverloren streichelte sie ihm über das Köpfchen, während er sich stampfend auf ihrem Schoß niederließ.

Unvermittelt flog eine Krähe durch das Wohnzimmer und ließ einen kleinen Kieselstein neben Mayla auf die Couch fallen, bevor der schwarze Vogel auf der Stuhllehne sitzen blieb und sie neugierig musterte.

»Na endlich. Danke, liebe Krähe!« Sie musste Madeleine dringend nach dem Namen ihres Seelentiers fragen. Rasch hob sie den Stein auf und während sie ihn an die Lippen führte, dachte sie: »Te aperi!«

Sogleich erschien Madeleine vor ihr. »Dein Plan ist aufgegangen. Sie sind in Paris, nahe der Kathedrale Notre

Dame. Ich warte in der dortigen Weltenfalte auf dich. Bis gleich.«

Waren Mayla, Tom und Georg in Paris deshalb sogleich ihren Feinden begegnet, als sie auf dem Pont Neuf gelandet waren? Weil sich Marianna und ihre Leute ohnehin in der Gegend herumtrieben?

Maylas Puls raste, während sie mechanisch Karli von ihrem Schoß schob, den Amulettschlüssel umfasste und sich das altehrwürdige Gotteshaus von Paris vorstellte.

Tom, ich komme.

»Perduce me in locum Notre Dame!«

Kapitel 22

Sie war noch nie in diese Weltenfalte gesprungen, aber sie kannte die riesige Kathedrale und den notwendigen Zauber, weshalb sie wenige Augenblicke später direkt vor dem imposanten Eingangstor von Notre Dame landete. Mayla legte den Kopf weit in den Nacken, um bis zur Spitze des berühmten Bauwerks zu blicken, während sie Gänsehaut überfiel. Diese Kirche war etwas Besonderes.

Madeleine kam sofort auf sie zu, das Gesicht sorgfältig unter der Kapuze verborgen, obwohl sich keine andere Hexe in der kleinen Weltenfalte befand.

»Verwahren sie die Steine in der Kathedrale?«

Toms Mutter schüttelte den Kopf. »Diesmal nutzen sie eine Weltenfalte als Versteck und unseren Suchzaubern zufolge liegt sie südlich des Areals. Komm. Wir dürfen keine Zeit verlieren.« Sie stürmte bereits aus der Weltenfalte und um die Kathedrale herum und Mayla hinter ihr her.

Bevor Mayla fragen konnte, wo sich diese zweite Falte befand, blieb Madeleine bereits stehen und sah sich unauffällig um. Die Menschen, die an ihnen vorbeiströmten, waren so sehr mit sich selbst beschäftigt, dass sie ihnen kaum einen zweiten Blick zuwarfen. Sie schauten auf ihre Smartphones, während gleich direkt vor ihren Augen Magie am Werk sein würde. War Mayla früher auch so unaufmerksam gewesen?

Obgleich die Passanten sie nicht beachteten, versuchten Mayla und Madeleine so unauffällig wie möglich die Hände zu heben und den Zauber zu denken. Sie konzentrierten sich und es dauerte sich ewig erstreckende Minuten, bis sich endlich ein senkrechter Riss durch die Luft zog, durch den gleißendes Licht drang. Während die Menschen, Autos und Gebäude zu den Seiten geschoben wurden, zeigte sich ihnen eine Welt, mit der sie nicht gerechnet hatten.

Das Rauschen von Blättern, durch die der Wind strich, drang zu ihnen, durchmischt von dem Geruch nach Fichtennadeln und Tannenzapfen. Vor ihnen erstreckte sich ein uralter Wald in unüberschaubar großen Ausmaßen.

Madeleines Blick nach zu urteilen hatte sie ebenso wenig gewusst, was sie erwarten würde.

Staunend blickte Mayla in den Forst. »Denkst du, wir brauchen einen Schutzzauber? Damit nicht wieder ein Alarm losgeht?«

Madeleine wiegte den Kopf hin und her, was durch die Kapuze nur minimal zu erkennen war. »Ich glaube zwar nicht, dass sie auf einem derart großen Areal einen solchen Zauber wirken können, aber wir sollten auf Nummer Sicher gehen. Sie rechnen nicht mit uns, sie rechnen mit niemandem, und dabei muss es bleiben.«

»Tutare!«, dachte Mayla. Ein bläulich schimmernder Schild wie eine Kuppel breitete sich über ihnen aus.

Gleichzeitig taten sie einen großen Schritt in die Weltenfalte, damit keinem Normalsterblichen das magische Schimmern auffiel. Als sie mit den Füßen auf der Erde landeten, blieben sie für einen Augenblick hellhörig stehen.

Kein Alarmzauber ging los.

Mayla entspannte, behielt den Schutzschild jedoch aufrecht. Nur zur Sicherheit. Der Überraschungsmoment war auf ihrer Seite und dabei musste es bleiben. Marianna und ihre Jägerkollegen wussten nichts von den Hohepriesterinnen. Sie hatten keine Ahnung, dass Mayla in der Lage war, das Versteck anhand der magischen Steine zu finden. Dieser Vorteil musste ihr Vorteil bleiben.

Geduckt schlichen sie los, denn selbst wenn sie keinen Alarm auslösten, so waren sie dennoch zu sehen und zu hören. Je länger sie liefen, desto schneller wurden ihre Schritte und desto mehr Unruhe kam in ihnen auf, begegnete ihnen doch keine Menschenseele. Oder sollte Mayla eher Hexenseele sagen?

»Bist du dir sicher, dass wir richtig sind?« Ihre Stimme war nur ein Flüstern, obwohl niemand zu hören war.

Madeleine wies zwischen uralten Eichen hindurch. »Weiter vorne wird es heller. Vielleicht finden wir dort, was wir suchen.«

Mayla schlich hinter ihr her über den Erdboden, sparte jedes trockene Laub vom Vorjahr aus und konzentrierte sich auf den Schutzschild. Einer spontanen Eingebung folgend liefen sie in die Richtung, in der der Wald heller wurde. Was war dort? Eine einfache Lichtung? Eine Hütte wie damals mit Georg, in der er von dem widerlichen von Wickert gefangen gehalten worden war? Oder womöglich ein weiterer Landsitz der Familie von Eisenfels?

Als sie sich der Baumgrenze näherten, wurden sie langsamer und bevor sie den Schutz der Bäume verließen, blieben sie ehrfürchtig im Schatten stehen. Vor ihnen befand sich keine einfache Lichtung, auch keine Hütte und kein Landsitz, mit dem Mayla ein wenig gerechnet hatte, nein. Vor ihnen erstreckte sich eine Kleinstadt.

Eine einfache Mauer zog sich um das Areal, die jedoch nicht zu Verteidigungszwecken gedacht sein konnte, da sie Mayla von der Höhe her höchstens bis zur Brust reichte. Dahinter ragten unzählige Häuser empor, meist zweistöckig. Manche davon standen frei, andere reihten sich Wand an Wand aneinander. Durch ihren spätmittelalterlichen Fachwerkbaustil erinnerten sie an die Weltenfalte in Frankfurt, in die Mayla an ihrem ersten Tag als Hexe gestolpert war. Folglich mussten die Weltenfalte und dieses Hexendorf bereits mehrere hundert Jahre existieren.

Ungläubig blickte Mayla Madeleine an, die ebenso überrascht aussah wie sie selbst. »Eine Stadt?«

Madeleine wies auf das Eingangstor, das weit offen stand und durch das Menschenmassen hinein- und hinausströmten. »Offenbar benötigen wir keinen Schutzzauber. Schau nur, wie viele Hexen sich in dieser Weltenfalte aufhalten.«

Zögerlich nickte Mayla. Vorsichtig ließ sie den bläulich schimmernden Schild verpuffen und horchte. Als kein Alarmzauber losschrillte, stieß sie erleichtert die angehaltene Luft aus.

»Was jetzt? Sollen wir einfach hineinlaufen? Oder glaubst du, wir fallen auf?«

»Ich denke, wir können es riskieren. Zieh zur Sicherheit die Kapuze über den Kopf, damit dich die Jäger nicht erkennen.«

Mayla schluckte, während sie die Kapuze tief in die Stirn zog. »Glaubst du, sämtliche Hexen in der Stadt sind Jäger?«

»Sie gehören auf jeden Fall dem Metallzirkel an. Da ich die Falte öffnen konnte, sie jedoch den anderen verborgen bleibt, könnte es sich um eine geheime Weltenfalte handeln, die nur dem Hexenzirkel der von Eisenfels vorbehalten ist.«

Fröstelnd zog Mayla die Schultern hoch. »Und da gehen wir jetzt hinein?«

»Genau, da gehen wir jetzt hinein.« Madeleine richtete ihre Kapuze, hakte sich bei Mayla unter und schlenderte los.

»Werden sie uns nicht erkennen?«

»Ich versuche, deine Feuermagie mit meiner zu überdecken, und du hältst deine Energie zurück. Verbirg sie in dir und lass sie nicht Teil der Magie der anderen werden, dann könnten wir unentdeckt bleiben.«

»Könnten?«

Schon betraten sie den breiten Pfad, der sich auf das Stadttor zuschlängelte und auf dem ihnen die ersten Metallhexer begegneten. Ein Mann, der einen Bauernkarren per Magie hinter sich herfahren ließ, sah sie an. Er hob die Linke, schon wollte Mayla die Hände abwehrbereit erheben, doch er lüpfte lediglich seinen Hut und verbeugte sich dezent. »Guten Morgen die Damen.«

Während es Mayla die Sprache verschlug, nickte Madeleine ihm freundlich zu. »Ihnen auch einen Guten Morgen.«

Ungläubig schaute sich Mayla um. Sie hatte eine Horde blutrünstiger Jäger erwartet. Stattdessen fand sie sich Müttern mit ihren Kindern gegenüber, die fröhlich lachten, alten wie jüngeren Männern, die sie freundlich grüßten, und Unmengen an Händlern, die munter schwatzend ihre Waren in die Stadt karrten.

Sie senkte ihre Stimme, ein wenig schämte sie sich für ihre Frage, aber sie musste das klären. »Ich dachte, nur die Jäger wären Anhänger der von Eisenfels.«

Madeleine schüttelte den Kopf. »Nein, diesen Zirkel gibt es ebenso lange wie den deinen. Und diese Menschen haben nichts verbrochen, außer dass sie dieselbe Magie in sich tragen wie die Familie von Eisenfels.«

»Ich hatte keine Ahnung. Wieso sind sie nicht bei der Polizei vertreten oder bei den großen Ratssitzungen, wenn sich alle Oberhexen treffen?«

»Weil der ewige Streit der Gründerfamilien sie dazu zwingt, im Verborgenen zu leben. Du erinnerst dich bestimmt. Lange Zeit war gar nicht bekannt, dass es einen Metallzirkel gibt.«

Sie kannte die Vorurteile, die sämtliche Hexen der Familie von Eisenfels entgegenbrachten. Bedachte man die Geschichte, so waren jedoch nicht alle Mitglieder der Familie Tyrannen. Wenn sie überlegte, wie die Anhänger des Metallzirkels seit Jahrhunderten leben mussten, nur weil es Streitereien gegeben hatte, so brachte Mayla ein gewisses Verständnis dafür auf, weshalb manche von Eisenfels gegen die anderen Zirkel wetterten und kämpften. Es war schlicht und ergreifend nicht fair.

»Wenn du und deine Schwestern die Steine wieder vereint, wird es diesen Menschen dann bessergehen?«

»Das weiß ich nicht, aber ich hoffe es. Wenn die Hexen sehen, dass Metallenergie nicht unweigerlich schlecht ist, sondern einen Bruchteil der ursprünglichen Magie darstellt, wird es vielleicht einige aufrütteln. Auf jeden Fall ist es wichtig, dass die Macht verteilt ist und meine Schwestern und ich die Aufgabe übernehmen, für den Fortbestand der

Magie zu sorgen. Das ist ein erster Schritt in Richtung Gleichberechtigung.«

Sie näherten sich dem Stadttor, weshalb sie ihr Gespräch pausierten. Neugierig betraten sie die geheime Stadt, aus der der Ruf von Marktschreiern und das Schnattern der Bewohner zu ihnen drang. Offensichtlich befanden sich Mayla und Madeleine auf der Hauptverkehrsstraße. Zu den Seiten gab es ein paar Geschäfte: Eine Käserei, einen Buchladen, eine Post, ein Bekleidungsgeschäft und … Mayla klatschte in die Hände. Eine Confiserie!

Diese Hexen konnten nicht schlecht sein, spätestens jetzt war sie davon überzeugt. Sie zog Madeleine zu dem Laden, von dessen üppig gefüllter Auslage voller Pralinen Mayla sofort überzeugt wurde. Schwungvoll betrat sie das Geschäft, bevor Madeleine sie aufhalten konnte. Eine blond gelockte Frau, gekleidet in eine altbackene Schürze, begrüßte sie herzlich und strahlte dabei über das ganze Gesicht, worauf sich Mayla endgültig für die Menschen in dieser Stadt erwärmte.

»Herzlich willkommen in Dianas Schokoladentraum. Wir haben ein paar leckere Spezialitäten, die Sie gerne probieren können. Wissen Sie schon, was Sie möchten?« Sie lächelte, sodass ihre strahlend weißen Zähne sichtbar wurden.

»Wir haben dafür keine Zeit«, raunte Madeleine, doch Mayla ließ sich in ihrem Vorhaben nicht beirren. Für Schokolade war immer Zeit, und wenn nicht, dann musste man sich die Zeit nehmen!

»Danke, ich probiere gerne eine Ihrer Spezialitäten.«

Die Dame strahlte glücklich. »Das hier ist Schokolade-Pfefferminzsahne und das ist unser Spätsommerhit, weiße Schokolade mit Stracciatellafüllung. Beinahe hat es etwas von Eis. Probieren Sie.«

Maylas Augen wurden groß, während sie freudig nach dem Spätsommerhit griff. Sie roch ausgiebig daran und schloss dabei die Augen, um den Duft vollends wahrzunehmen. Sie ignorierte dabei Madeleines Stiche in die Seite, kostete den Moment völlig aus, bevor sie die Praline genießerisch in den Mund schob. Die Schokolade mit der Milchcremefüllung und den Schokoladenstückchen vermischten sich zu einer Geschmacksexplosion, worauf sie ein glückliches »Mhhhhmmmmm« ausstieß.

»Phänomenal! Davon nehme ich eine Schachtel.«

»Sehr gerne.«

Die Verkäuferin lief nach hinten ins Lager und kehrte kurz darauf mit einer Packung zurück, um die eine dunkle Satinschleife gebunden war. Wie feierlich.

Mayla zahlte und fragte möglichst beiläufig: »Ist Ihnen in letzter Zeit etwas aufgefallen?«

Die Dame steckte den Schein in die Kasse und reichte Mayla das Wechselgeld. »Was meinen Sie?«

Madeleine stieß sie erneut an, doch Mayla ließ sich nicht aus der Ruhe bringen. Eine Frau, die so leckere Pralinen zauberte, steckte mit den Machenschaften einer Marianna Lauber nicht unter einer Decke. »War vielleicht ein lauter Streit zu hören oder sind ein paar dunkle Gestalten unterwegs?«

Madeleine verdrehte die Augen, was Mayla selbst unter der Kapuze erkennen konnte. Hielt sie ihre Frage für zu auffällig?

Die Verkäuferin tippte mit dem Finger auf die Theke. »Jetzt, da Sie fragen, vor einer halben Stunde vielleicht ist eine Horde dieser frustrierten Junghexer in die Stadt gekommen.« Sie seufzte auf. »Ich kann verstehen, dass die jungen Männer verärgert sind, aber Gewalt ist doch keine Lösung.«

Schlagartig hielt Madeleine in ihren Seitenstichen inne und wandte der Verkäuferin ihre Aufmerksamkeit zu. »Wissen Sie, wo sie sich aufhalten?«

»Bestimmt wieder in der Nähe des Friedhofs, beim Stadtpark, Sie wissen schon. Sagen Sie, was wollen Sie denn von denen?«

Mayla biss sich auf die Lippe. Bevor sie eine wenig überzeugende Lüge auftischen konnte, lächelte Madeleine die Verkäuferin an.

»Einer Freundin von uns wurde die Ladentür demoliert. Es ist nicht das erste Mal und deshalb dachten wir, Sie haben vielleicht etwas beobachtet.«

Die Verkäuferin nickte traurig. »Es ist eine Schande, wie sie manchmal selbst an uns ihren Frust auslassen. Ich wünschte nur, diese jungen Leute würden endlich erkennen, dass es keinen Sinn hat. Wir werden niemals gleichwertige Mitglieder der Hexenwelt sein.«

Bei ihren Worten durchfuhr Mayla ein Stich. Das bis eben so strahlende Gesicht der Dame sah nun völlig desillusioniert aus und die blonden Locken hingen traurig herab, als hätten sie von jetzt auf gleich ihre Spannkraft verloren.

Spätestens wenn Mayla die Oberhexe des Feuerzirkels war, am besten sogar vorher schon, das schwor sie sich, würde sie alles dafür tun, dass diese Menschen ebenso neutral und offen aufgenommen wurden wie alle anderen Hexen. Mitfühlend tätschelte sie ihr die Hand. »Ich habe die Hoffnung auch noch nicht aufgegeben, dass es eines Tages besser wird. Und bis dahin nehmen Sie doch eine Praline, die heitert Sie auf.«

Ein Schmunzeln huschte über das blasse Gesicht der Verkäuferin, auf dem kurz darauf wieder das umwerfende Strahlen erschien. »Sie haben recht, die Hoffnung sollte man niemals aufgeben, aber Ihre Pralinen behalten Sie mal schön für sich. Immerhin sitze ich an der Quelle. Schönen Tag wünsche ich.«

Als sie auf der Straße waren, zog Madeleine sie näher zu sich. »Gute Idee, die Verkäuferin auszuhorchen. Wobei ich mich frage, ob das deine Hauptintension war, den Laden zu betreten, oder nicht vielmehr die Aussicht auf neue Vorräte.«

Mayla zwinkerte ihr lediglich zu und verstaute die Schachtel in der Handtasche. Dann wandte sie den Blick nach vorne und zu den Seiten, doch außer einem Fachwerkhaus neben dem anderen und jeder Menge Leute sah sie nichts Auffälliges. »Wo geht es zum Friedhof?«

Madeleine deutete auf ein Schild, um das sich eine Rosenranke wand. »Dort entlang.«

Sie bogen nach links und liefen eine Gasse entlang, bis sie einen großen Park erreichten, an den ein Friedhof grenzte.

Mayla überflog das Areal mit den Augen. »Wo könnten sie Tom versteckt haben?«

Unauffällig zeigte Madeleine auf eine Kapelle, die sich an der Grenze von Friedhof und Park befand und vor der zwei junge Männer auf dem Boden saßen und im Schatten der Kapelle und der umstehenden Tannen dösten. »Wahrscheinlich darin. Und die Steine ebenfalls.«

»Spürst du ihre Präsenz?«

Madeleine schüttelte den Kopf. »Leider nicht, wie gesagt liegt über dem Metallstein noch immer Berthas Schutz. Aber es ist der einzige Raum und davor lungern diese Typen herum. Das kann kein Zufall sein.«

Mayla hakte sich bei Madeleine unter und schlenderte möglichst beiläufig näher an das Gebäude heran, worauf die Typen die Köpfe hoben und sie misstrauisch ansahen.

»Was wollt ihr hier?«

Mayla überlegte fieberhaft, während Madeleine sie unbeeindruckt an den beiden vorbeizog.

»Wir werden doch wohl unsere tote Mutter und Großmutter besuchen dürfen!«

Ohne die vermeintlichen Jäger zu beachten, führte Madeleine Mayla auf den Friedhof und zielstrebig zu einem Grabstein in einer der mittleren Reihen. Sie knieten sich nieder. Anstatt sich die Inschrift genauer anzusehen, linste Mayla an dem breiten Stein vorbei zu der Kapelle. Kein einziger Laut drang nach draußen. Vermutlich lag ein Zauber auf dem Gebäude, der jegliche Geräusche verschluckte.

Kaum, dass sie nicht mehr unter den wachsamen Blicken der Wachposten standen, konnte Mayla die Kapelle ausgiebig mustern.

Das Gebäude war so klein, dass höchstens fünfzig Leute darin Platz fanden, und war aus dunklem Stein erbaut. Außer der Eingangstür, vor der die Jäger Wache standen, gab es ein einziges großes Fenster an der Seite. Doch die Scheiben bestanden aus dunklem Glas, sodass man nicht würde hineinsehen können.

»Glaubst du, Marianna ist auch dort drinnen?«

»Ich weiß es nicht.«

Mayla schielte über den Grabstein. Die beiden Männer waren von ihrem Platz aus nicht zu sehen. »Wie sollen wir hineinkommen, ohne die ganze Stadt in Alarmbereitschaft zu versetzen?«

»Wir müssen die Jäger weglocken.«

Maylas Unruhe wuchs. »Wie soll uns das gelingen? Soll ich etwa den Lockvogel spielen?«

Madeleine zögerte. O Gott, war das etwa tatsächlich der Plan? Doch dann biss Mayla die Zähne zusammen. Wenn es nötig war, dann war das verdammt noch mal so. Sie mussten Tom und die Steine befreien. Da sie selbst keine Alternative in petto hatte und ihnen die Zeit davonlief, würde sie sich nicht drücken.

»Schön, ich tu es!«

Madeleine legte ihr die Hand auf den Rücken. »Bist du dir sicher? Ich weiß nicht, wie die Bewohner der Stadt reagieren werden. Selbst wenn sich ihrer Ansicht nach die Jäger nicht richtig verhalten, werden sie zu ihresgleichen stehen und nicht zu einer Feuerhexe, die darüber hinaus auch noch einer Gründerfamilie entstammt.«

Bis vor kurzem war es ein Vorteil gewesen, einer der Gründerfamilien anzugehören. Wann zum Teufel hatte sich das ins Gegenteil verkehrt?

»Ich weiß, leider habe ich keine bessere Idee. Wirst du Tom ohne meine Hilfe befreien können?«

Ein entschlossener Ausdruck trat auf Madeleines Gesicht. »Darauf kannst du dich verlassen.«

Hoffentlich war sie wirklich dazu in der Lage. Aber auf die letzten Meter würde Mayla ihre Zuversicht nicht verlieren. »Also schön, ich laufe wieder zurück. Sobald sie mir hinterherschauen, werde ich unauffällig die Kapuze runterziehen. Ich wette, sie erkennen mich sofort.«

»Und dann wird ein Alarm durch die Stadt gehen und alle kümmern sich um dich, während ich Tom und die Steine hole. Du musst mir nur genügend Zeit verschaffen. Am besten eine Viertelstunde, wenn es geht.«

Mayla presste die Lippen aufeinander. »Klingt total leicht.« Unsicher lachte sie auf und Madeleines Mundwinkel zuckten ebenfalls.

»Hast du eine von diesen Pralinen für mich?«

Grinsend langte Mayla in ihre Tasche und holte die neue Schachtel hervor. »Nimm dir eine.«

Madeleine griff danach und wartete, bis Mayla ebenfalls eine ausgewählt und ausgiebig daran gerochen hatte. »Auf unser Gelingen!« Sie tat so, als würde sie mit der Praline anstoßen, Mayla folgte ihrem Beispiel und dann aßen sie sie langsam.

»Jetzt kann nichts mehr schiefgehen.« Mayla verstaute die Schachtel in ihrer Tasche und erhob sich. Länger zu warten, würde ihre Angst nur steigern. »Wo treffen wir uns?«

Madeleine überlegte. »In meinem alten Zimmer auf dem Landsitz in Südengland oder in dem Wald, wo ich dich angesprochen habe. Sobald Tom auf der Flucht ist, werden sie ihn jagen wie im Moment Anna. Wir werden vielleicht nur fünf Minuten an jedem Ort haben.«

Mayla nickte, als ihr etwas einfiel. »Wie sollen wir den magischen Stein des Metallzirkels finden, wenn sie uns auf den Fersen sind?«

»Uns wird schon etwas einfallen. Erst einmal brauchen wir Tom und die anderen Bruchstücke. Schritt für Schritt.«

»Okay. Bist du bereit?«

»Mehr als das.«

»Wunderbar, bis gleich.« Obwohl Maylas Knie schlotterten, lief sie los. Sie versuchte ihrem Gang etwas Federndes zu verleihen, um nicht sofort den Argwohn der Wachen zu wecken. Langsam ging sie zurück zu der Kapelle, die Handtasche fest umschlungen. Nicht auszudenken, dass sie ihre

Vorräte verlor und das schöne Familienfoto vom Strand noch dazu. Kurzerhand kramte sie danach und als sie es zu fassen bekam, zog sie es soweit hervor, dass sie einen Blick darauf werfen konnte. Ein Lächeln umspielte ihre Lippen, während sie Emmas glücklich strahlendes Gesicht und Toms feines Schmunzeln gierig in sich aufsog.

Ich hol uns unser Glück zurück, das verspreche ich euch!

Kapitel 23

Den Henkel ihrer Handtasche fest umklammert, schlenderte sie an der Kapelle vorbei. Sogleich schreckten die beiden Kerle aus dem Halbschlaf hoch und blickten ihr misstrauisch hinterher. Mayla wartete, bevor sie die Kapuze lüpfte. Sie war noch zu nah an der Kapelle. Sie spazierte weiter, auch wenn ihr Herz so schnell klopfte, dass es den Eindruck erweckte, die Jäger müssten es hören. Zur Sicherheit drehte sie sich nach ihnen um, damit sie weiterhin misstrauisch blieben. Gut so, denn sie hatten sich bereits wieder zurückgelehnt. Doch als sie Maylas Blick auf sich spürten, setzten sie sich abrupt auf.

Skeptisch schauten sie ihr nach, bis Mayla in die Straße einbog und den Kopf schüttelte, worauf wie durch Zufall die Kapuze hinabglitt. Ihr dunkles Haar, das sie wie immer mit der Klammer am Hinterkopf hochgesteckt trug, glänzte im Licht der Morgensonne. Scheinbar erschrocken drehte sie den Kopf, worauf der Schrei erklang, der sie zugleich triumphieren und erschrocken zusammenfahren ließ.

»Das ist Mayla von Flammenstein! Eine Feuerhexe!«

Scheinbar überrascht blickte sie zurück, worauf die Jäger vollends sicher waren, dass sie richtig getippt hatten. Sie sprangen auf die Füße und stürzten ihr hinterher. Schnell rannte Mayla ebenfalls los. Am liebsten würde sie sofort den Amulettschlüssel umfassen und abhauen, aber sie musste Madeleine wenigstens zehn Minuten verschaffen.

Ihre Verfolger holten auf, okay, fünf Minuten mussten reichen. Wieso nur hatte sie keine Sportlergene, verfluchter Mist? Mayla hechtete durch die Straßen und die ersten Bewohner blickten ihr fragend nach. Als die Typen hinter ihr herrasten, schwoll das Gemurmel der Leute an.

»Wer ist das? Wieso rennen die zwei ihr hinterher?«

»Das ist eine Feuerhexe! Sie gehört der Gründerfamilie an!«, brüllten die Jäger, worauf die verwunderten Blicke der Leute in Misstrauen und Wut umschwenkten. Um Himmels willen, ob Madeleine auch zwei Minuten reichten?

Sie hastete durch die Stadt, die ihre Idylle eingebüßt hatte und stattdessen wie die reinste Bedrohung wirkte. Der erste Fluch jagte ihr hinterher und nur im letzten Moment konnte sie ausweichen. »Tutare!«, dachte sie, worauf ein bläulich schimmernder Schutzschild um sie erschien. Der nächste Fluch prallte zwar daran ab, doch das Zittern in ihren Armen offenbarte, wie viel stärker die Jäger geworden waren.

Die Bewohner hielten die zwei Männer nicht auf, aber zumindest jagten sie nicht ebenfalls hinter Mayla her, die zielstrebig auf das Stadttor zuhielt. Die Haupteinkaufsstraße war dicht besucht, weshalb sie langsamer wurde und sich durch das Gedränge kämpfen musste. Noch immer waren keine zwei Minuten vergangen, seit die Typen die Verfolgung aufgenommen hatten.

»Haltet sie auf, das ist eine Feuerhexe!«, ertönten die Rufe der zwei.

Jeder erkannte auf einen Blick, dass Mayla damit gemeint war. Sie trug nicht nur einen weiten Umhang, nein, sie rannte darüber hinaus wie vom Teufel gejagt aus der Stadt. Obgleich ihr einige verbale Flüche und drohende Fäuste folgten, hielt sie niemand auf oder half den Jägern. Offenbar wurde ihr Verhalten toleriert, aber nicht unterstützt.

Ein Blick über die Schulter genügte und sie wusste, die Männer kamen näher. Wenigstens schickten sie ihr keine Flüche hinterher. Offenbar wollten sie keine Bewohner und Besucher der Stadt verletzen, was Mayla erleichtert zur Kenntnis nahm.

Wie viel Zeit war vergangen? Konnte sie bereits wegspringen?

»Aaaaahhhh!« Ihr Schutzschild war durchbrochen und ein abgeschwächter Fluch hatte sie im Rücken getroffen. Ihr wurde schwarz vor Augen. Panisch fasste sie nach ihrem Amulettschlüssel, doch es war noch zu früh. Sie krallte die Finger um ihn und stürmte in eine Seitenstraße. Wenn sie die Stadt verließ, konnte sie nicht so gut Schutz suchen vor ihren Verfolgern, die spätestens dann noch mehr Flüche auf sie hetzen würden.

Sie eilte in eine schmale Gasse, in der sich weniger Leute und weniger Läden befanden. Bevor sie hinter einem Bretterverschlag Schutz suchen konnte, hörte sie die Schritte der beiden Kerle.

»Dort ist sie!«

Mayla nahm die Füße in die Hand und jagte an dem verlorenen Versteck vorbei. Himmel, wie lange konnte das gutgehen?

Sie entdeckte eine Kreuzung und stürzte um die Ecke, keine Sekunde zu früh, denn ein rot gleißender Fluch jagte haarscharf an ihr vorbei. Verdammt. Zähne zusammenbeißen und weiter. Sie hechtete um eine erneute Kurve und schon hatte sie die Orientierung verloren. Zurück war keine Option, denn ein erneuter Blitz zischte nur um wenige Zentimeter an ihr vorbei.

Sie hätte auf die Uhr schauen sollen. Wie lange lenkte sie ihre Verfolger bereits ab? Während sie rätselte, bog sie in eine weitere Gasse ab. Niemand war hier, nur ein paar Werkstätten reihten sich aneinander, vor denen weder Kundschaft noch Verkäufer zu sehen waren. Als sie zu einem erneuten Sprint ansetzen wollte und nach vorne blickte, musste sie abbremsen. Eine Mauer versperrte ihr den Weg. Stein für Stein so hoch gemauert, dass sie es nicht schaffen würde darüberzuklettern. Konnte sie mit dem Vola-Spruch rüberfliegen? Niemals, es war zu hoch. Aber die Steine raushexen, wie Tom es immer tat, könnte funktionieren.

Mayla stellte sich einzelne Steine vor, die wie Trittstufen aus der Mauer hervorragten, und dachte: »Commove!« Ein Schaben verriet, dass der Zauber funktionierte, doch die Jäger stürzten soeben in die Gasse und weil sich niemand außer Mayla darin befand, schossen sie ein regelrechtes Feuerwerk an Flüchen auf sie. Ehe sie den ersten Stein umfassen konnte, traf sie ein brennender Zauber an der Hand. Schnell zog sie sie zurück, als ein erneuter Fluch sie im Rücken traf.

Vor Schmerz krümmte sie sich zusammen. Ab jetzt mussten Madeleine und Tom alleine zurechtkommen. Sie gab ihr bestes, ihre Sinne beisammenzuhalten, doch alles vor ihr verschwamm, ihre Beine fühlten sich wie gelähmt an, bevor sie den Amulettschlüssel umfassen konnte. Der Länge nach fiel sie auf die Straße. Sie spürte, wie ihr Kinn über den Asphalt schabte, wollte den Amulettschlüssel benutzen, als im nächsten Augenblick alles schwarz wurde.

∞

Mayla zuckte zusammen, als sich eine Hand auf ihre Stirn legte. »Schschsch… Bleiben Sie ruhig liegen.«

Sie drehte sich zur Seite, als ihr die höfliche Anrede bewusst wurde. Schlagartig öffnete sie die Augen. Sie lag auf einem Sofa und über sie beugte sich ein Mann, den sie nie zuvor gesehen hatte. Sein glattes braunes Haar war ordentlich zur Seite gekämmt und seine Brille verlieh ihm einen gesitteten Eindruck. Er trug oberflächlich verschmutzte, aber gepflegte Arbeitskleidung. War er ein Jäger? Wobei er dafür vermutlich etwas zu alt war. Trotzdem klopfte ihr Herz alarmiert.

»Beruhigen Sie sich. Sie sind in Sicherheit.«

Irritiert blinzelte Mayla und erhob sich. »Wo bin ich?«

»Bei mir daheim.« Der Fremde versuchte sie sanft zurück auf die Couch zu drücken. Keine Frage, die Kraft dafür hatte er, doch sie ließ es nicht zu, was er respektierte.

»Wer sind Sie?«

»Winfried Hoppmann, der hiesige Schreiner, sehr angenehm. Und Sie dürften Mayla von Flammenstein sein, wenn ich die aufgebrachten Rufe auf der Straße richtig verstanden habe.«

Mayla nickte und blickte an sich hinab. Ihre Hände waren frei, ihre Beine ebenso. Keine magischen Ketten schlangen sich um ihren Körper. Ungläubig sah sie auf. Außer dem Schreiner befand sich niemand in dem Raum, der wie ein typisches Wohnzimmer aussah. Ein bisschen wenig Farbe vielleicht. Das Sofa, der Sessel und der Tisch waren alle in einem ähnlich langweiligen Braun gehalten, die Wand weiß, die Deckenlampe schmucklos. Aber das lag vermutlich daran, dass bei der Inneneinrichtung keine Frauenhand mitgewirkt hatte.

»Wo sind die Männer, die mich verfolgt haben?«

»Zurückgerannt. Die jungen Übereifrigen haben geglaubt, es sei Ihnen gelungen mit ihrem Amulettschlüssel fortzuspringen.«

»Die Jäger glauben …? Moment, ich bin auf der Straße zusammengebrochen.« Skeptisch runzelte sie die Stirn. »Haben Sie mir etwa geholfen?«

Ein feines Schmunzeln legte sich auf die dünnen Lippen des Herrn. »Selbstverständlich.«

»Wieso?«

»Wenn Unrecht geschieht, darf man nicht wegschauen.«

Mayla schluckte. »Danke, das war sehr … sehr nett. Wie ist Ihnen das gelungen?«

Der Herr lachte geheimnisvoll. »Sagen wir, ich habe in der Schule gut aufgepasst und einige Zauber in Erinnerung, die viele für unwichtig erachtet haben.«

»Okay …« Beiläufig befühlte sie die Kette um den Hals, an der sich zwei wichtige Dinge befanden. Als sie das Medaillon und den Amulettschlüssel ertastete, atmete sie erleichtert auf. Er hatte sie nicht bestohlen, vermutlich nicht einmal durchsucht, sondern ihr einfach nur geholfen. Unsicher sah sie den Schreiner an. »Und jetzt … darf ich einfach gehen?«

»Selbstverständlich, aber ich würde Ihnen dringend empfehlen sich auszuruhen. Zwar habe ich den Fluch, der sie außer Gefecht gesetzt hat, geheilt, doch ihr Körper bedarf Schonung.«

»Die bekommt er, wenn all das vorbei ist.« Mayla schwang die Beine von dem Sofa und stemmte sich hoch. Für einen Moment schwankte sie, dann fühlte sie sich sicher auf den Sandaletten. »Ich danke Ihnen und ich verspreche, dass auch ich nicht wegschaue, wenn Unrecht geschieht.« Sie machte eine Handbewegung in Richtung der Stadt. »Ich wusste nicht, dass so viele von Ihnen im Verborgenen leben müssen. Ich werde alles dafür tun, Ihre Situation und die der anderen Metallhexen zu verbessern.«

Die Augen des Herrn schienen aufzuleuchten. »Dann habe ich wohl der richtigen Hexe das Leben gerettet.«

Mayla grinste. »Können Sie mir sagen, wie lange ich bewusstlos war?«

Er warf einen Blick auf die schlichte Wanduhr. »Eine Viertelstunde vielleicht.«

Oh verdammt. »Danke. Auf Wiedersehen.« Ohne ein weiteres Wort zu verlieren, umfasste sie den Amulettschlüssel und sprang auf das Anwesen in Südengland. Zur Sicherheit landete sie nicht in Madeleines Zimmer, sondern in dem Flur davor. Was eine gute Idee war, denn sogleich drangen ihr die aufgeregten Stimmen ihrer Feinde ans Ohr.

»Verdammt, wir haben sie verpasst.«

Als nächstes hörte sie Marianna Laubers schneidende Stimme. »Wie konntet ihr ihn entkommen lassen? Ich hätte große Lust, euch allen eine Lehre zu erteilen, die ihr niemals vergessen würdet.« Etwas klirrte. Vermutlich schmiss sie etwas Gläsernes zu Boden.

Jemand meldete sich stotternd zu Wort. War Mariannas Macht derart überlegen, weshalb die anderen Angst vor ihr hatten? Oder war es ausschließlich ihr Selbstbewusstsein, das ihr zu dem Rang verholfen hatte?

»Wir hatten genügend Metallzauber auf der Kapelle. Niemals hätte er die Tür ohne Hilfe aufbrechen können. Außer ihm hat jemand geholfen, der ebenfalls Metallzauber wirken kann. Und der ausgesprochen mächtig ist.«

Damit war ihr Vorteil dahin. Die Jäger wussten, dass jemand mit überragenden Metallkräften an ihrer Seite war. Wenigstens wussten sie noch nichts von den Hohepriesterinnen.

Bevor Marianna und ihre Leute Mayla bemerkten, umfasste sie den Amulettschlüssel und stellte sich den Wald vor, in dem sie und Madeleine zum ersten Mal miteinander geredet hatten. Sie musste sich beeilen, bevor die Jäger erneut Tom orten konnten. Der dunkle Flur des Anwesens drehte sich vor ihren Augen, sie hob mit den Absätzen ab und landete auf weichem Moos. Rings um sie herum standen Bäume, doch das war es nicht, was sie ein Keuchen entweichen ließ. Mitten im Wald, keine fünf Schritte von ihr entfernt, stand er.

Tom.

Als er sich zu ihr umdrehte, traten ihr Tränen in die Augen. Er breitete die Arme aus und mit wenigen großen Schritten war sie bei ihm. Sie warf sich an seine Brust, ignorierte Madeleine, die direkt daneben stand und zusah.

Tom.

Tief sog sie seinen Duft ein, der ihr Herz höherschlagen ließ. Als sie den Kopf hob und in seine grünen Augen blickte, fuhr ihr Magen wilde Kreise. Seine Lippen senkten sich auf ihre, ein Pulsieren wanderte durch ihren Körper und sie drängte sich dichter an ihn.

Wie sehr hatte sie ihn vermisst, seine Nähe, seine Lippen. Am liebsten hätte sie sich nie wieder von ihm gelöst. Aber die Ungeduld, die Madeleine ausstrahlte, war mehr als deutlich zu spüren.

Widerstrebend löste sie sich von ihm und wandte sich an die Hohepriesterin. »Super, du hast es geschafft. Und die magischen Steine habt ihr auch?«

»Nein, die magischen Steine haben wir nicht gefunden. Die Wachen kamen schneller als erwartet zurück, weshalb wir fliehen mussten.«

Mayla ballte die Hand zur Faust. »Mist!«

»Wieso hast du so lange gebraucht?«, wollte Madeleine wissen, während Tom sie rasch abtastete. Er strich ihr über den Rücken und als sie unter der Berührung zuckte, zog er die dunklen Brauen zusammen.

»Du wurdest verletzt. Was ist geschehen?«

Mayla lächelte. Er kümmerte sich um sie, um ihre Belange, ihr Wohlbefinden. Und in seinem Blick lag nichts Verstecktes mehr. Endlich spielten sie wieder im selben Team.

»Es ist alles okay, lass uns später darüber reden. Wie können wir den magischen Stein deines Zirkels finden?«

Er zuckte kaum merklich zusammen, als sie »deines Zirkels« sagte. Doch sie dachte dabei nicht länger an die bedrohliche Familie von Eisenfels, sondern an all die Menschen, die im Verborgenen leben mussten, an die Verkäuferin in der Confiserie und den Schreiner, der ihr womöglich das Leben gerettet hatte. Es war nichts Verwerfliches daran, dem Metallzirkel anzugehören. Er konnte stolz darauf sein.

»Hast du das Medaillon?« Seine tiefe Stimme ... Wie sehr hatte sie sie vermisst. Sie war dunkel und rau wie eh und je.

»Hab ich.« Sie zog an der Kette des Amulettschlüssels, an der sie das Medaillon befestigt hatte, und holte es unter ihrem Umhang hervor. »Was müssen wir tun?«

Tom zögerte und warf Madeleine einen kurzen Blick zu. Seiner Mimik nach zu urteilen, wusste er immer noch nicht, wer sie war – und dies war der denkbar schlechteste Zeitpunkt, um es ihm zu offenbaren. Jede Minute konnten Marianna und ihre Männer auftauchen.

»Wir können ihr vertrauen. Sie und ihre Schwestern verstecken Emma.«

Tom nickte langsam, dann wandte er sich wieder an Mayla. »Wir müssen in unser Haus am Rhein. Ich habe dort etwas versteckt, das uns helfen wird.«

Mayla runzelte die Stirn. »Was meinst du?«

»Dein Ring.« Er nahm ihre Hand und strich über den Verlobungsring, der an ihrem Finger steckte. »Er gehört zu einem Ensemble, das mein Vater einst meiner Mutter geschenkt hat.«

Mayla lächelte. »Das weiß ich, und schau mal, was ich bei mir habe.« Sie langte in ihre Handtasche und holte das Etui heraus, das sie in Toms Nachtschränkchen gefunden hatte.

Er lachte leise. »Deine Schmuckspürnase ist genauso gut wie die Pralinenspürnase.«

Mayla grinste. »So sieht es aus. Wie hilft der Schmuck uns weiter?«

Als Tom das Kästchen aufklappen ließ, versteifte sich Madeleine, doch das fiel ihm nicht auf. »Meine Mutter hat es nicht mitnehmen können, als sie uns verlassen hat, weil mein Vater einen Schutz darauf gelegt hat. Ich habe mich all die Jahre gefragt, woran das liegt, da der Schmuck zwar schön, jedoch nicht übermäßig wertvoll ist.«

»Wahrscheinlich, weil er schon lange im Familienbesitz ist«, mutmaßte Mayla, doch Tom winkte ab.

»Das stimmt, aber trotzdem, wieso hat er, als er bemerkte, dass meine Mutter versucht hat zu verschwinden, einen Schutz darauf gelegt und ihn nicht aufgehoben, obwohl sie längst gestorben war?«

Unbehaglich sah Mayla zu Madeleine, die stocksteif neben Tom stand. Kaum merklich schüttelte sie den Kopf, worauf sich Mayla auf die Zunge biss.

»Was glaubst du?«

»Weil in ihnen Magie verborgen liegt, die uns helfen wird, den magischen Stein zu finden.«

Ungläubig betrachtete Mayla die Halskette und die Ohrringe. Der schwarze Turmalin glänzte bläulich im Licht der Morgensonne, die durch das Blätterdach schien. »Wie funktioniert das? Und welche Rolle spielt das Medaillon?«

»Wir müssen nach Südengland und das geheime Zimmer von Elektra finden.«

»Elektra?« Mayla runzelte die Stirn. Er wusste von ihr? »Also hast du sie doch auf dem Medaillon erkannt.«

»Ich war mir nicht sicher, jetzt hingegen bin ich es. Das Medaillon gehört zu diesem Ensemble, schau. Die Ranken auf dem Deckel findest du auch auf den Ohrringen, und die Art, wie die Schmuckstücke geschliffen wurden, stimmt in jedem Detail überein. Sie werden uns helfen, den magischen Stein zu bergen.«

Die Luft um sie herum begann zu wirbeln. Die Jäger, sie kamen.

»Schnell, bevor sie uns erwischen.« Mayla umfasste Madeleines und Toms Hand, bevor sie dachte: »Perduce nos ad scopulos Rheni!«

Bevor sich ihre Widersacher vor ihnen materialisierten, drehte sich der Wald und sie landeten auf den Klippen, wo sie sich so lange Zeit mit Tom und Georg versteckt gehalten hatte. Der Blick auf den Rhein war atemberaubend wie eh und je und der Wald schien unverändert. Ob sich dort unten wie damals das kleine Gasthaus befand, in dem sie mit Georg übernachtet hatte?

Kopfschüttelnd sah sich Madeleine um. »Was tun wir hier? Wir müssen auf das Anwesen in Südengland.«

Beschwichtigend hob Mayla die Hände. »Wir müssen warten. Eben, bevor ich zu euch gesprungen bin, waren Marianna und ihre Männer dort. Vielleicht waren diejenigen, die uns gefolgt sind, die Vorhut, und es sind immer noch ein paar Jäger auf dem Anwesen. Sie sollen nicht denken, dass wir dorthin zurückkehren.«

Tom strich sich über das Kinn, an dem längere Bartstoppeln wuchsen als üblich. »Du hast recht. Am besten wir springen ein paar Orte ab. Vielleicht haben wir Glück und sie folgen unserer magischen Spur. Dann verschafft uns das etwas Zeit. Bis wir in Südengland sind, haben wir sie abgelenkt und dort vielleicht sogar ein paar kostbare Minuten mehr, bevor sie auftauchen. Jeder Augenblick zählt.«

Madeleine legte den Kopf schräg, dabei rutschte die Kapuze ein Stück von ihrem Kopf. Sofort zog sie sie wieder zurecht, als hätte sie Angst, von Tom erkannt zu werden. »Mich können sie nicht finden. Ich springe nach Südengland. Ihr lenkt sie ab und ich suche nach dem geheimen Zimmer. Sobald ich es gefunden habe, rufe ich euch mit einem Nuntia-Zauber.«

Tom verschränkte die sehnigen Arme vor der Brust, den Blick wachsam auf Madeleine gerichtet. »Was meinst du damit, dass sie dich nicht finden können? Weil du eine Hohepriesterin bist?«

Er ahnte etwas. Von jetzt auf gleich veränderte sich seine Haltung. Er wirkte angespannt, wachsam. Es war nicht richtig, dass er keine Ahnung hatte, wer diese Frau vor ihm war.

Madeleine sah ihm nicht in die Augen. Hatte sie den gleichen Gedanken wie Mayla? »Genau, der Schutz meiner Schwestern ruht auf mir. Sie können euch finden, aber weder mich noch Emma, solange sie in der Obhut meiner Schwestern ist.«

Skeptisch kniff Tom die Augen zusammen. »Wieso hast du mir eigentlich nicht früher gesagt, dass ihr Emma beschützen könnt? Sie und Mayla hättet ihr verstecken können, all das wäre weniger nervenaufreibend gewesen und ich hätte keinen Schwur leisten müssen. Marianna hatte mich nur in der Hand, weil sie mir mit dem Tod meiner Familie drohen konnte.«

Besänftigend legte Mayla Tom die Hand auf den Arm, doch es war Madeleine, die antwortete.

»Bei Mayla wirkt der Schutz nur für kurze Zeit.«

Toms Mimik wurde argwöhnischer. »Warum?«

Unvermittelt strich Madeleine die Kapuze vom Kopf und sah Tom direkt an. Sie war kleiner als er, auch wenn sie Mayla deutlich überragte. Von jetzt auf gleich wurde ihr Blick verletzlich. »Weil Emma von den Hohepriesterinnen abstammt.«

Er erstarrte. Seine Atmung ging so langsam, dass Mayla sie kaum noch unter ihrer Hand, die auf seinem Rücken lag, fühlen konnte. Stumm musterte er Madeleine. Wieso sagte er nichts?

»Tom?« Mayla strich ihm über den Rücken. Er reagierte nicht.

Als die Luft zu knistern begann und unruhig wurde, schob Mayla ihre Hand unter seinen verschränkten Armen durch, bis sie seine Rechte umfassen konnte. Sie mussten fort, bevor ihre Verfolger sie erwischten. Aber weder Tom noch Madeleine rührten sich. Sie konnte doch nicht mit ihm fortspringen, ohne dass die beiden ein klärendes Wort miteinander gewechselt hatten!

Als Tom endlich etwas sagte, war seine Stimme misstrauisch. »Wer bist du?«

Die Jäger materialisierten sich, weshalb Mayla das Schutzamulett ergriff und den Zauber dachte, der sie in Sicherheit brachte. Madeleine tat dasselbe. Schon glaubte Mayla, sie würde Tom die Antwort schuldig bleiben, doch als es sie von den Füßen zog, hörte sie ihr Flüstern, klar und deutlich, als wispere sie ihnen ins Ohr.

»Ich bin deine Mutter.«

Kapitel 24

Sie landeten in den Pyrenäen bei Toms Hütte. Das Versteck war ohnehin nicht mehr sicher, hatten die Jäger sie schließlich schon einmal hier aufgespürt. Trotzdem war es der erste Ort, der Mayla nach den Klippen am Rhein eingefallen war. Während sie mit den Füßen im Gras landeten, blieb Toms Miene stocksteif. Er rührte sich nicht. Die Morgensonne stand am wolkenfreien Himmel, wodurch Tom einen langen Schatten auf die Wiese warf. Einen reglosen Schatten, dem sich Mayla rasch zuwendete.

»Tom, sie sagt die Wahrheit. Sie ist deine Mutter und damit Emmas Großmutter. Deshalb können die Hohepriesterinnen unsere Tochter beschützen. Ich habe es auch erst gestern erfahren. Ich hätte es dir gesagt, als wir dich aus der Zitadelle geholt haben, aber alles ging so schnell und vor Marianna durfte ich es nicht verraten. Es war unser Trumpf, dass Madeleine Metallzauber wirken kann, ohne in das Überwachungssystem der Jäger zu rutschen.« Sie legte die Arme um ihn, und endlich bewegte er sich.

»Ist gut, Mayla. Wenn sich jemand entschuldigen muss, so bin ich es. Ich hätte dir von Anfang an die Wahrheit sagen müssen, aber die Jäger haben mir mit eurem Tod gedroht und die Hohepriesterinnen haben mir verboten, dir von ihnen zu erzählen. Ich habe nur mit ihnen zusammengearbeitet, um Emma zu retten. Als ich dich niederschlagen musste, hat Marianna mich beobachtet. Sie hatte bereits den Suchzauber in der Hand, mit dem sie Emma aufspüren konnte. Ich habe so leicht geschlagen, wie es möglich war, ohne dass sie misstrauisch wurde. Es tut mir wirklich sehr leid.«

Mayla lächelte. »So viel hast du noch nie am Stück geredet.«

Er schmunzelte zerknirscht. »Normalerweise bist du es, die viel zu erzählen hat.« Sein Blick wurde wieder ernst. Der Gedanke an seine Mutter schien zurückgekehrt.

»Möchtest du darüber reden? Sie ist nett und es tut ihr sehr leid, dass sie gegangen ist. Ich denke, sie möchte es dir selbst erklären.«

Tom nickte lediglich und schob die Angelegenheit beiseite. »Darum kümmern wir uns später. Jetzt geht es darum, den letzten magischen Stein zu finden. Aber ich muss dir etwas sagen, Mayla.«

Schlagartig fielen ihr Mariannas Worte ein. Der Schwur … »Was hast du Marianna versprochen?«

»Ich habe ihr geschworen, falls sie im Besitz aller fünf Bruchstücke ist, zu ihr zu kommen und den Spruch zu wirken, der die magischen Steine wieder vereint. Und …« Er stockte, sah sie an. Und, o Gott, in seinen Augen lag Bedauern. Ihr Herz schnürte sich zusammen, doch sie musste es wissen. Jetzt. Sofort. Sie hielt es nicht länger aus.

»Und?«

»Dieser Zauber, sie spricht ihn nicht selbst, weil er gefährlich ist. Eigentlich ist er nicht gefährlich, das ist das falsche Wort, aber er übersteigt unsere Kräfte. Es ist ein Zauber der alten Magie.«

Maylas Herz klopfte panisch. »Was meinst du damit? Marianna kann doch offenbar ihre Kräfte uneingeschränkt wirken, ohne zu sterben. Wieso macht sie es nicht selbst?«

»Sie kann einen Teil ihrer Kräfte nutzen, allerdings nicht auf das komplette Potential zugreifen. Sie schluckt dafür regelmäßig ein paar Tropfen eines Tranks, ebenso wie die anderen Jäger. Der Zauber für die Vereinigung bleibt dennoch zu stark, er würde sie töten wie damals Bertha und Vincent. Und dieser Spruch, er …«

Sein Blick schnürte Mayla die Kehle zusammen.

»Er wird dich töten?«

Resignierend hob Tom die Schultern.

»Nein, Tom, dann zauberst du ihn nicht. Das kannst du nicht tun. Das kann niemand von dir verlangen.«

»Ich habe keine Wahl. Der Schwur war bindend.«

»Wieso zum Teufel hast du diesen verdammten Schwur überhaupt geleistet?«

»Weil sie gedroht haben Emma zu holen und sie den Zauber sprechen zu lassen.«

Maylas Herz stolperte. »Und sie haben schon vier Steine?«

»Ja, deshalb müssen wir unbedingt den des Metallzirkels vor ihnen finden.«

Eine Träne schoss ihr ins Auge und wanderte über die Wange. Mit dem Handrücken wischte sie sie fort. »Nein, Tom. Das kann nicht sein. Wir finden einen anderen Weg.«

»Den gibt es nicht. Unsere einzige Möglichkeit besteht darin, zu verhindern, dass Marianna jemals in den Besitz des fünften Steins gelangt. Deshalb müssen wir ihn vor ihr finden und zu den Hohepriesterinnen in Sicherheit bringen. Anschließend werden wir alles daransetzen, ihr auch die anderen vier Steine abzunehmen.«

»Dann tun wir das. Tom, wir werden das verhindern. Ich werde es nicht erlauben, dass sie dich mir wegnimmt. Niemand darf das.«

Tom lachte leise. Wie sehr hatte sie dieses Lachen vermisst.

Die Luft vor ihnen begann sich zu drehen, worauf Tom seinen Amulettschlüssel umfasste. »Bereit für eine Weltreise?«

»Wenn du versprichst, bei mir zu bleiben?«

»Das werde ich, Mayla.« Er beugte sich zu ihr hinab und während seine Lippen die ihren berührten, lösten sich ihre Absätze von der Wiese. Die wirbelnden Farben um sie herum nahm sie kaum war, dafür umso mehr seinen innigen Kuss, sein Herz so nah bei ihrem. Seufzend ließ sie sich in seine Umarmung fallen.

Sie landeten auf weichem Untergrund und ein lautes Rauschen drang an ihr Ohr, worauf Mayla widerwillig die Lippen von Toms löste. Sie blickte verdutzt auf, während warme Strahlen auf ihre Haut trafen. Unter ihren Schuhen war Sand und vor ihnen gebärdete sich ein Meer, das endlos wirkte. Oder war es wieder nur ein See?

»Wo sind wir?«

»Willkommen in Italien. Ich würde dich ja gerne auf einen Kaffee und ein Frühstück entführen …, aber leider befürchte ich, so viel Zeit lassen uns die Jäger nicht.«

Mayla schmunzelte. Italien. Wie lange war sie nicht hier gewesen? Sie liebte dieses Land. Sehnsüchtig blickte sie auf das Mittelmeer, das seine Wellen auf den Strand schob, der für Ende August auffällig leer war. Aber natürlich, sie waren in einer Weltenfalte. »Wo genau in Italien sind wir?«

»An der Adria.«

Sehnsüchtig sog Mayla den wilden Duft des Meeres ein. Die salzige Luft tat gut und genüsslich schloss sie die Augen. Als sie sie wieder öffnete, nickte sie ihm zu. »Lass uns nicht warten, bis die Jäger kommen. Wir springen vorher weg, um sie zu verwirren.«

»Dein Wunsch sei mir Befehl.« Erneut umfasste er den Amulettschlüssel und verhakte seine Finger mit ihren. Das Gefühl, einfach nur seine Hand zu halten, schenkte ihr Zuversicht. Genießerisch atmete sie durch. Auch wenn Tom pessimistisch war, hoffte sie, das Glück auf ihrer Seite zu haben.

Der Strand, das Meer und der Sand begannen sich zu drehen. Mayla hielt die Augen offen und staunte nicht schlecht, als sie auf einem hohen Gipfel landeten, der inmitten eines großen Gebirges lag. »Die Alpen?«

»Nein, immer noch Italien. Ich dachte mir, es wäre gut, wenn sie glauben, wir suchen hier nach dem letzten Stein.«

»Auf welchem Gebirge stehen wir, wenn das nicht die Ausläufer der Alpen sind?«

»Natürlich auf einem, dass mittlerweile nur noch Hexen kennen. Es heißt La Bramosia, was Sehnsucht bedeutet. Es wurde benannt nach der Aussicht, die man genießen kann, und der Sehnsucht, die einen dabei unweigerlich überfällt. Die Weltenfalte wurde vor tausenden von Jahren erschaffen.«

Mayla lächelte. Das konnte sie gut verstehen.

In weiter Ferne glitzerte das Meer und einzelne Villen standen am Abhang des Felsmassivs, jedoch so weit voneinander entfernt, dass jeder seine Ruhe genießen konnte. Hier würde sie auch wohnen wollen.

Bevor sie die Aussicht länger genießen konnte, verlor sie bereits wieder den Boden unter den Füßen und die herrliche Landschaft begann sich zu drehen. Als nächstes landeten sie in einer typisch italienischen Landschaft. Weite Felder, einzelne Landhäuser, wenige Menschen.

»Toskana?«

Tom nickte, als ein Rabe angeflogen kam. Misstrauisch sah Tom auf, doch Mayla hob die Hand, worauf ein kleiner Kieselstein darin landete.

»Das ist Madeleines Seelentier. Te aperi!«

Madeleine erschien vor ihnen, die Stimme gesenkt, als befürchte sie Lauscher. »Kommt schnell, ich habe es gefunden. Wir treffen uns an der Treppe zum Westflügel.«

Fragend runzelte Mayla die Stirn, doch Tom nickte. Er wusste, wo das war. Sie drückte fest seine Hand, am liebsten hätte sie die Speed-Italienreise verlängert, als sich bereits die farbenfrohe Landschaft zu drehen begann und sie in einer düsteren Diele landeten. Vor ihnen erstreckte sich eine marmorne Treppe, die in den ersten Stock führte und an der Madeleine lehnte, das Gesicht sorgfältig unter der Kapuze verborgen. Trotzdem fiel ihnen sofort ihr Zeigefinger ins Auge, den sie mahnend an die Lippen drückte. Waren die Jäger immer noch im Haus? Mayla blickte hinter sich, doch sie hörte weder Schritte noch Stimmen.

Madeleine forderte sie mit einer Handbewegung auf, ihr nach oben zu folgen. Auf Zehenspitzen schlich Mayla neben Tom die Treppe hinauf. Nicht mit einem Wort oder einer

Geste offenbarten Tom und Madeleine, was zwischen ihnen lag und worüber sie dringend reden mussten. Wenn Mayla irgendwelche letzten Zweifel an ihrem Verwandtschaftsverhältnis gehabt hätte, wären sie in diesem Moment verflogen.

Auf halbem Wege blieb Madeleine auf der Treppe stehen und deutete auf ein Ölgemälde. Es zeigte keinen Urahnen der von Eisenfels, was schon mal verdächtig war, sondern ein Landhaus am Rande eines Waldes, das Mayla nie zuvor gesehen hatte. Mayla runzelte die Stirn, doch Tom nickte verstehend und griff in ihre Handtasche. Er kramte die Schatulle hervor und holte einen Ohrring heraus, den er an eine Stelle des Hauses legte, genauer gesagt auf ein Buntglasfenster, das – Mayla riss überrascht die Augen auf – das gleiche Muster wie der Schmuck aufwies.

Während der Ohrring Linie für Linie auf dem Buntglasfenster ruhte, schloss Tom die Augen und ein rotes Licht erschien. Ob es aus seiner Hand kam oder aus dem Ohrring selbst, ließ sich nicht sagen. Im nächsten Moment schwang das Bild zur Seite und offenbarte eine schmale Tür, deren Schloss sich mit einem leisen Klick öffnete.

Hintereinander schlichen sie in den düsteren Raum, worauf Mayla eine Flamme auf die Fingerspitze blies.

Madeleine ließ die Tür geräuschlos zugleiten, ihre Stimme nur ein Flüstern. »Ich wette, auf dem Büro liegt Magie, sodass kein Geräusch nach außen dringt. Doch Bertha ist längst tot. Es ist zwar seltsam, dass der Raum trotzdem noch unauffindbar ist, aber wer weiß, ob das auch für den Obsurdesce-Zauber gilt.«

Tom betrachtete seine Mutter einen Moment länger als gewöhnlich, doch rasch, als bemerke er es selbst, drehte er

sich von ihr weg und machte sich an dem antiken Schreibtisch zu schaffen. Er befand sich in einer Ecke und darauf
stapelten sich Schriftrollen, Tintenfässchen und Schreibfe-
dern. Ordentlich war Bertha schon mal nicht gewesen.

Mayla bestaunte die mit dunklem Holz getäfelten Wände,
an denen nur ein einziges Porträt hing, direkt über dem
kleinen Kamin. Es war dieselbe Frau, deren Gesicht in dem
Medaillon abgebildet war.

Elektra von Eisenfels.

Madeleine stellte sich zu ihr und betrachtete ebenfalls das
Porträt. »Obwohl das Elektras geheimes Zimmer ist, hat
Bertha es weiterhin genutzt. Einmal hat sie mich mit herge-
nommen.« Die Erinnerung ließ sie schaudern. »Nur deshalb
konnte ich es finden, denke ich. Und Toms direkte Abstammung von ihr war nötig, um den Raum zu öffnen. Mein
Zauber hat dafür nicht ausgereicht.«

Tom sah sie für einen kurzen Moment an, die Mimik
unergründlich, dann wandte er sich wieder den Schriftrollen
zu.

»Und der Schmuck?« Mayla betrachtete die Schatulle in
ihrer Hand. »Glaubt ihr, die Jäger können uns auch ohne den
Ohrring in den Raum folgen?«

Madeleine zuckte mit den Achseln. »Ich glaube nicht, aber
wir sollten es nicht darauf anlegen. Hast du das Medaillon
bei dir?«

Mayla angelte die Kette unter ihrer Bluse hervor und löste
es. Fragend hielt sie es Madeleine entgegen, während Tom
leise eine Schublade zuschob, in der sich offenbar nichts
Interessantes befunden hatte. Dann musterte er das Bildnis.
»Das Medaillon passt zu den Schmuckstücken, mit denen
wir das Büro öffnen konnten. Das Abbild zeigt die Frau, in

deren Büro wir uns befinden. Es ist eindeutig, dass Bertha ihr nachgeeifert, ihre Zauber studiert und sich viel in diesem Zimmer aufgehalten hat. Wer weiß, wie oft sie hier gewesen ist, während ich ein kleiner Junge war und dachte, außer meinem Vater und einzelnen Hausangestellten wäre niemand im Haus.«

Madeleine nickte, während Mayla nachdachte. »Vielleicht liegt ebenso ein Schutzzauber auf dem Stein wie auf der Tür und wir können ihn mithilfe des Medaillons lösen.«

Laute Schritte waren zu hören. »Wo sind sie?«, rief jemand.

Mayla sackte das Herz eine Etage tiefer. Die Jäger. Sie hatten sie gefunden.

»Jetzt aber schnell.« Sie stoben auseinander, Mayla befühlte die Wände und jede einzelne Ritze zwischen den Bodendielen, Tom ließ das Medaillon in seine Hosentasche gleiten und widmete sich dem Rest des Schreibtischs, und Madeleine wandte sich einem Regal zu, das sie bislang nicht näher angesehen hatten. Doch keiner von ihnen fand etwas Auffälliges. Mayla zog die Schubladen einer Kommode auf, in der sich Zutaten für Tränke, Mörser, Pinzetten, Pipetten und andere Utensilien befanden. Ein Hinweis auf den Verbleib des Steins hingegen war nicht darunter. Ratlos trat sie auf das Porträt zu, aus dem ihr Elektra von Eisenfels höhnisch zulachte. Einer Eingebung folgend streckte sie nach Tom die Hand aus. »Gib mir mal das Medaillon.«

Tom legte die Schriftrollen, die er überflogen hatte, zurück auf den Schreibtisch und zog das Schmuckstück aus seiner Hosentasche. »Hast du etwas entdeckt?«

Mayla öffnete es und legte den Kopf schräg. Ihr Blick wanderte von dem Porträt auf dem Gemälde zu dem in dem

Medaillon. »Schau, die Frisur sitzt identisch, die Kette um den Hals ist gleich und der Kragen des Kleides auf dem Medaillon passt zu dem auf dem Gemälde. Es ist das gleiche Bild.«

Madeleine trat an die Tür, hinter der sich den Geräuschen und Stimmen nach zu urteilen mehr und mehr Jäger versammelten.

»Nutzt den Suchzauber noch mal. Sie müssen hier irgendwo sein!«, drang Mariannas befehlshaberische Stimme durch die Tür, die Mayla mit einem Mal viel zu instabil vorkam.

Madeleine hielt die Arme erhoben, falls es den Jägern irgendwie gelingen sollte, den Schutz zu brechen. Aus ihren Fingerspitzen schwoll ein Zauber an, der sich über die Tür legte. »Beeilt euch!«

Mit flauem Gefühl im Magen wandte sich Mayla von der Tür ab und wieder dem Gemälde zu. Sie deutete auf die Kette, die Elektra um den Hals trug. Der Anhänger verschwand größtenteils unter dem Kragen des Kleides, aber konnte es nicht sein, dass … »Schau mal, Tom, trägt sie auf dem Bild nicht dasselbe Medaillon, das wir in Händen halten?«

Tom runzelte die Stirn und trat näher. »Du hast recht.«

Ohne nachzudenken, wollte Mayla das Medaillon auf das Gemälde drücken, exakt an die Stelle, wo die Elektra auf dem Gemälde das Medaillon trug, doch sie war zu klein und kam nicht dran. Tom nahm ihr das Schmuckstück aus der Hand. Ohnehin bedurfte es seiner Magie, um Berthas Schutz zu brechen. Er drückte es an das Gemälde, schloss konzentriert die Augen, aber es geschah nichts. Schon wollte er die Hand zurücknehmen, als Mayla ihn zurückhielt.

»Gib nicht auf. Du schaffst das. Dort muss der Stein versteckt sein.«

Tom atmete tief durch und schloss erneut die Augen. Während das Holz der Tür splitterte, knackte gleichzeitig ein Schloss und das Gemälde schwang zur Seite.

»Sie kommen!«, rief Madeleine. »Tutare!«, und ein Schutzschild erschien.

»Nur noch einen Moment.« Mayla stellte sich auf die Zehenspitzen, doch sie reichte nicht an den safeartigen Raum heran, der sich hinter dem Ölporträt auftat. Tom jedoch hatte längst hineingegriffen. Neben einem dicken Buch, womöglich dem Grimoire der Familie, entdeckte er den kleinen Stein, der so unscheinbar aussah, dass man sich fragen konnte, warum um einen so winzigen schlichten Gegenstand solch ein Theater gemacht wurde. Sobald Tom den Stein in die Hand nahm, begann er rot zu glühen.

»Da sind sie!«, schrie Marianna, die mit erhobenen Händen und einem einzigen Zauber Madeleines Schutz zerbersten ließ. Madeleine sprang zu ihnen, umfasste Maylas Hand und sprang davon. Flüche jagten ihnen hinterher. Jemand erwischte Mayla am Umhang und zog sie zurück, sodass ihr Madeleines Hand entglitt. Ein Zauber wurde gesprochen, worauf der Raum sich langsamer drehte und Mayla und Tom wieder auf dem Boden landeten, bis alles still stand.

Von Madeleine fehlte jede Spur, dafür standen die Jäger vor ihnen, Marianna in vorderster Reihe. Und sie lachte hässlich.

»Ihr entkommt mir nicht noch mal!«

Kapitel 25

Mayla hob die Hand und gemeinsam mit Tom baute sie einen Schutzzauber auf. Mit einem einzigen Schlag durchbrach Marianna den Schild. »Animus –«, begann Mayla, aber bevor sie ihre Gegner bewusstlos zaubern oder Tom seinen Amulettschlüssel umfassen konnte, schlangen sich magische Ketten um ihre Hände und Arme, und zurrten sie am Körper fest. Marianna legte einen Schild um sie beide, der jeglichen Zauber an der Kuppel abprallen ließ. Die Ketten allerdings wanderten durch den Schutzzauber hindurch und niemand geringeres als Marianna persönlich hielt die Enden fest.

Maylas Puls raste, wenigstens war Tom bei ihr. Sie hatte Angst vor Mariannas Macht, aber das würde sie den Jägern nicht zeigen. Möglichst würdevoll richtete sie sich unter ihren Fesseln auf.

Marianna blickte höhnisch auf sie herab. »Ich sag's doch, mir entkommt ihr nicht noch einmal. Das Spiel ist vorbei. Wo ist der Stein?«

Tom hob eine Braue.

»Welcher Stein?«

In Mariannas Augen loderte Hass. »Du überstrapazierst meine Geduld, dämlicher von Eisenfels! Hast du überhaupt keinen Anstand, das Erbe deiner Familie zu wahren?«

Unauffällig blickte Mayla auf seine Hände, die eng am Körper festgezurrt waren. Glücklicherweise entdeckte sie den rot glimmenden Stein nicht. Hatte er ihn rechtzeitig Madeleine gegeben? Durch Mayla schoss ein Hochgefühl. Der fünfte Stein, er war in Sicherheit. Mutiger reckte sie das Kinn. »Das Erbe seiner Familie beschränkt sich nicht nur auf Vincent und Bertha.«

»Nenn sie nicht Bertha! Ihr Name war Valentina Victoria, die Siegreiche, und das wird sie am Ende sein!« Marianna wandte ihnen den Rücken zu. »Bringt sie an einen sicheren Ort!«

»Aber die Zitadelle wurde gestürmt«, entgegnete einer der Jäger.

»Dann verfrachtet sie in irgendeine verlassene Ruine.«

»Sollen wir sie nicht endlich töten?«, fragte ein anderer, der Mayla hasserfüllt musterte.

Marianna warf Mayla einen müden Blick über die Schulter zu. »Mit ihr könnt ihr machen, was ihr wollt. Sie ist völlig bedeutungslos für mich.«

Als Tom antwortete, klang seine Stimme gelassen. »Wenn ihr sie tötet, weigere ich mich, den Zauber zu sprechen. Denk an den Schwur, den ich geleistet habe und an welche Bedingungen er geknüpft ist.«

Blitzschnell drehte sich Marianna um und kam ihnen so nah, wie es die Schutzkuppel zuließ. »Wenn du unseren Schwur brichst, erwartet dich nicht nur der Tod, nein. Es wird qualvoll sein und ewig dauern.« Sie lachte überlegen, doch Toms Miene blieb unbeeindruckt.

»Wenn du sie tötest, weigere ich mich, den Zauber zu sprechen – auch das war Bestandteil des Schwurs und das weißt du.«

»Und du weißt genau, dass du keine Wahl hast! Schafft sie mir aus den Augen!« Sie gab einem der Jäger die Enden der Ketten. Der Raum begann sich erneut um sie zu bewegen, das Gemälde von Elektra drehte sich rasend schnell im Kreis und schien sie zu verspotten, bis sie in einem dunklen Keller landeten. Es roch modrig und die Luft war klamm. Das Tageslicht drang nur spärlich durch ein kleines Fenster und beleuchtete den leeren Raum.

Ängstlich drückte sich Mayla an Tom. Wollten die Jäger sie nun töten? Aber die drei jungen Männer, die sie hergebracht hatten, richteten ihre Zauberstäbe nicht auf Mayla, sondern auf die Wand, worauf sich ein dicker Eisenring bildete, der fest im Mauerwerk verankert war. Mit einem weiteren Zauber banden sie die magische Kette daran fest, bevor sie sich überheblich zu ihnen umdrehten. »Macht's euch gemütlich.« Lachend verschwanden sie mit einem unschuldigen Glitzern.

Sofort versuchte Mayla ihre Magie zu nutzen, die Fesseln abzustreifen, die Ketten wenigstens aus dem Ring zu lösen, doch nichts davon gelang ihr. Tom dagegen stand völlig ruhig.

»Willst du nicht wenigstens versuchen, uns zu befreien?«

Er schüttelte den Kopf. »Es hat keinen Sinn. Ich habe dir schon erzählt, sie trinken einen Trank, der sie die alte Magie nutzen lässt. Ihre Kräfte übersteigen die unseren bei weitem.«

»Was ist das für ein Trank?«

»Ich weiß nicht genau, wie sie ihn brauen, aber sie verwenden dafür Blut von Hexen aus allen vier Zirkeln. Dadurch wird ihrem Körper simuliert, dass sie auch körperlich über die alte Magie verfügen, weshalb sie sie in begrenztem Maße wirken können, ohne daran zu sterben.«

»Deshalb ist Marianna so stark?«

»Genau, jedoch können sie ihre Kräfte trotzdem nicht in vollem Umfang nutzen.«

»Was uns nicht viel bringt, wenn sie ohnehin schon mächtiger sind als wir.«

Tom sagte nichts dazu.

Mayla legte den Kopf in den Nacken, um ihn ansehen zu können. »Was machen wir jetzt?«

»Ruhe bewahren und nicht zu viel reden.« Er nickte nach oben. Verdammt, wurden sie etwa belauscht?

Mayla biss sich auf die Zunge. Es gab so viel zu besprechen, so viele Dinge, die sie loswerden wollte, falls dies wirklich das Ende war.

Marianna plante sie den Jägern zu überlassen und Tom würde bei dem bevorstehenden Zauber sterben. Solange die Hohepriesterinnen Emma und die Steine schützten, waren sie in Sicherheit. Aber sie wollte in diesem Loch weiß Gott nicht ihre besten Jahre verbringen.

Zum Glück hatte Madeleine mit dem magischen Stein fortspringen können. Bestimmt war sie jetzt bei ihren Schwestern und die fünf beratschlagten, wie sie Tom und sie befreien konnten. Bestimmt!

Oder würden sie all ihre Mühe daransetzen, die anderen vier magischen Steine wieder in ihre Gewalt zu bekommen? Wie weit ging ihre Loyalität Tom und ihr gegenüber? Waren sie beide nicht nur zwei kleine Rädchen in dem großen Konstrukt namens Schicksal?

Das Ziel der Hohepriesterinnen war es ganz klar, alle Bruchstücke in ihren Besitz zu bekommen, um sie zu vereinen und über die Quelle der Magie wachen zu können. Welche Rolle spielten schon Mayla und Tom? Wenigstens Emma war für sie von Bedeutung. Als direkter Nachkomme einer Hohepriesterin, dazu geboren mit der alten Magie, würde sie eine mächtige Hüterin der Steine werden. Aber verdammt, Mayla wollte das miterleben. Sie wollte ein Teil des Lebens ihrer Tochter sein, wollte zusehen, wie sie groß wurde, Freunde fand, ihre Zukunft gestaltete und ihren Weg ging – denn dass Emma das tun würde, stand für Mayla außer Frage. Sie war ein kluges Mädchen mit dem richtigen Gespür für wichtige Dinge. Und sie war liebevoll und gut.

Entschieden hob sie den Kopf. So pessimistisch war sie nicht und nur weil sie in einem verdammten Kellerloch festhing, würde sie es nicht werden. Tom stellte sich nah neben sie, sodass sie seine Wärme und seinen vertrauten Geruch wahrnahm. Wenigstens war er wieder bei ihr.

Die Zeit verging und niemand kam. Die Zunge klebte Mayla mittlerweile am Gaumen, doch um ihre Befindlichkeiten scherten sich ihre Gegner offensichtlich nicht. Sie hatten sich nebeneinander auf den kalten Boden gesetzt und lehnten am Rücken des anderen. Dadurch konnten sie ihre Hände berühren, was Mayla ein wenig tröstete. Sie war bereits am Eindösen, als sich die Luft vor ihnen bewegte und im nächsten Augenblick zwei Jäger vor ihnen standen.

»Was passiert jetzt?«, verlangte Tom zu wissen.

Keiner antwortete ihm. Stattdessen lösten sie die magischen Fesseln von dem Ring und zogen sie auf die Füße.

Ehe Mayla aufrecht stand, begann sich der muffige Kellerraum um sie zu drehen und gleißend helles Licht blendete sie. Während sie mit den Absätzen auf einem harten Grund landete, kniff sie die Lider zusammen, bis sie sich an die Helligkeit gewöhnt hatte. Staunend blickte sie sich um.

Hohe Tempel, ähnlich denen in der Antike, ragten gen Himmel. War das die geheime Weltenfalte der Hohepriesterinnen? Aber ein wenig anders sah es schon aus. Außerdem entdeckte sie weder Emma noch eine der Schwestern und auch nicht den Rundtempel, in dem sie mit den Frauen gesessen und beratschlagt hatte. War das vermutlich ein anderer heiliger Ort der Hüterinnen? Gab es mehrere?

Aus dem Schatten eines langgezogenen rechteckigen Tempels trat Marianna hervor, das Gesicht zu einem selbstgefälligen Grinsen verzogen. Verdammt, wieso sah sie so zufrieden aus?

»Ihr habt Glück. Mir wurde ein Tausch vorgeschlagen. Offensichtlich wissen eure Verbündeten nicht, wie wertlos ihr im Gegensatz zu den magischen Steinen seid.«

Mayla horchte auf. »Wie bitte? Ein Tausch?«

»Ja, wer hätte das gedacht. Euer Leben gegen den letzten magischen Stein. Ist das nicht ein phänomenaler Handel? Wir werden alle glücklich sein.«

Was? Das konnte doch nicht wahr sein. Mayla spähte zu Tom, der gelassener aussah, als sie sich fühlte. Die Hohepriesterinnen wussten nichts von dem Schwur, den er geleistet hatte. Sobald Marianna über alle fünf Bruchstücke verfügte, musste er zu ihr gehen und den Zauber sprechen, der ihn wahrscheinlich das Leben kostete.

Mit aller Gewalt zwang sich Mayla ruhig zu bleiben. Madeleine und ihre Schwestern mussten einen Plan haben, sonst hätten sie sich niemals darauf eingelassen. Oder? Aufgeregt ruckelte Mayla an den Ketten. Erfolglos.

»Geduld, kleine Feuerhexe, bald bist du wieder frei.« Marianna drehte ihr den Rücken zu.

Tom hatte die Augen geschlossen. Wieso nur hatte Madeleine nicht früher gesagt, wer sie war? Emma wäre in Sicherheit gewesen und Tom hätte niemals den Schwur geleistet.

Hätte, hätte, verdammt noch mal! Es ließ sich nicht mehr ändern. Es musste einen Ausweg geben. Eine Chance für sie beide.

Zufrieden sah sich Marianna um. »Diesen Ort habe ich vorgeschlagen. Es ist ein alter heiliger Ort, den mir Valentina Victoria von Eisenfels gezeigt hat. Hier kann sich unsere Magie ungebremst entfalten. Egal, wie viele auftauchen, sie haben gegen uns keine Chance.« Sie lachte selbstgefällig.

Folglich befanden sie sich nicht in demselben Bezirk, in dem Emma beschützt wurde. Offenbar hatten die Hohepriesterinnen mehr als eine solcher heiligen Weltenfalten und Bertha war damals schon auf der Suche danach gewesen. Waren diese und die bei dem Hotel die einzigen beiden, die sie entdeckt hatte?

Die Luft vor ihnen begann sich zu bewegen, bis sich eine verhüllte Gestalt materialisierte. Obgleich sie einen weiten Umhang trug und ihr Gesicht in den Schatten der Kapuze verbarg, erkannte Mayla sie sogleich. Es war Madeleine. Sie stand so weit entfernt, dass Marianna nicht die Ähnlichkeit zu Tom erkennen würde, selbst wenn sie einen Blick auf ihr Gesicht erhaschen könnte. Um sie herum befand sich ein Schutzschild und in ihrer Hand hielt sie den kleinen Stein, der unter ihrer Berührung rot glomm.

»Ich habe, was du willst, Fremde«, rief Marianna zu ihr hinüber. »Jetzt gib mir den Stein, damit wir den Austausch vornehmen können.«

»Ich werde dir das letzte Bruchstück geben. Nur was nützt es dir, wo doch Tom die anderen vier gestohlen hat?«

»Wir sind längst im Besitz der anderen magischen Steine. Und nun, da unsere Magie die eure um ein Vielfaches übersteigt, will ich so gnädig sein und sie dir zeigen.« Sie langte in ihre Hosentasche und holte ein seidenes Tuch hervor. Als sie es aufwickelte, lagen darin die vier magischen Steine des Feuerzirkels, des Luftzirkels, des Wasserzirkels und des Erdzirkels. Maylas Herz schlug unruhig schneller. Alle fünf Bruchstücke befanden sich an ein und demselben Ort.

»Bring mir den Stein her!«, forderte Marianna.

Toms Mutter straffte die Schultern. »Ich werde die halbe Strecke gehen, aber bevor ich ihn hinlege, löst du die Fesseln um Mayla und Tom.«

Lachend zeigte Marianna ihre strahlend weißen Zähne. »Abgemacht.«

Mayla tastete nach Toms Hand, als Madeleine langsam einen Fuß vor den anderen setzte. Bei der Mitte angelangt hockte sie sich hin und legte den Stein auf den Felsboden. Doch sie ließ ihn nicht los, während sie zu ihnen schaute. »Jetzt du!«

Marianna konnte sich ihr Grinsen nicht verkneifen, während sie den Zauberstab erhob und Maylas und Toms Fesseln zu Boden fielen. Langsam kreiste Mayla mit den Schultern und hob die Hände vor den Körper.

»Vorsicht«, mahnte Marianna und behielt sie und Tom ebenso im Auge wie Madeleine. »Eine falsche Bewegung und ich töte dich, Feuerhexe.« An Madeleine gewandt rief sie: »Auf drei, dann lässt du los und zusammen springt ihr fort. Ich will euch hier keine Minute länger sehen. Eins …«

Madeleine richtete sich ein Stück weit auf. »Zwei …«

»DREI!«

Anstatt dass Madeleine den Stein losließ, ploppten unzählige Hexen um sie herum auf und umzingelten Marianna und ihre Männer. Auf die Schnelle sah Mayla die Hohepriesterinnen, die zu Madeleine gesprungen waren, und ihre Oma mit Georg und Violett, die neben den Schwestern auftauchten.

Melinda lief furchtlos auf Marianna zu und ließ die Jägerin mit einem Zauber auf den Steinboden donnern. Georg und die anderen griffen ebenfalls an, worauf ihre Gegner in die Knie gingen. Schnell richteten sie sich wieder auf. Ihre Magie war stärker. Und sie lachten, als hätten sie damit gerechnet. Weitere Jäger stürmten hinter den Tempeln hervor und schleuderten Flüche auf sie zu.

»Schnell, Mayla und Tom, kommt!« Hinter ihnen stand Gabrielle, die sogleich Maylas Hand umfasste. Daneben entdeckte sie Phylis und Andrew.

»Wir müssen die alte Magie vereinen.«

»Aber Marianna kann die alte Magie mithilfe eines Zaubertranks nutzen, ebenso wie die restlichen Jäger.«

Tom schnappte sich Maylas und Andrews Hand. »Erinnere dich, was ich dir erklärt habe. Vereint haben wir eine Chance.«

Ehe sie sich versah, standen sie im Kreis, Hand in Hand, und schlossen die Augen. Im Geiste sah sie den Kampf gegen Bertha und Vincent aufflackern und sofort erinnerte sie sich an die notwendige Formel.

»Aer et terra,

ignis et aqua,

nostro iussu,

foedus facite!«

Im Chor drangen ihre Stimmen über die altehrwürdige Tempellandschaft und ein lilafarbener Schein bildete sich zwischen ihnen. Langsam ließen Tom und Andrew ihre Hände los, sodass sie in einer Linie standen und ihre Feinde im Auge hatten.

Marianna umfasste ihren Amulettschlüssel. Sie wollte mit den vier magischen Steinen fliehen. Melinda gab ihr bestes, doch ihre Kräfte reichten nicht, um sie aufzuhalten.

Mayla und ihre Verbündeten stellten sich vor, wie der lilafarbene Schein das ganze Areal einschloss und den Perduce-Zauber unterband. Die Hohepriesterinnen schienen einen zusätzlichen Zauber zu wirken, sodass niemand fliehen konnte. Es war ihr Hoheitsgebiet, wodurch ihre Macht die der Jäger übertraf. Als Mariannas Zauber missglückte, jubelte Mayla.

»Sehr gut«, rief Melinda, »und jetzt stellt euch dicke Mauern um sie herum vor.«

Sie eilte zu ihnen und ergriff Toms Hand, wodurch sich die vereinte Magie verstärkte. Auch die fünf Hohepriesterinnen stellten sich neben sie und fassten nach ihren Händen.

Zu Madeleine trat Anna, daneben Georg und Violett, neben sie stellten sich Angelika, Artus, John, Matthew, Pierre, Susana und Nora, die Andrews Hand ergriff. Sie alle waren gekommen. Die Verbundenheit befeuerte ihre Magie, während sie sich geschlossen auf ihre Aufgabe konzentrierten. Sie bildeten einen Halbkreis um ihre Feinde und dehnten den lilafarbenen Schutzschild auf das gesamte Areal aus, wodurch die Jäger ihre Magie nicht wirken konnten.

»Jetzt bewusstlos hexen!«, erscholl Melindas Befehl, worauf sie alle zusammen riefen: »Animo linquatur!«

Die Jäger glitten reglos zu Boden, Marianna ebenfalls, die Hand ausgestreckt und darin lagen die vier magischen Steine.

»Haltet den Zauber aufrecht!«, rief Georg, der sich langsam aus dem Schutzkreis löste. Sofort ergriff Violett Annas Hand, sodass die Menschenkette wieder intakt war. Aus Georgs Zauberstab erschienen magische Fesseln, die sich sogleich um die Jäger wickelten. Teresa sprang vor und schnappte sich die vier magischen Steine, worauf Marianna ebenso fest gefesselt wurde.

»Vola!«, rief Georg und die Jäger mitsamt Marianna schwebten in die Luft und blieben ordentlich nebeneinander aufgereiht auf dem Felsboden liegen. »Jetzt sprecht mir nach: Aperi, carcer!«

»Aperi, carcer!«, riefen sie im Chor und lilafarbene Gitterstäbe erschienen um die Jäger wie eine Gefängniszelle.

»Wunderbar. Wir haben es geschafft!« Melinda klatschte, worauf die Verbündeten ihre Hände zögerlich voneinander lösten. Mayla wartete gespannt, die Hände noch immer abwehrbereit erhoben, doch das lila schimmernde Gefängnis blieb bestehen.

Glücklich sah sie sich um. Die Hohepriesterinnen eilten zueinander. Die Freude strahlte auf ihren Gesichtern, selbst Madeleine hatte die Kapuze abgestreift und lachte. In ihren Händen lag noch immer der Stein des Metallzirkels und Aura hielt die anderen vier Bruchstücke fest umschlossen. Zum Glück hatte Marianna, ohne es zu wissen, eine ihrer heiligen Stätten als Übergabeort gewählt. Die Magie der Hohepriesterinnen war an diesem alten mystischen Ort stärker, weshalb sie die Jäger hatten aufhalten können.

Angelika und Artus begutachteten mit Melinda das Gefängnis, dessen Konstruktion Georg erklärte. Violett stand mit den anderen von Burg Donnersberg zusammen und erzählte etwas. John und Andrew hielten sich in Maylas Nähe und zwinkerten ihr grinsend zu. War alles wieder in Ordnung zwischen ihnen?

Violett kam auf sie zugesprungen und fiel ihr um den Hals. »Mayla, ich bin so froh, dass es euch gutgeht!«

»Was ist passiert? Bist du das gewesen, die alle hergeführt hat?«

»Nein, Madeleine, die Hohepriesterin. Georg ging es heute morgen so gut, dass er nicht eine Sekunde länger im Krankenhaus bleiben wollte. Als wir aus dem Zimmer gekommen sind, haben wir Melinda laut poltern gehört, die sich ebenfalls selbst entlassen hat, und zu dritt sind wir aus dem Krankenhaus auf Burg Donnersberg gesprungen. Dort kam Madeleine mit ihren Schwestern vorbei. Sie haben uns erklärt, wer sie sind, und was mit euch geschehen ist. Uns war sofort klar, dass wir Marianna und ihre bescheuerten Gefährten nur gemeinsam aufhalten konnten.«

Mayla lachte auf. »Und dann seid ihr gekommen?«

Violett nickte, dabei hüpften ihre roten langen Haare um ihre Schultern. »Marianna hat mit Madeleine die Übergabe verhandelt und dazu diesen alten Ort der Hohepriesterinnen vorgeschlagen. Was für ein glücklicher Zufall, oder? Die Magie ist definitiv auf unserer Seite.«

»Ich freue mich so sehr.« Lächelnd sah Mayla zu Tom auf. »Ist es wirklich vorbei?«

»Ja, wir haben es geschafft, gemeinsam mit unseren Freunden.« Tom nahm ihr Gesicht in beide Hände und obwohl sie inmitten ihrer Verbündeten standen, küsste er sie vor aller Augen.

Kapitel 26

Was passiert nun mit den Steinen?«, rief Angelika von Donnersberg und holte damit Mayla und Tom in die Gegenwart zurück.

Teresa trat vor, hinter sich ihre vier Schwestern. Madeleine hatte sich wie selbstverständlich unter sie gereiht, als hätte es nie Differenzen gegeben. Mit Freude beobachtete Mayla, dass das nicht nur von ihr ausging, sondern auch die anderen Hohepriesterinnen sie in ihre Mitte nahmen. »Unsere Schwester Madeleine hat euch bereits anvertraut, wer wir sind.«

Aller Augen ruhten ehrfürchtig auf den Hohepriesterinnen, nur Melinda trat selbstbewusst nach vorne. »Es ist mir eine Ehre, dass ich euch kennenlernen darf. Die Steine werden wir Zirkeloberhäupter wieder sicher verwahren.«

Mayla trat neben Melinda. »Nein, Oma, ich halte es für vernünftiger, wenn die Hohepriesterinnen wieder ihre Aufgabe wahrnehmen. Sie helfen, die Quelle der Magie zu schützen und das Machtgleichgewicht aufrechtzuerhalten.«

Melinda zog die weißen Brauen zusammen, dazwischen erschien eine tiefe Falte. »Was redest du da? Es ist unsere Aufgabe als Zirkeloberhäupter, die Quelle zu behüten.«

Bestimmt legte Teresa die Hand auf die fünf magischen Steine. »Das Gleichgewicht wurde durch die Teilung der Magie gefährdet. Wir müssen die Bruchstücke wieder vereinen und wir werden die Quelle behüten.«

»Aber –«

Mayla hielt ihre Oma am Arm zurück. »Ich halte das für eine gute Idee.«

Gabrielle trat neben Mayla und lächelte sie an. »Ich stimme auch dafür. Zu lange wurde die Schwesternschaft ihrer Aufgabe beraubt. Es ist an der Zeit, dass die Steine wieder in ihrer Obhut liegen.«

»Ich bin ebenfalls dafür«, betonte Tom, worauf alle Augen auf Andrew ruhten.

Tief durchatmend kam er auf die Frauen zu. »Es hat keinerlei Auswirkung auf die Magie meines Zirkels, wenn ihr die Steine verwahrt, ist das richtig?«

Lächelnd trat Aura einen Schritt nach vorne. Ihre gelbbraunen Augen funkelten. »Meine Magie ist auch die deine. Ich gelobe, auf den Stein zu achten und seine Macht niemals zum Nachteil der anderen Hexen zu verwenden.«

Agatha stellte sich neben sie. »Meine Magie ist die des Wassers und auch ich verspreche, meine Aufgabe gewissenhaft wahrzunehmen und niemandem zu schaden.«

Ignatia warf ihre feuerroten Locken über die Schultern und gesellte sich zu ihren Schwestern. »Ich wirke Feuermagie und gelobe, meine Aufgabe als Hüterin des Steins dafür zu verwenden, Schaden von allen Hexen und Hexern fernzuhalten.«

Lächelnd blickte Teresa in die Runde. »Die Erdmagie ruht in meiner Seele. Ich gebe mein Leben dafür, den vereinten magischen Stein zu beschützen.«

Gebannt schauten alle zu Madeleine, die zögerlich die Kapuze vom Kopf zog. Ein kollektives Luftanhalten war zu spüren, die Ähnlichkeit zu Tom stach allen sofort ins Auge. »Ich gelobe, meine Metallenergie dafür zu verwenden, den vereinten magischen Stein zu behüten, wie ich von nun an auch meine Familie und meine Schwestern behüten werde.« Sie sah zu Tom, der ihren Blick erwiderte. Sein Gesicht blieb ausdruckslos, dennoch wertete Mayla den Augenkontakt als gutes Zeichen. Gespannt schaute sie zu den anderen Hexen und zu ihrer Oma, die sich ratlos ansahen. Endlich ergriff Melinda das Wort.

»Wenn die neue Generation der Oberhexen einstimmig dafür ist, so werde ich euch nicht im Wege stehen. Gleichwohl frage ich mich, wie ihr die Bruchstücke vereinen wollt. Ihr braucht jemanden, der die alte Magie wirken kann, und Tom würde der Zauber töten.«

»Wir haben bereits einen geeigneten Kandidaten im Auge.« Teresa drehte sich zu einem der Tempel und rief: »Du kannst kommen, kleine Hüterin.«

Als Mayla das kleine Mädchen, eingehüllt in einen Mantel wie ihn die Hüterinnen trugen, aus dem Schatten des Tempels hervortreten sah, fasste sie sich ans Herz. »Emma!« Sie rannte auf ihre Kleine zu, zog sie in ihre Arme, wirbelte sie hoch und drückte sie fest an sich. »Mein kleiner Schatz, endlich können wir wieder zusammen sein. Jetzt wird alles gut.« Tränen glitzerten in ihren Wimpern, während sich Emmas kurze Arme um ihren Hals schlangen.

»Mami!«

Tom legte die Arme um sie beide und vergrub seine Nase im dunklen Lockenschopf seiner Tochter. Mayla hörte ihn tief einatmen und musste lächeln.

Viel zu schnell wurde Emma unruhig, worauf Mayla sie auf die Füße ließ. »Ich muss zu meinen Schwestern gehen.«

»Deinen Schwestern?« Mayla blickte skeptisch zu den Hohepriesterinnen.

»Ja, es hat mir bei ihnen gefallen und sie haben gesagt, sie werden mich schon bald in ihre Schwesternschaft aufnehmen.«

»So, haben sie das?« Forschend sah Mayla eine Hohepriesterin nach der anderen an.

»Emma ist die geborene nächste Generation. In ihr ist die alte Magie vereint und sie stammt in direkter Linie von uns ab. Sie wird eine wunderbare Hüterin sein.«

Bei Teresas Worten wechselten alle überraschte Blicke. Außer Georg und Violett wusste niemand, das Emma die alte Magie in sich trug. War es Absicht von Teresa, es zu erwähnen? Wütend stemmte Mayla die Hände in die Seiten.

»Ihr könnt sie nicht zwingen! Und sie ist ein gutes Kind. Nur weil sie die alte Magie in sich trägt, braucht niemand Angst vor ihr zu haben.« Die letzten Worte richtete sie an ihre Freunde, die Emma musterten. Lag Misstrauen in ihren Augen? Wollten sie Emma ausschließen, wie es mit Tom geschehen war?

Unvermittelt erhob Georg das Wort. »Nur weil dieses liebe Kind die alte Magie in sich trägt, ist sie nicht gefährlich. Insbesondere als Hüterin wird sie diese Magie für unser aller Wohl nutzen.«

Die anderen murmelten, worauf Georg erneut das Wort ergriff. »Dennoch halte ich es für wichtig, dass wir Emmas

Kräfte für uns behalten. Es ist wichtig, dass das Kind sich frei entfalten kann und andere ihr nicht mit Argwohn begegnen.«

Angelika und Artus wechselten einen vielsagenden Blick, ebenso wie John und Matthew, doch dann war es Andrew, der sie alle überraschte. »Niemand kann etwas für die Magie, die in ihm fließt. Niemand sollte dafür verurteilt werden. Von mir erfährt keiner, welche Magie in eurer Tochter ruht.«

Das Gemurmel schwoll an, worauf nach und nach alle zustimmten. Mayla und Tom tauschten einen kurzen Blick. Hoffentlich konnten sie sich darauf verlassen.

»Damit wir die Magie wieder in die richtigen Bahnen lenken«, ergriff Teresa das Wort, »müssen wir die Bruchstücke vereinen.«

»Und ich werde das tun«, quiekte Emma vergnügt.

»Nein!«, schrien Tom und Mayla gleichzeitig und Mayla hielt ihre Kleine fest, bevor sie zu Teresa rennen konnte. »Das ist zu gefährlich. Wenn der Zauber für Tom zu mächtig war, so ist er es für Emma erst recht!«

Madeleine schüttelte den Kopf. »Für sie ist er es nicht. In ihr ruht die alte Magie, schon vor ihrer Geburt. Sie ist die einzige, die den Zauber gefahrlos wirken kann.«

Maylas Puls dröhnte in ihren Ohren. Wollten die Hohepriesterinnen wirklich das Leben ihrer Tochter aufs Spiel setzen?

Tom versteifte sich neben ihr.

»Und wenn nicht?«

»Sie kann es«, mischte sich Ignatia in die Unterhaltung ein. »Und wir werden sie dabei unterstützen.«

»Wie wollt ihr das tun?«, verlangte Tom zu wissen. »Wie könnt ihr für die Unversehrtheit unserer Tochter garantieren?«

»Wir werden einen Schutzkreis um sie und die Steine ziehen, während sie den Zauber spricht. Auf diese Weise unterstützen wir sie mit unseren Kräften.«

Tom stellte sich vor Emma. »Dann zieht einen Schutzzauber um mich. Ich werde den Zauber sprechen. Wenn es stimmt, was ihr sagt, kann mir nichts passieren.«

Madeleine schüttelte den Kopf. »Du würdest trotz unserer Hilfe dabei sterben. Und das werde ich niemals zulassen.«

»Glaubst du denn, ich lasse es zu, dass mein Kind stirbt?«

Madeleine lächelte wehmütig. »Glaubst du denn, ich lasse es zu, dass meine Enkelin stirbt?«

»Enkelin?«, hörte Mayla Susana wispern.

»Sie ist Toms Mutter«, raunte Anna ihr zu, worauf der Spanierin ein leises »Echt?« entfuhr. Doch die Unterhaltung nahm Mayla nur am Rande war. Sie stellte sich neben Tom vor Emma, die sich geschwind zwischen ihren Beinen durchzwängte.

»Bitte, Mami und Papi, ich möchte es tun. Es wird uns allen helfen.«

»Die Kleine hat recht« Melinda legte ihr eine Hand auf den Arm. »Mayla, sie besitzt die Macht dafür. Du kannst nicht auf ewig Angst davor haben, dass sie sich übernimmt. Es ist ihre Magie. Du musst ihr erlauben, sie zu nutzen.«

Alles in Mayla schrie auf, indessen atmete sie tief durch und sah zu Tom, der einen ebensolchen Kampf in seinem Inneren zu fechten schien. Als sich ihre Blicke trafen, wusste sie, dass er zustimmte, wenn sie es auch tat. Für einen Moment schloss sie die Augen. Verdammt, aber ihre Oma hatte recht. Sie durfte Emma ihren Weg nicht verwehren, sie nicht länger dazu drängen, ihre wahren Kräfte zu verbergen. Ungeachtet dessen, welche Folgen es haben würde, wenn zwangsläufig mehr und mehr Leute davon erfuhren, war es viel schrecklicher für Emma, wenn sie auf ewig ihre wahre Energie unterdrückte.

Langsam ging sie in die Hocke und nahm Emma an den Händen. »Willst du das wirklich tun, mein Stern?«

Emmas Gesicht strahlte. Die Kleine spürte sofort, dass Mayla dabei war einzuknicken. »Ja, Mami, unbedingt. Ich kann das.«

Sorge ummantelte ihr Herz und ließ es schwer schlagen. Unsicher blickte sie zu Tom, der nickte. »Also gut, dann tu es.«

Die Kleine entwand Mayla ihrer Hände und rannte zu Madeleine. Mit einem Strahlen ergriff sie die Hand ihrer Großmutter, als würde sie sie ihr Leben lang kennen. Ein weicher Ausdruck trat auf Toms Gesicht, bevor er den Arm um Mayla legte.

»Wir befinden uns auf geweihtem Boden«, betonte Teresa. »Deshalb werden wir den Zauber in dieser Weltenfalte vollziehen. Dort vorne ist ein Tempel, der offen ist. Säulen tragen die Decke, doch es gibt keine gemauerten Wände. Es ist der Tempel der Energie. In ihm kann Emma das Ritual durchführen und ihr könnt dabei zusehen, ohne den heiligen Boden zu betreten.«

Zögerlich nickten Mayla und Tom. Sie hatten noch immer ein beklemmendes Gefühl, aber sie waren sich einig und hielten einander fest an den Händen. Wie in einer Prozession liefen sie hinter Emma und den Hohepriesterinnen her, die zu dem angegebenen Tempel marschierten. Die anderen schlossen sich ihnen an. Direkt hinter Mayla und Tom waren Georg, Violett und Melinda. Es tat gut, sie als seelischen Beistand nah bei sich zu wissen.

Der Tempel der Energie war riesig. Die dicken Säulen, die die mächtige steinerne Decke trugen, standen auf drei Stufen, die Mayla und die anderen nicht hinaufsteigen durften. Emma betrat mit den Hohepriesterin das heilige Areal, als hätte sie ihr Leben lang nichts anderes getan. In der Mitte der heiligen Stätte verharrten sie. Die Hohepriesterinnen malten etwas auf den Boden, das Mayla nicht sehen konnte, vermutlich den Schutzkreis, in den sich Emma daraufhin stellte. Sie legten der Kleinen die Bruchstücke in die Hände und stellten sich im Kreis um sie herum auf.

»Warte, bis wir den Schutz gesprochen haben, Emma, und dann wirkst du den Zauber, wie wir es dir erklärt haben, in Ordnung?«

»Ja, Schwester«, drang Emmas hohe Stimme bis zu Mayla, der sich das Herz zusammenschnürte. Sie drückte Toms Hand fest. So fest, dass er ihr mit dem Daumen über den Handrücken strich.

Sie hörten nicht, welchen Zauber die Hohepriesterinnen sprachen, doch nacheinander erschienen über ihren Köpfen leuchtende Kugeln, über Ignatia eine rote, über Aura eine weiße, über Agatha eine blaue, über Teresa eine braune und über Madeleine eine rotgraue, aus denen Schweife herausragten, die sich über Emma in der Mitte trafen. Weiße Magie hüllte ihre Tochter ein, umgab sie wie ein schützender Kokon und in dem Moment wusste Mayla, dass Emma nichts geschehen würde. Sie tat das, wozu sie geboren wurde.

Emma konzentrierte sich auf die fünf Bruchstücke in ihren kleinen Händen, dann schloss sie die Augen. Sie murmelte einen Zauber, sprach ihn so leise, dass Mayla kein Wort verstand. Vielleicht war das Absicht. Die Magie der Hohepriesterinnen sollte geheim bleiben.

Gleißend helles Licht erschien in den Händen ihrer Tochter, das sich lila verfärbte. Die Bruchstücke glänzten so hell, dass Mayla eine Hand hob, um die Augen abzuschirmen. Doch sie wollte nichts verpassen, ebenso wenig wie Tom, der seine Tochter keine Sekunde aus den Augen ließ.

Langsam nahm die Helligkeit wieder ab, nur der lilafarbene Schein glomm noch immer in Emmas Händen. Langsam öffnete sie die Augen und juchzte auf.

»Ich habe es geschafft!« Wie eine Siegerin hielt sie den großen Stein in die Höhe, der in ihren Händen lila leuchtete. Sie brauchte dafür beide Hände, so groß war er.

Langsam lösten die Hohepriesterinnen den Schutzbann auf. Ihre Umhänge waren nicht länger dunkel, sondern blütenweiß, ebenso wie der von Emma. Lächelnd traten sie zu ihr. Mayla wollte ebenfalls die Tempelstufen hochspringen und zu ihrer Tochter rennen, als Tom sie zurückhielt.

»Wir dürfen die geheiligte Stätte nicht betreten.«

Verdammt. Aber sie wollte zu Emma. Wollte den Moment gemeinsam mit ihr feiern, nicht nur die Vereinigung der Steine, sondern auch, dass sie es überlebt hatte. Dass es ihr offensichtlich gutging. Und dass ihre Magie unvorstellbar war.

Teresa nahm den Stein in ihre Obhut und trug ihn langsam nach draußen zu Mayla und den anderen. Sie hielt ihn vor sich wie das größte Geschenk der Welt, und vielleicht war er das auch.

Nahtlos hatten sich die Bruchstücke wieder zusammengefügt, nicht ein Riss war zu erkennen und er schimmerte in lila Farbtönen. Dabei wirkte es, als strahle seine Energie über den Stein selbst hinaus.

Emma hüpfte vergnügt neben Teresa her und sprang Tom in die Arme, der sie sofort auf die Schultern setzte.

»Das hast du super gemacht, mein Schatz.«

»Es hat so einen Spaß gemacht, Papi. Ich habe weiße Magie in mir gefühlt. Es war total schön und hat gekitzelt und gleichzeitig wurde es mir richtig warm. Hier, schau.« Sie deutete auf ihre Brust, worauf Mayla rührselig lächelte und ihre kleine Hand fest drückte.

Melinda beugte sich vor, doch Teresa behielt den magischen Stein auf heiligem Boden.

»Wir werden unseren Schwur niemals brechen. Wir behüten die Quelle der Magie und es wird euch niemals zum Nachteil sein.« Teresa hielt den Stein so, dass alle ihn sehen konnten, aber an ihn heran gelangte niemand. Ehrfürchtig hielten alle inne und bestaunten das magische Gestein.

»Wir werden unsere Gabenhäuser wiederbeleben und die Kunde verbreiten, dass es uns noch gibt und wir die Aufgabe unserer Vorfahrinnen weiterführen. Der Kult der Hohepriesterinnen ist wiedererwacht.« Mit den Worten nahmen sich die Schwestern an der Hand, Madeleine winkte Emma, die begeistert zurückwinkte, bevor sich alles um sie herum zu drehen begann und die Anlage, die Tempel und mit ihnen die fünf ehrwürdigen Frauen in ihren hellen Umhängen verschwanden, als wäre all das nur ein Traum gewesen.

Kapitel 27

Der große Tag war da. In Gedanken hörte Mayla Kirchenglocken läuten, während sie sich in ihrem weißen Kleid vor dem Spiegel betrachtete. Es war nicht üblich für Hexen bei der Hochzeit weiß zu tragen. Mayla jedoch mochte diese Tradition der normalen Menschen und es war schon immer ihr Traum gewesen, in einem weißen Kleid ihre große Liebe zu heiraten. Dass dabei ein süßer kleiner Wirbelwind durch das Ankleidezimmer fegte und sich aufgeregt neben sie stellte, überstieg sämtliche ihrer Vorstellungen.

»Mami, du siehst soo schön aus.«

Rührselig beugte sie sich zu Emma, die in ihrem weißen Kleid noch viel schöner aussah. »Danke, mein Stern. Aber schau doch nur einmal dich an.«

Nebeneinander blickten sie in den Spiegel, beide einen Kranz aus Margeriten im dunklen Haar. Maylas war weiß, Emmas pink. Glücklich strichen sie über ihre Kleider. Doch Emma ließ sich nicht lange von ihrem Spiegelbild gefangen nehmen. Aufgeregt drehte sie sich im Kreis und lief zum Fenster. »Wann geht es los?«

»Jeden Moment werden uns Violett und Georg abholen.«

»Wieso holt Papi uns nicht ab? Und warum hat er sich nicht mit uns zusammen hübsch gemacht?«

Mayla schmunzelte. Auch das war für Hexen eine unübliche Sitte, die Mayla ungeachtet dessen hatte umsetzen wollen. »Weil es Pech bringt, wenn der Bräutigam die Braut am Tag der Hochzeit sieht, bevor die Ehe vollzogen wurde.«

»Uroma hat gesagt, das ist Humbug der Menschen.«

»Humbug würde ich es nicht nennen, mein Schatz. Jeder hat seine Traditionen und Gebräuche. Ich habe viele Jahre meines Lebens unter den normalen Menschen gelebt, weshalb ich einige der Angewohnheiten übernommen habe.«

»Uroma hat gesagt, bald wirst du es für Unglück halten, wenn Karli oder Kitty dir von links nach rechts über den Weg laufen.«

»Das ist Unsinn.«

»Seid ihr soweit?«, erscholl Georgs Stimme aus dem Flur des Gasthauses.

»Jaaa!« Sogleich rannte Emma aus dem Zimmer. Mayla schnappte sich den Blumenstrauß aus weißen und lilafarbenen Hortensien und folgte ihr lächelnd. Der große Tag war da.

Mayla hatte es bis vor wenigen Tagen nicht gewusst. Es gab eigens für Hochzeiten gestaltete Weltenfalten, in denen der heilige Bund geschlossen wurde. Sie waren so erschaffen, dass sämtliche Hexen Zugang hatten, da es nicht selten Eheschließungen zwischen verschiedenen Zirkeln gab. Man konnte zwar ebenso gut in jeder anderen Weltenfalte heiraten, aber da das Haus am Rhein für Mayla nicht mehr zur

Debatte stand und sämtliche Heimlichtuerei endlich vorbei war, hatten sie sich dafür entschieden, in einer davon zu heiraten.

Sie hatten eine Weltenfalte in der Toskana gewählt zur Erinnerung an die Mini-Reise durch Italien, als sie vor den Jägern auf der Flucht gewesen waren und die Mayla trotz all der Anspannung in guter Erinnerung geblieben war. Sie freute sich darauf, von jetzt an viele Reisen mit Tom und Emma zu unternehmen, und mit ihrer Hochzeit sollte diese Reisezeit beginnen.

Als sie aus dem Gasthaus trat, in dem sich bereits unzählige Bräute vor ihr auf ihren großen Tag vorbereitet hatten, schien die Sonne. Ein, zwei Wölkchen tummelten sich am ansonsten blauen Himmel, doch wie Regenwolken sahen sie glücklicherweise nicht aus. Der Duft von Lavendel stieg ihr in die Nase, während sie auf den zentralen Platz inmitten der Felder zuschritt, auf dem ein Feuer brannte. Vor diesem Feuer stand eine Priesterin, die die Zeremonie vollziehen würde, und daneben Melinda, die Tom als Oberhexe anschließend rituell im Feuerzirkel aufnahm.

Tom erwartete sie am magischen Feuer. Er hatte die dunkle Lederjacke gegen einen dunkelblauen Anzug getauscht, trug ein weißes Hemd und hatte die Haare zur Seite frisiert. Nur die Bartstoppeln hatte er stehen lassen und Mayla freute sich auf das Gefühl, wenn die kurzen Härchen beim Hochzeitskuss an ihren Lippen und auf ihren Wangen kitzelten.

Neben Tom stand Madeleine, was Mayla unglaublich glücklich machte. Wer hätte gedacht, dass bei ihrer Hochzeit eines Tages nicht nur ihre, sondern auch Toms Familie vertreten war?

Die Situation war nicht leicht für Tom. Er und seine Mutter mussten nach den vielen Jahren erst wieder zueinander finden und Vertrauen zueinander fassen. Dennoch hatte er keinen Moment gezögert und sie gemeinsam mit Mayla und Emma zu der Hochzeit eingeladen.

Die kleine Maus hüpfte bereits auf ihre Oma zu und streute Rosenblätter auf den Weg, den Mayla mit Georg und Violett am Arm beschritt. Leider konnte Heike an der Zeremonie nicht teilnehmen, aber sie wollten schon bald ein großes Fest veranstalten, um alles nachzuholen.

Während Mayla über den mit Blütenblättern bestreuten Weg schritt und ihre lange Schleppe hinter ihr her rauschte, hatte sie nur Augen für den Mann, der dort vorne stand. Der sie anlächelte, der für sie da war und der endlich erkannt hatte, dass sie gemeinsam stärker waren als getrennt.

Als sie bei ihm ankam, drückte Violett sie und Georg küsste ihr die Hand. Anschließend setzten sich ihre Freunde mit Madeleine auf die Stühle, die reihum aufgestellt waren und auf denen ihre anderen Freunde von Burg Donnersberg bereits Platz genommen hatten. Außer Madeleine war keine der anderen Hohepriesterinnen anwesend, was allerdings auch nicht notwendig war.

Tom ergriff ihre Hände und küsste die Fingerspitzen, dann lächelte er auf sie herab. Am liebsten hätte sie ihn sofort geküsst, aber selbst das würde sie wie die Menschen handhaben.

Als sie sich der Priesterin und ihrer Oma zuwandten, betrachtete Melinda sie zärtlich.

»Mein Schatz, endlich ist der Tag da. Ich bin so unendlich glücklich, dass wir so weit gekommen sind, all die Hindernisse überwunden haben und ihr zwei euch durch nichts und niemanden voneinander habt trennen lassen. Eure Liebe ist wahrhaftig, das kann jeder der Anwesenden sehen.«

Emma drückte die Hand auf den Mund und kicherte, worauf alle Gäste lachen mussten, selbst Melinda. »Und euer Kind, meine Urenkelin, ist der lebendig gewordene Beweis dafür.« Melinda strich über Emmas Locken, die fröhlich gluckste und sich zwischen Melinda und ihre Eltern stellte. Neugierig beobachtete sie jeden Schritt, den die Priesterin vollzog.

Strahlend schlug die Priesterin die Hände aneinander. Es war eine alte, grauhaarige Frau, deren Gesicht von unzähligen Falten durchfurcht war. Sie trug einen weißen Umhang, ähnlich dem der Hohepriesterinnen – und wer wusste schon, ob nicht auch sie Teil dieses alten Mysteriums war.

»Herzlich willkommen, Mayla und Tom, zu diesem besonderen Tag. Tretet näher und reicht einander die Hände.«

Sie griff in einen Weidenkorb, der neben dem Feuer auf dem Boden stand, und holte Kräuter und Blumen heraus, die sie nacheinander über das Feuer streute.

»Rosen für die Liebe, die euch für immer verbinden soll,
Kornblumen, auf das eure Gefühle niemals erlöschen,
Wacholderbeeren, damit ihr das Böse immer abzuwehren vermögt,
Blätter eines Apfelbaums, die Fruchtbarkeit bringen,
und Kiefernnadeln, auf dass ihr für immer glücklich seid.«

Eine Stichflamme bildete sich in dem Feuer und schoss grünen, roten, gelben und blauen Rauch in die Luft, anschließend verfärbten sich die Flammen dunkelrot.

»Mayla und Tom, hiermit beschließen wir den heiligen Bund der Ehe, möge der Segen der alten Magie für immer auf euch ruhen.« Die Priesterin hielt ihre Hände über Maylas und Toms, die sie miteinander verschränkt hatten, und wickelte ein rotes Band um ihre Handgelenke. Dann lächelte sie die beiden an. »Von nun an seid ihr miteinander verbunden. Eure Magie ist eins, ebenso wie eure Herzen. Ich wünsche euch alles Glück dieser Erde.« Mit den Worten zog sie sich zurück und Melinda faltete die Hände vor dem Bauch.

»Es ist mir eine große Freude, dich, lieber Tom, Sohn der Familie von Eisenfels, in unserem Feuerzirkel aufzunehmen. Möge der Streit der Gründerfamilien für immer Geschichte sein und mögest du dich bei uns zuhause fühlen, als wären wir dein dir angeborener Zirkel.« Sie nahm Maylas und Toms Hände, die noch immer von dem roten Band umschlungen waren, zwischen ihre. Wärme strahlte von ihr aus, bis sich aus dieser Wärme eine schimmernde Flamme materialisierte. Sie blieb durchsichtig und verbrannte weder Maylas Hand noch Toms. In diesem rötlichen Schein leuchteten ihre Hände auf, bis Melinda das magische Feuer sachte ausblies.

»Willkommen im Feuerzirkel, Tom. Und nun, wie Mayla es gewünscht hat, darf der Bräutigam die Braut küssen.«

Maylas Knie wurden weich, als Tom eine Hand an ihre Wange legte. Gänsehaut wanderte über ihren Körper, während sie das Kinn anhob und sich auf die Zehenspitzen stellte. Langsam beugte Tom sich zu ihr hinab und legte seine Lippen auf ihre. Sie hörte Emma und die anderen Gäste jubeln. Georg pfiff und Angelika fing an zu klatschen und rief: »Applaus!« Doch Tom und Mayla lösten sich nicht voneinander. Sie verloren sich in dem Kuss, der zugleich ein Anfang und ein Ende war.

Die Zeit der Unsicherheiten war vorbei. Sie beide gehörten zusammen und niemand würde sich zwischen sie stellen. Gleichzeitig legte Tom mit der Eheschließung und dem Kuss seine Zugehörigkeit zum Metallzirkel ab. Was mit den Mitgliedern des Zirkels nun geschah, würde die Zeit bringen, aber Mayla hatte ihr Versprechen nicht vergessen. Sie würde alles in ihrer Macht Stehende tun, um diese Hexen in die Gemeinschaft zu integrieren.

Und zugleich war der Kuss der Anfang ihrer Ehe, einer neuen Zeit. Egal ob weitere Kinder folgten, wo sie wohnten oder welche Tätigkeiten sie ausübten, von nun an, versprachen sie einander, würden sie die Dinge gemeinsam angehen. Vereint. Verheiratet. Für immer zusammen.

Mayla strich ihm über die Wange und spürte das Kitzeln seiner Bartstoppeln auf ihren Lippen. Endlich gehörte dieser wundervolle Mann zu ihr.

ENDE

Wenn du dich noch nicht von Mayla und Tom verabschieden und eine kleine Zusatzszene im Metallzirkel lesen möchtest, trage dich gerne auf meiner Website www.jennyvoelker.com in meine Lesergruppe ein. Ich schicke sie dir gerne zu.

Anno 1402
Die Teilung der Alten Magie

Alrun von Flammenstein

Maude de Rochat

Joanna Montgomery

Eleonora da Fonte

unbekannt

womöglich Melchior von Eisenfels

ebenfalls im Jahre 1402 oder später

Liebe Leser,

ich danke euch von Herzen, dass ihr mich auf der Reise in die Weltenfalten begleitet habt. Ich hoffe, euch hat die Zeit ebenso gut gefallen wie mir. All die Wendungen und Emotionen, die Schauplätze und Personen. Wer weiß, vielleicht existieren sie wirklich irgendwo? In einer magischen Parallelwelt?

Ich habe beim Schreiben immer das Gefühl, an mich treten Figuren heran, die es wirklich gibt und die mich bitten, ihre Geschichte aufzuschreiben. Für mich sind die Ereignisse real, ich tauche ein und erlebe alles mit und wenn die Story fertig geschrieben ist, wird es noch wirklicher. Vielleicht existieren tatsächlich Weltenfalten. Wer kann das schon so genau sagen?

Ob ihr an derlei magische Dinge glaubt oder nur gerne über sie lest, ich danke euch, dass ihr zu meinen Büchern gegriffen und mich damit unterstützt habt. Ich freue mich über jeden einzelnen von euch.

Wie sieht es aus? Würdet ihr Euch über weitere Bücher zu den Weltenfalten freuen? Mit anderen in der Hauptrolle? Okay, ich gebe es zu, meine Muse flüstert bereits. Einen Roman über Emma würde ich gerne schreiben und vielleicht auch mit anderen Figuren, aus anderen Zirkeln. Wenn Euch das gefallen würde, schreibt mir gerne. Ich freue mich immer über Nachrichten von Euch!

Wäre es nicht schön, wenn es wirklich Seelentiere gäbe? Welches würde zu Euch kommen? Was glaubt Ihr?

Nun heißt es Abschied nehmen von Mayla und Tom – und von Unmengen an Pralinen. Ja, ich gebe es zu. Obwohl ich eigentlich nicht mehr so der Schokoladenfan bin, hat mich Maylas Naschsucht öfters angesteckt, als mir lieb war. Ob Pralinen oder eine Tafel Vollnuss, nicht selten lag etwas davon auf meinem Schreibtisch und hat mir die Schreibzeit im wahrsten Sinne des Wortes versüßt.

Und weil für mich meine Figuren immer mit dem Schreiben real werden, sage ich nun, lebt wohl, Mayla und Tom, springt für mich mit durch die Weltenfalten, gönnt euch einen Milchkaffee und süße Naschereien auf dem Eiffelturm und kuschelt Karli und Kitty von mir. Es war mir eine Ehre, eure Geschichte aufschreiben zu dürfen.

Liebe Leser, ich drück Euch aus der Ferne und wünsche Euch alles Liebe

Eure Jenny

Die Weltenfalten – Saga!

Schreibt mir, ob es weitere Geschichten geben soll. Ich habe bereits jede Menge Ideen und warte nur noch auf Euren Daumen nach oben.
Einfach eine E-Mail an: info@jennyvoelker.com

Oder noch besser tragt Euch direkt auf www.jennyvoelker.com in meine Lesergruppe ein.
Ich freue mich auf Euch!

Kennst du schon die Geschichte von Ani und Chris?

Die gefallene Fee

Anna arbeitet in einem Baumarkt in der Gartenabteilung und findet nichts schöner, als sich tagtäglich um die Pflanzen zu kümmern. Eines Nachts wird sie von Piraten aus ihrer Wohnung entführt und landet in einem verborgenen Land, in dem Magie zum Leben dazugehört.

Plötzlich ist sie nicht mehr eine Entführte, sondern die einzige Hoffnung, die magische Welt zu retten. Wird ihr das gelingen? Und was hat es mit dem Käpt'n der Piraten auf sich, vor dem sie alle warnen?

Ein spannender Märchenroman voller Magie, Liebe und Abenteuer, in dem es um so viel mehr geht als den Glauben an sich selbst.

Goldröschen

Würdest du einer Fremden in ein geheimes Königreich folgen?

Noah lebt zurückgezogen und als eine Art Schreiner restauriert er alte Möbel. Auf einem Antikflohmarkt entdeckt er einen Schminktisch und in dem Spiegel erscheint nicht sein Abbild, sondern das einer schlafenden Frau. Schneller, als er sich versieht, landet er in dem Märchen, das ihm seine Mutter als Kind erzählt hat, und soll die Königin erlösen. Aber wieso er? Und wird ihm das gelingen?

Erlebe ein magisches Märchenabenteuer und finde heraus, was es mit der Schlafenden in dem Spiegel auf sich hat.

Würdest du gerne mit einem Prinz auf einem Ball tanzen?

Im Bann der verwunschenen Zeit

Hannah hat als Alleinerziehende kaum Zeit für sich. Sie muss ohne Hilfe sämtliche Arbeiten stemmen, um sich und ihre Kinder finanziell über Wasser zu halten. Eines Morgens flattert eine Einladung zu einem königlichen Ball in ihre Wohnung. Von der Königsfamilie hat sie noch nie etwas gehört. Und der Ort, an dem der Ball stattfinden soll, ist nicht mehr als eine verfallene Ruine.

Als am Abend eine Kutsche mit sechs weißen Pferden vor ihrem Haus erscheint, muss sie sich entscheiden. Soll sie ihren Alltag durchbrechen und dieser mysteriösen Einladung auf den Grund gehen? Wird sie mit dem Prinzen tanzen? Aber was, wenn er ein unglaubliches Geheimnis hütet?

Begleite Hannah auf ihrer magischen Reise und erlebe ein spannendes Abenteuer!

Sternmarie

Als es mitten in der Nacht an Maries Schlafzimmerfenster klopft, ergreift sie die Gelegenheit, ihr Leben zu verändern, und folgt einem Unbekannten in ein uraltes Königreich. Der Unbekannte bezeichnet sie als die Auserwählte, die die Sterne beschützen und den Menschen Hoffnung schenken soll – plötzlich befindet sie sich auf der Flucht und steckt mitten in einem lebensgefährlichen Abenteuer.

Eine magische Reise voller Elfen, Zwergen und Hexen, die auf Besen reiten, beginnt. Folge Marie in ein fantastisches Abenteuer und lass dich verzaubern von der Magie der Hoffnung.

Ein Scheidungsanwalt und eine Fee?

Verwünschung

Eine alte Liebe, die nicht sein darf. Ein todbringender Fluch, der angeblich auf seiner Familie lastet. Und ein unbekanntes Königreich, das auf keiner Landkarte existiert.

Als der erfolgreiche Scheidungsanwalt Kai Lenz bei seinem morgendlichen Dauerlauf im Wald einer Fee begegnet, traut er seinen Augen nicht. Die kleine Fee braucht sofort seine Hilfe und schon bald steckt er in einem lebensgefährlichen Abenteuer – doch was hat seine Familie mit all dem zu tun?

Komm mit auf Kais Reise in ein verborgenes Märchenreich, und entdecke alte Geheimnisse, die nicht nur sein Leben bedrohen.

Wunder, die vom Himmel fallen

Anne ist Bäckerin und schuftet hart im Familienbetrieb. Ihr Ofen geht allmählich kaputt und sie braucht dringend einen neuen. Da sie wieder keinen Stand auf dem Weihnachtsmarkt bekommen hat, weiß sie allerdings nicht, wie sie den bezahlen soll.

Wie gut, dass der Engel Gabriel durch ein Missgeschick auf sie aufmerksam wird. Schon bald wird ihm klar, dass er Anne helfen will. Doch als er verbotenerweise auf die Erde hinabsteigt, ahnt er nicht, welchen Preis er dafür zahlen muss.

Begleite Anne und Gabriel auf ihrer außergewöhnlichen Reise, lass dich verführen vom Duft frisch gebackener Plätzchen und finde heraus, ob es sie noch gibt: die Wunder in der Weihnachtszeit!

Die gefallene Fee

- LESEPROBE -

Als das Schiff an Fahrt aufnahm, kam einer der Piraten auf sie zu. Er trug ein rotkariertes Tuch auf dem Kopf und beim Lachen entblößte er zwei Goldzähne, die inmitten der Reihen gelblicher Zähne prangten. Er war unrasiert und seine blauen Augen leuchteten gierig in seinem wettergegerbten Gesicht. Hässlich grinsend wischte er die dreckige Hand an seiner zerschlissenen Hose ab. Der Gestank nach Rum wehte zu ihr herüber. War er es, der sie aus ihrem Wohnzimmer entführt hatte?

»Na, Püppchen?«

»Wer seid ihr? Was wollt ihr von mir?«

Er lachte laut. »Nachher hab ich Zeit, um mich um dich zu kümmern. Solange treffe ich Vorkehrungen, damit du uns nicht abhaust!«

»Abhaust? Wie soll ich von einem fliegenden Schiff abhauen?«

Er lachte, doch es erreichte nicht seine Augen. »Ruhe, sonst bekommst du den Sack über den Kopf.« Ein Klicken ertönte und schneller, als sie sich versah, spannte sich um ihr Fußgelenk eine Kette, die an der Reling befestigt war.

»Hey, was soll das? Was —«, doch als sie den mahnenden Zeigefinger des Piraten sah, presste sie die Lippen aufeinander. Besser, sie hielt den Mund und konnte weiterhin die Männer im Auge behalten, anstatt unter dem miefigen Sack zu ersticken.

»Ist Eisen, brauchst dir also keine falschen Hoffnungen zu machen.«

Eisen? Waren nicht alle Ketten aus Eisen? Wieso erwähnte er das explizit? Traute er ihr etwa zu, dass sie Fesseln aus einem anderen Metall einfach entzweibrach?

Das hässliche Grinsen noch immer auf dem Gesicht machte der Pirat kehrt und stapfte zu seiner Mannschaft.

Auch wenn Anna nicht wusste, wie es möglich sein sollte, gab es vielleicht einen Moment, in dem sie fliehen konnte. Nur wohin? Ein Blick über die Balustrade genügte und ihr wurde schwindelig. Verdammt, ihre leichte Höhenangst würde eine Flucht erschweren. Ihr Herz hämmerte in einem Tempo, das unmöglich gesund sein konnte. Sie lief ein paar Schritte rückwärts, die Kette rasselte über die Planken und Anna stieß mit dem Rücken an den Großmast. Sie umklammerte ihn, als könnte er ihr Sicherheit geben, eine Gewissheit, dass all das ein gutes Ende nähme. Oder dass sich die Situation als ein Alptraum entpuppte. Wann wachte sie endlich auf? Ein Ruck ging durch das Schiff und sie knallte mit dem Hinterkopf an den Mast. Au! Eigentlich spürte man in Träumen doch gar keinen Schmerz.

Unter ihr waren längst die Lichter der Stadt verschwunden. Nichts als unendliche Finsternis erstreckte sich jenseits des Schiffes, das durch die Luft segelte, als wäre es das normalste auf der Welt.

War das ein Flugschiff? Eine Art Zeppelin? Sie legte den Kopf in den Nacken, doch bis auf die riesigen Segel, die sich im Wind blähten, und die hohen Masten konnte sie nichts über sich erkennen außer den funkelnden Sternenhimmel und den Mond, der sich als breite Sichel abzeichnete. Wie war das möglich?

Eine leise Stimme regte sich in ihrem Kopf, die unablässig ein Wort flüsterte.

Magie.

Magie? Diese ungepflegten und grölenden Piraten sollten zu etwas so Besonderem fähig sein? Oder war es ein Zauber, an dem sie sich bedienten? Den sie gestohlen hatten? Eine Formel, die man sprechen musste? Vielleicht hatte es auch mit diesem Glitzerpulver zu tun, das sich überall auf dem Schiff befand.

War sie jetzt vollends durchgedreht? Verlor sie den Verstand? Wann schreckte sie endlich aus diesem Alptraum auf? Erneut stieß sie mit dem Hinterkopf an den Mast. Autsch! Wieso empfand sie Schmerzen? Bedeutete das, all das geschah in echt? Sie wurde von Piraten entführt? Mit einem fliegenden Schiff? Panik drohte sie zu übermannen. Ruhig bleiben. Ruhig bleiben. Es musste einen Zeitpunkt geben, da sie fliehen konnte – und den musste sie erkennen und nutzen. Obwohl alles in ihr dazu drängte, laut um Hilfe zu schreien, sah sie sich weiter auf dem Schiff um.

Selbst zu ihren Füßen entdeckte sie das Funkeln. Langsam bückte sie sich und strich mit dem Finger über die Planke. Ein wenig blieb an ihrer Fingerkuppe haften – wie vor ihrer Wohnung gestern.

War das wirklich erst gestern gewesen? Es kam ihr ewig lange her vor, dass sie ruhig und behütet auf der Couch gelümmelt und ferngesehen hatte. Aber nein, behütet war sie offenbar schon zu dem Zeitpunkt nicht mehr gewesen. Das Dachschrägenfenster. Diese Männer mussten es geöffnet und sich in der Wohnung umgesehen haben. Und das gestern schon! Dabei hatten sie das Glitzerpulver auf der Fußmatte vor der Wohnungstür und an dem Fensterrahmen hinterlassen. Anna hatte bereits ein seltsames Gefühl gehabt, als sie die Wohnung betreten hatte. Wieso hatte sie nicht darauf gehört? Wieso nur war sie nicht mit Nele ausgegangen und hatte bei ihr übernachtet? Und warum war keinem Nachbarn oder irgendeinem Nachrichtensender das riesige Schiff auf dem Hausdach aufgefallen? Oder waren die Piraten erst später gelandet? Aber sie hatten sich doch bereits gestern ihre Wohnung angesehen. Ihre Gedanken überschlugen sich, als ein Satz sie zurück ins Hier und Jetzt katapultierte.

»Wann knöpfen wir sie uns vor?«, johlte der dickste der Männer. Der Schweiß glänzte ihm auf der niedrigen Stirn und sein geringeltes Shirt spannte über dem Bauch. Es fehlte nicht viel und der Stoff würde aufgeben und hochrollen.

»Sobald wir in sicheren Gefilden sind«, entgegnete der mit dem karierten Tuch, der eben schon mit ihr gesprochen hatte. Er streichelte über seinen Säbel, als wäre der ein geliebtes Haustier. »Sie darf uns nicht entkommen.«

Drohende Augenpaare richteten sich auf Anna, die der kompletten Entführungsmannschaft, und unwillkürlich trat sie zwei Schritte zurück, bis sie mit dem Rücken an die Reling stieß. Panisch krallte sie sich an das Geländer, über das es kein Entkommen gab. Wie sollte sie sich gegen die Halunken wehren?

Sie scannte die Umgebung nach etwas Brauchbarem ab, doch sie entdeckte nichts als Seile und einen Eimer mit groben Bürsten. Der Eimer war möglicherweise tauglich, immerhin bestand er aus Holz. Wenn ihr einer der Männer zu nahekam, würde sie ihm damit eins überbraten. Besser, als wehrlos zu sein, war das allemal.

Die Männer waren längst wieder in ein Gespräch vertieft, weshalb Anna eilig zum Eimer tippelte. Mist. Die Kette um ihr Fußgelenk spannte. Sie streckte sich, doch der Eimer stand zu weit entfernt. Sie kam nicht an ihn dran.

»Willst du unser Deck schrubben?«, tönte einer der Männer über ihr. Es war der mit dem geringelten Shirt. Sein Grinsen war schauerlich.

Annas Kehle verengte sich, während sie betont gelassen zu dem Eimer nickte. »Klar, irgendwie muss ich mir schließlich die Zeit vertreiben.«

»Du hältst mich wohl für bescheuert, was? Ich weiß zwar nicht, was du für Tricks auf Lager hast, aber von mir bekommst du bestimmt nichts.« Er schnappte sich den Eimer, blieb dabei betont auf Abstand und stapfte davon.

»Wer seid ihr und was wollt ihr von mir?«, brüllte sie ihm hinterher, doch er warf ihr nur einen prüfenden Blick über die Schulter zu und blieb ihr die Antwort schuldig. Seine Mimik war derart argwöhnisch, dass sie sich wunderte. Und hatte er nicht einen Bogen geschlagen, um nicht direkt an ihr vorbeilaufen zu müssen? Wenn sie es nicht besser wüsste, würde sie sagen, er fürchtete sich vor ihr. Glaubten die Piraten, Anna könnte Taekwondo oder eine andere Kampfsportart? Sah sie so sportlich und wehrhaft aus? Wohl kaum bei ihrer schmalen Gestalt.

Kurz schielte sie an sich hinunter. Sie trug ihren Lieblingspullover, den weißen, luftig gehäkelten, darunter ein helles Top. Der Pulli war nicht tief ausgeschnitten, aber das Schlüsselbein lugte heraus, unter dem sich kaum Muskeln abzeichneten. Ihre Arme waren einigermaßen bedeckt, aber die Jeans saß eng – es bestand kein Zweifel, dass sich darunter ebenfalls keine nennenswerten Muskelmassen verbargen. Wie also kamen die Männer darauf, sie könnte ihnen entwischen oder mit irgendwelchen Tricks gefährlich werden?

Misstrauisch beobachtete sie ihre Entführer. Die Mannschaft – zumindest der Teil, den sie sehen konnte – bestand aus fünf Männern. Der mit dem rotkarierten Tuch schien der Anführer, also der Käpt'n zu sein. Er brüllte einen Befehl nach dem anderen, während die übrigen Piraten an den Seilen zogen. Moment, oben in den Seilen waren auch noch ein paar Männer. Und einer saß sogar in dem Mastkorb. Der vermeintliche Käpt'n unterdessen stand hinter dem Steuerrad und lenkte das Schiff durch den Himmel.

»Am zweiten Stern links«, rief ihm jemand zu.

Was war das für eine Richtungsangabe?

Als sich die Segel kräftig aufblähten und sie an Fahrt aufnahmen, rutschte Anna zurück an die Balustrade und krallte sich mit den Händen fest. Auch wenn sie vor den Piraten fliehen musste, wollte sie bestimmt nicht über Bord gehen und in die endlosen Tiefen stürzen. Wer wusste schon, ob das Holz der Schiffswand, an dem ihre Fußfessel befestigt war, ihr Gewicht halten würde. Apropos unter ihr, wieso waren nirgends Lichter zu sehen? So hoch flogen sie auch wieder nicht, dass nicht wenigstens die ein oder andere Großstadt zu erkennen sein müsste. Doch sie sah nichts als Schwärze.

Sie flogen in rasendem Tempo – nur wohin?

Moment, war dort vorne nicht eine Bewegung gewesen? Ein leises Rauschen drang an ihr Ohr und die breite Sichel des Mondes spiegelte sich silbergelb auf dem Untergrund. Sanken sie? Es war schwer, sich ohne Orientierungspunkt zurechtzufinden, aber das Fahrstuhlgefühl, das sich in ihrem Magen ausbreitete, sagte ihr, dass sie an Höhe abnahmen.

Anna stierte über die Reling. Sie wollte wissen, was sie dort unten erwartete. Wo landeten sie? In einer geheimen Bucht? An einer einsamen Insel? Würden sie überhaupt auf

Wasser landen, wo sich das Schiff offenbar auch ohne vorwärts bewegen konnte? Aber ja, Wasser. Unter ihnen waren Wellen. Das Rauschen drang bereits an Annas Ohren und untermalte die Befehle des Anführers. Sie steuerten auf Wasser zu, ein Meer. Nur wie konnte das sein? Sie wohnte hunderte Kilometer vom Strand entfernt. Wie waren die Männer so schnell zur offenen See gelangt? Als sich Anna das Schiff besah, wurde ihr die Antwort klar. Genau so, wie es den Männern gelungen war, sie mit einem fliegenden Segelschiff zu entführen.

Auch wenn das unglaublich klang, etwas Seltsames, Magisches ging vor sich und Anna steckte mittendrin.

Dort vorne leuchtete ein schwaches Licht. Sie visierte die Lichtquelle an. Ihre Fingerknöchel stachen weiß hervor, so fest krallte sie sich an die Reling, während sie zu erkennen versuchte, wohin die Piraten sie brachten. Eiskalter Wind blies ihre langen Strähnen wild durcheinander und zerrte an ihrem Pullover, doch sie wandte sich nicht ab, sondern hielt den Blick ununterbrochen auf den vermeintlichen Landepunkt geheftet.

War dort ein Steg? Ein kleiner Hafen? Bis auf das schwache Licht leuchtete keine Glühbirne.

Brachten die Männer sie dorthin? Gab es vielleicht eine Möglichkeit zu fliehen? Mit klopfendem Herzen trat sie einen Schritt näher an das Geländer und das Rascheln ihrer Fußkette holte sie auf die Planken zurück. Wie sollte sie mit einer Metallkette um den Knöchel entkommen?

»Hau ruck, hau ruck!«, schallten die Stimmen der Piraten durch die Düsternis, während sie die Segel einzogen.

Ein lautes Klatschen ertönte, als sie auf dem Meer landeten. Wasserfontänen spritzten empor und ein Strahl traf

Anna mitten ins Gesicht. Mit den Händen wischte sie die Tropfen von der Stirn und den Wangen, strich sich die benetzten Strähnen hinter die Ohren und staunte. Das Glitzern auf dem Schiff war verschwunden, als wäre es nie da gewesen.

Zielstrebig steuerten die Piraten gen Land in Richtung des schwachen Lichts, das von einer altmodischen Laterne stammte. Sie stand an einer Straße, die vom Hafen wegführte. Ein paar Gebäude, alle unbeleuchtet, reihten sich an den Anlegestellen entlang, von denen es weniger als zehn gab. Sonst war nichts zu sehen, keine Bewegung auszumachen, keine Menschenseele zu hören. Nicht einmal eine Katze streunte an den Häusern vorbei.

Das Schiff wackelte vor und zurück, bis es sich ruhig auf das Wasser legte und der Anführer es zum Hafen manövrierte. Kaum dockten sie mit dem Schiffsrumpf am Steg an, hob Anna die Arme und wedelte wild mit den Händen durch die Luft. »Hilfe! Hört mich jemand? Ich wurde entführt, ich –«

»Ruhe, dummes Weib!« Erneut wurde ihr ein Sack über den Kopf gestülpt. Verdammt. Sie wehrte sich mit Händen und Füßen, doch der Pirat hielt sie eisern umschlossen.

»Hab ich euch!«, dröhnte eine tiefe Stimme durch die Nacht.

Unzählige Schritte waren zu hören, Säbel wurden gezogen und dann war alles still. Für einen Moment. Wer war das? Die Stimme hatte sie bislang noch nicht gehört.

»Wie hast du uns gefunden?« Das war der Anführer – Anna erkannt die Stimme eindeutig. Aber die andere war ihr fremd, oder? Erneut spitzte sie die Ohren und versuchte mitzuhören, obwohl der Sack über ihrem Kopf alle Geräusche dämpfte.

»Ich habe meine Leute überall. Was habt ihr euch dabei gedacht, mein Schiff zu stehlen?«

Das Schiff zu stehlen? Also war er der wahre Käpt'n? Aber wer waren dann die Kerle, die sie verschleppt hatten? Und würden die anderen Männer sie gehen lassen?

»Ergebt euch, oder ihr geht über die Planke!«

Anna wurde losgelassen und sie hörte Schritte, die sich schnell entfernten, während einer ihrer Entführer grölte: »Uns ergeben? Niemals!«

Klingen stießen aneinander, ein Tumult brach aus und schnell lüpfte Anna den Sack auf ihrem Kopf. Mindestens ein Dutzend Männer stand auf dem Steg, vier weitere waren bereits an Bord gekommen und kämpften gegen die Piraten, die sie entführt hatten. Aber ihre Kleidung war ebenso zerschlissen und ihr Grölen ebenso furchterregend. Sie würden Anna bestimmt nicht laufen lassen. Sie gelangte lediglich vom Regen in die Traufe.

Der größte unter ihnen stand mit dem Rücken zu ihr. Sein schwarzer Mantel wehte umher, während er dem Angriff des Anführers gekonnt auswich.

»Ergebt euch, oder ihr werdet zu Fischfutter!«

Er war der wahre Käpt'n. Er musste es sein. Sie sah ihn nur von hinten, doch alles an ihm wirkte bedrohlich. Seine Schultern waren breit und seine Bewegungen ähnelten denen einer Raubkatze. Jeder seiner Schritte mit seinen Stiefeln war ein Donnern auf den Planken, das seinesgleichen suchte. Erbarmungslos kämpfte er gegen die Meuterer, als nähme er ihren Tod gerne in Kauf.

Um Himmels willen, sie durfte diesem Ungetüm nicht in die Hände fallen! Gänsehaut schoss über ihre Arme. Sie musste schleunigst von dem Schiff abhauen, bevor er sie entdeckte. Bevor sie zu seiner Beute wurde. Sie rüttelte an den Ketten, doch sie waren fest in der Schiffswand verankert. Verdammt. Mit einer Axt könnte sie vielleicht das Holz zum Bersten bringen, nur wo sollte sie eine hernehmen? Nicht einmal den Eimer hatten ihr die Piraten gelassen.

Während Anna an der Kette zerrte, spürte sie, dass sie jemand beobachtete. Sie hob den Kopf und sah einen der Piraten auf dem Steg, der sie anstarrte. Der Ausdruck in seinen Augen wirkte ungewöhnlich sanft, als gehöre er nicht zu der Mannschaft. Doch der Säbel und die Messer, die an seinem Gürtel hingen, und seine zerschlissene Kleidung ließen keinen Zweifel daran, dass er einer von ihnen war. Er blickte rasch zu dem Käpt'n, der furchtlos gegen die Aufrührer kämpfte, und eilte zu ihr.

»Was tust du hier?«

Annas Finger krampften sich um die Kette. Ungläubig sah sie ihn an. »Du kennst mich?«

»Na klar. Schnell, hau ab, bevor dich der Käpt'n sieht!«

Er wollte ihr helfen? Anna dachte keine Sekunde länger über seine Beweggründe nach oder woher sie jemanden wie ihn kennen sollte.

»Ich bin angekettet, mit Eisen, hat der Pirat gesagt.«

»Zum Glück bin ich der Schlüsselmeister.« Unter seinem zerfetzten Hemd holte er einen Ring hervor, an dem mehrere Schlüssel hingen. Gezielt griff er nach einem, steckte ihn in das Schloss, es knackte und die metallene Fessel löste sich.

Fassungslos sah Anna ihn an. »Danke.«

»Schnell, du darfst keine Zeit verlieren!«

Er reichte ihr die Hand. Ohne zu zögern, ergriff sie sie, kletterte über die Balustrade und während sie auf den Steg sprang, spürte sie einen weiteren Blick auf sich ruhen. Gänsehaut schoss über ihren Körper, ihr Herz klopfte schneller und sobald sie auf dem Holzsteg landete, erstarrte sie.

Langsam drehte sie das Gesicht zurück zum Schiff.

Es war der Käpt'n.

Fassungslos sah er sie an, die dunklen Augen weit aufgerissen, den Mund ungläubig geöffnet, als ein Rufen seiner Kehle entfuhr, das ihr durch Mark und Bein ging.

»Ani?«

Er schrie es beinahe, so laut hallte der ungewohnte Kosename durch die Nacht. Als stünde die Zeit still, rührte er sich nicht und auch keiner seiner Kontrahenten. Unter seinem durchdringenden Blick hatte Anna das Gefühl, ihre Knie trügen sie nicht länger. Wie gebannt starrte sie diesen fremden Mann an, der sie kannte, der ihren Namen gerufen hatte und dessen Gesicht ihr völlig fremd war.

Plötzlich wurde der Käpt'n von hinten gepackt und eine Klinge raste auf ihn hinab, schneller noch als gewöhnlich, als hätte jemand die Zeit beschleunigt. Sofort wehrte er den Angriff mit seinem Säbel ab. Der Pirat, der Anna geholfen hatte, zog sie an der Hand und gab ihr einen kräftigen Schubs in Richtung Hafen.

»Verschwinde, bevor er dich in die Finger kriegt.«

Dies war ein Auszug aus dem Märchenroman »Die gefallene Fee«, überall erhältlich, wo es Bücher gibt.

Weitere magische und spannende Romane warten auf Euch. Ihr wollt keine Neuerscheinung verpassen? Außerdem freut Ihr Euch über Bonuskapitel und exklusive Gewinnspiele?

Dann kommt in meine Lesergruppe!

Ein- bis zweimal im Monat erhaltet Ihr via Email Märchenpost von mir. Ihr bekommt die ersten Kapitel meiner Neuerscheinungen früher als alle anderen zum Lesen, seht die Cover als erstes, erhaltet Zugang zum geheimen Märchenbereich auf meiner Website und könnt, wenn Ihr möchtet, fernab von Social Media näher mit mir in Kontakt treten.

Mehr Infos auf www.jennyvoelker.com. Ich freue mich auf Euch!